万个春天

世事沧桑心事定 我以我笔绘春天

我的心里，我的行动上，始终蕴含着勃勃生机，如沐春风活在春天里，开放着万个春天的花朵。

饶万春

图书在版编目（C I P）数据

万个春天 / 饶万春著. -- 昆明 : 云南人民出版社,
2024. 11. -- ISBN 978-7-222-23048-4
Ⅰ. I247.5

中国国家版本馆CIP数据核字第2024TX2223号

责任编辑：武　坤　郑怡然
封面设计：大理一苇文化
责任校对：王曦云
责任印制：窦雪松

万个春天
WAN GE CHUNTIAN

饶万春　著

出　版　云南人民出版社
发　行　云南人民出版社
社　址　昆明市环城西路609号
邮　编　650034
网　址　www.ynpph.com.cn
E-mail　ynrms@sina.com
开　本　720mm × 1010mm　1/16
印　张　12
字　数　200千
版　次　2024年11月第1版第1次印刷
印　刷　昆明捷成杰彩印包装有限公司
书　号　978-7-222-23048-4
定　价　46.00元

云南人民出版社微信公众号

如需购买图书、反馈意见，请与我社联系
总编室：0871-64109126　发行部：0871-64108507　审校部：0871-64164626　印制部：0871-64191534

送你一万个春天（代序）

杨义龙

震惊、佩服、感动，初读饶万春的《万个春天》，我便被折服了。文字简单朴实，却静水深流，暗礁、险滩、漩涡、急流，全藏在平实无奇的字里行间。

我很少写序，原因是水平和资历都浅。再者是我太忙，俗务缠身，分身乏术。然而看到饶万春的这部自述作品后，我忍不住花了几天时间读完，被作品打动。

这部自述作品中，作者详尽地讲述了自己发病直至瘫痪在床的历程，这个过程持续了数十年时间。从小学入学开始，饶万春便双腿疼痛，行走不便，但那时农村关于治病的意识淡薄，便拖了下来。直至疼得不行，到县医院治疗，据医生诊疗，认为已错过了最佳治疗时期。几年后再到州医院时，已没有办法根治。他的肌肉持续萎缩，先是双腿不能走动；后是腰背变形，连坐都不行，只能躺着；到现在连面部肌肉都萎缩，咀嚼功能丧失。作者在书里说，好在门牙掉了，可以把肉撕碎，从门牙洞里塞进去。长期卧床的结果是肠胃功能极差，动不动就肠胃病发作。

不幸中的万幸是，他有好母亲，还有好嫂子。即便在最艰难的时候，母亲仍没有放弃他：母亲即便在与他的父亲因家庭纠纷深更半夜出逃后，却也因在半路上想着无人照料的儿子，又跑了回来；即便在中草药熬水洗脚根本不起作用的状况下，母亲仍是数月坚持，每天为儿子用中草药擦洗双腿……在此，“伟大”不足以概括母爱的疆界，母亲已与宇宙同辉。

因为作者的重度残疾，退伍回家的哥哥娶妻成了难题，首任妻子最终与他离婚，哥哥又娶了第二任妻子，就是被作者亲切地叫“姐”的嫂子。能遇到这位嫂子，也算是饶万春在极度不幸中的幸运。从此，照顾他的职责被嫂子如接力棒般从母亲那里接过来。嫂子不仅喂他吃饭，照料他饮食起居，还成了他精神的依赖。嫂子还教他玩智能手机，还想方设法买来能移动的躺椅，让他到室外晒太阳。因为有嫂子，他的生命延续有了更好的保障。

在书中，饶万春说，他感谢遇上了好时代，使他虽不能在现实世界中自由行动，却能在网络世界里遨游。他在QQ、微信和社交平台上与人交流，读到小学四年级的他开始学习写作，在“今日头条”和各种社交媒体发表作品，并建立了自己的公众号。其中有个叫“小公主”的网友后来成了他的情侣。那是个身残志坚的姑娘，还是残疾人乒乓球比赛中的冠军。就是他的“小公主”鼓励他写作，鼓励他成为作家，成为他的精神支柱。后来，饶万春在县残联张艳霞的帮助下，参加了网上的“写作训练营”，提升了写作能力。之后，他遇到了记者杨艳玲和作家杨亦峒。杨艳玲专访他，并为他写了专稿发表在《大理日报》，引起了社会的广泛关注。新华网云南频道记者专程去采访他，将他身残志坚的精神在全国宣扬。两位杨老师还持续指导饶万春写作，使其在网络上发表了大量文字，并创造了收入万元的纪录。饶万春找到了自己存在的价值，他力求赚更多的钱，让父母带着他去旅游，去天安门广场看升旗；他想成为真正的作家，写出传世的作品。尽管他知道自己的生命不知何时会终结。

写到此处，我不禁泪奔。

这是个向上向善的年轻人。虽然他已失去了行动能力，但是他的心理健康、阳光、乐观，他不怨天尤人，他拼尽全力创造价值，他感恩父母兄嫂、感恩社会、感恩祖国，这是多少生理机能正常的人都难以做到的。由此可知，他拥有强大的精神力量。

应当说，面对这部朴实无华却又极具感染力的作品，分析其语言、结构，讨论其艺术技巧没有多少意义，作品传递出的坚韧不拔的生存意志足以令人动容。

愿这部作品能受到社会的广泛关注，愿更多的人们接纳、关注、帮助残疾人群，让他们在有生之年，活得更好些。

（杨义龙，笔名一苇，中国作协会员、中国文艺评论家协会会员、云南省评协理事、大理州评协主席。有八部长篇小说出版发表，有中短篇小说集和长篇报告文学出版，有两百多万字作品见于各级报刊。）

目 录

001 / 第一章　放牛娃的童年

029 / 第二章　短暂的读书生涯

063 / 第三章　被迫休学在家初期

099 / 第四章　命运偏爱的孩子

121 / 第五章　病情发展中期

145 / 第六章　温暖家庭助力梦想起航

171 / 第七章　笔耕不辍实现梦想

第一章 放牛娃的童年

我们放的牲口是自由的。它们每天游走在青山绿水间，啃食着纯天然青草，一个个长得膘肥体壮。奔跑起来，身上的腱子肉鼓囊震动，那叫一个精神气十足。尤其是，家里养来用作耕地的壮牛，更是像一群血气方刚、好勇斗狠的年轻人。

一

“万春别玩了，快来吃饭，吃完饭好跟你哥哥上山放牧去。”“妈妈，我的脚好疼，我今天可不可以不跟哥哥去放牧，留在家里休息呀？”说完我用天真的眼神凝望着妈妈，请求妈妈让我留在家里，我就可以跑去找表妹她们玩了。我的脚疼是真的，但贪玩才是我的小心思。“不行，绝不能让你哥哥一人上山放牧，他会孤单的。爸妈也放心不下。你即使脚疼跑不动路，不去追赶跑散的牲口，也要陪你哥哥放牧去。你不去，你哥哥的心里会不平衡，认为爸爸妈妈在偏心弟弟。你不去不行哦。”妈妈用坚定的语气跟我说。

即使我年幼发病，腿脚疼痛无力，无法像比我大一岁半的健康的哥哥那样随意地奔跑，但是在农村，六七岁的年龄，只要我还能走路就要跟哥哥一起帮家庭分担责任！为了生活过得去，我们没有什么特殊的待遇。看妈妈没有商量余地，我也没什么好推辞的。我当即收起自己贪玩的小心思，跟妈妈说：“那好吧！我这就来吃饭，吃饱了，我好跟哥哥一起上山去放牧。”说完我和妈妈一起进屋吃饭去了。

这是我童年 6 岁发病后的记忆。我们的家乡被层层叠叠的大山包裹，环顾四周，均有险峻的悬崖峭壁。山里的土地坡陡石头多，至今延续着农耕生活。我每天早上起床就去门外玩泥巴、扔石头，聆听房前屋后树梢上停歇的小鸟群叽叽喳喳唱歌的声音，看地上的蚂蚁搬家。爸妈呢，他们一大清早起床就去地里干活，忙到早上九点多回来做饭，十点多做好饭叫我们兄弟俩来吃饭。吃完饭，打发我们去山上放牧，他们接着去田地里重复着面朝黄土背朝天的劳作。

我还能走路的童年，放过牛，看过牛打架，牵过马，骑过马，放过猪，赶过羊；捉蟋蟀，掏鸟窝，和堂姐、表妹在放牧的山头玩过石子，打过扑克牌，跟着妈妈去山上拾过野生菌，摘吃过仙人掌结的果子疼过手……不小心用稚嫩的小手摸到浑身长满刺的仙人掌上，疼起来哭得一把鼻涕一把泪。

靠种地放牧，日出而作日落而息，生活是辛苦的。爸妈辛苦，作为土生土长的农民孩子，我们的童年没有买过一件像样的玩具，没有读过一天幼儿园，没有上过半天课外兴趣班。有的全是追着家里的猪牛羊马鸡猫狗和山上的蛇虫蚂蚁后面跑，与城市孩子有天壤之别！我们还捉过青蛙，玩过蜥蜴，爬过大树，捕过地鼠。

时间跟随着我的人生经历，来到 20 世纪 90 年代末的农村。当时的农村交通不便，我家乡可耕种的土地人均不到两亩，受悬崖峭壁围困，牧场的规模很小，且散布得很碎，出了名的山险路陡。放牧无法像平原地区那样一家放几百头牛羊。土地和牧场的窄小决定了我们的生活只能挣扎在温饱线上。我家是村里饲养牲口最多的一家，“猪牛羊马”加起来也只有二三十只，且当时没有喂饲料圈养的概念，我们养的牲口就是纯天然放养。因此，在农村催生出了一批批像我们一样小小年纪就肩负起家庭放牧重任的放牛娃。

我们的家庭虽然贫穷，但我们从小孩到大人分工明确，爸妈负责种地建设家园，我们干不动农活的孩童放牧。好在我们放养的牲口经过驯化，它们通人性，不会攻击小主人。在一家人的共同辛勤努力下，童年的我们虽说穿了多年缝缝补补的衣服，却也没有饿过肚子。放牧虽然辛苦，我们却也乐在其中，过了一个别样欢快的童年。

而六七岁从不是我们放牛娃放牧生活的起点。从我们三四岁开始，妈妈就顶着疾风骤雨，赶着牲口，带上我们兄弟俩上山放牧，教我们如何拾野生菌以及挖草药补贴家用。其中令我印象最深刻的一次是，我们在雨季放牧到下午两三点，忽然乌云密布下起了滂沱大雨。我们兄弟俩哪见过这“阵仗”，我们被突如其来的暴雨吞没，感受到自我在大自然面前的渺小，惊吓得我们连连尖叫扑入妈妈怀里寻求保护。身旁的妈妈见状，迅速打开放牧包里准备迎战风雨的塑料布，化作保护孩子不受伤害的鹰妈妈，将我们兄弟俩紧紧地搂在怀里。妈妈用她强健的身体，为我们遮风挡雨，安慰着我们受惊的心灵，她说，有妈妈在，别害怕。

因为当时物资匮乏，几十块钱对于普通的农村家庭来说是一笔不菲的金钱。我们家也买不起雨伞、雨衣等雨具。我们下雨使用的雨具，要么是一张方块塑料布，要么是一件用棕榈树皮缝制的雨衣，这已经是我们能拿得出的最好的雨具。等暴雨狂泄完毕，我们惊慌失措的心里产生了强烈的劫后余生的感觉。这种感觉成了我们放牛娃童年里最深刻的记忆。

等我们兄弟俩跟着妈妈熟悉了山上的地形，学会如何把牲口放到山上，了解了山里大自然发脾气的规律，学会如何保护好自己的人身安全，不被发疯的牲口、无情的疾风骤雨伤害，再学会如何在下午五点把放牧的牲口一只不少赶回家，学会如何吆喝歌唱，叫远处的牲口闻声跑过来，等我们学得差不多，年龄到了六七岁，能独当一面了，妈妈便欣慰地将放牧的交接棒传递给我们兄弟俩，她好抽身回家专心干农活。

因为那时种地的步骤繁琐，效率低，需要投入巨大的人力。每年到了农历三月份，爸妈收拾好地里种的小春农作物，先用两头壮牛合耕一块耕地，耕完后要用锄头把翻起的大块泥土敲碎，拣出田里的大石块，才开始种植玉米。种植玉米的第一步，首先用锄头挖一个坑，放四五粒玉米种子，然后用泥土盖上，再在上面用手撒盖一层农家肥。等过段时间下几场雨，受雨水浸润的玉米粒长出苗半个月，要进行第一次施肥，同时拔掉多余的玉米苗。为了玉米苗更好地茁壮成长，一个坑里只留三株玉米苗。随后用锄头锄草，将整片农田从下到上翻一遍。等玉米苗长到没过成年人的膝盖，再次进行追肥、锄草，铲一层玉米旁边的泥土护住玉米的根系，防止玉米成熟阶段被持续的大风大雨弄倒。

除了放牧，妈妈还经常带我们兄弟去田里，教我们如何种植玉米，体验干农活的艰辛。如若我们干活懒惰，手脚慢了，立刻招来急性子妈妈的一阵唠叨嫌弃！为了种好地，保障一家人的温饱，爸妈早早地将放牧重担全权移交给我们兄弟俩，也是迫不得已。我们的童年，自此经年累月迎着风、淋着雨紧跟在牲口屁股后面跑，折返在家里与山上牧场之间。

我们放牧的作息时间固定，上午十点多准时在家吃午饭，吃完饭出门在家附近的果树上摘几颗水果，用剩饭捏上两个饭团，倒上一些白砂糖，接一瓶 2.5 斤的自来水，拿来妈妈专门用布料为放牧缝的包包，装上一兜玉米。饭团其实为大米和玉米面混合物。大米和玉米面都是自家农田产出的纯天然粮食。因家境贫寒，我们种植的大米，必须拿一部分出来售卖，导致我们没有足够的大米，只好拿玉米面凑数填饱肚子。做饭时，妈妈舀半碗大米放锅里，淘洗好大米，多加清水，等到米里的水煮开，妈妈再舀来一大碗粗玉米面放进去，用筷子使劲将玉米面和大米搅拌至融为一体，再蒸上半个小时就能吃了。半碗米和一大碗玉米面够我们一家四口吃一顿，剩余的给我们兄弟捏两个饭团做放牧的晌午饭。

这是我童年家庭生活的全貌。我们收拾完放牧所需的物品，随即拿起放牛鞭，打开猪牛羊圈的大门，将圈中关的放养牲口赶去离家两三公里外山坡上的草场放牧。因为牧场四周都有绿油油的玉米地，玉米又是我们生活主要的经济来源，放养的牲口可不会区分玉米和青草，因而这里的放牧无法像辽阔的大草原一样野放。我们必须在天黑之前，准时把牲口赶回家关进圈，牢牢地关上门，大人才能安心地睡一个踏实觉。我们小孩没有通过手表看时间的概念，我们放牧看时间，全凭看太阳落山的程度做判断。每当放牧到下午四点多，看太阳落到对面大山半山腰的公路，差不多要落下去了，我们便拿出包里装的玉米，然后用牲口听得懂的语言吆喝着。我们的吆喝声中充满童年的乐趣，宛如天籁之音，能引诱几百米开外分散吃草的猪牛羊，让它们跑来集合吃可口的玉米粒，点名准备回家。吆喝牲口那一刻，无疑是我们童年放牧一天中心情最美丽的时候。

经过驯化的猪牛羊，听到我们用从妈妈那里学来的方言吆喝，它们下意识知道奔向我们定有玉米粒吃。它们禁不住玉米粒的诱惑，无论距离我们有多远，只要听到我们的吆喝声，它们个个立马化作冲锋在前的"战士"，激发出勇往直前的潜能奔向我们。一群牲口争先恐后从茂密陡直的山林里倾泻而出，因跑得太急撞得矮小的树木摇摇晃晃，它们踏过光滑的泥土路面引起尘土飞扬的场面甚是壮观。我们稚嫩的吆喝牲口的声音，如同调拨好的时闹钟闹铃音，一到时间点就会定时响彻山谷。我和哥哥吆喝着，听见远处的羊群发出"咩咩咩"的声音做出回应，我们就更来劲了。我们随即扭开喝完水的饮料瓶的瓶盖，小手伸进包里抓一把玉米放进去，边吆喝牲口边使劲摇晃手里装了玉米粒的瓶子。瓶子发出"咔嚓咔嚓"的声音，宛如一曲山林里的摇滚乐。

伴随着摇滚乐响起，我们兄弟俩发出此起彼伏的吆喝声和歌唱声，此时的我们，如同一对著名的歌手组合，对着一群狂热的粉丝开演唱会。我们和粉丝都兴奋不已。我和哥哥边吆喝，边较劲看谁的吆喝声音大。看着被我们吆喝声调动的牲口朝我们跑来的速度越快，我们的童心就越欢乐！不一会，疾驰而来的牲口群便跑到我们的面前，时而探头探脑用头上的角和嘴，探进我们的包包抢吃玉米粒，时而像一只乖巧的狗狗，环绕着我们的双腿蹭来蹭去，仿佛在向我们索要听话的奖励。我们见牲口群跑来得差不多了，便拿出小主人的气魄，右手伸进包里抓一把玉米出来，用力一甩，撒到地上给望眼欲穿的它们吃。无言中，我们跟牲口群进行了对话。我们撒的每一把玉米都是对它们听话的奖励。我们以奖赏的方式告诉它们，你们今天表现得不错，我们对你们乖乖听话的样子很满意，还望你们以后继续保持合作。

我们给牲口群撒玉米时，同样充斥着童真的乐趣。我们随手把玉米东撒一把，西撒一把逗它们玩。看牲口群随着自己撒玉米的节奏跑，我们玩得可开心了。我们玩的同时，还不忘对牲口群进行赏罚。对听话的牲口，我们会多抓一把玉米出来吐一口口水，张开手掌喂到它们嘴里。听长辈说，喂听话的牲口口水吃，可以促进自己跟牲口的亲密度。我们不知道真假，看长辈说得有模有样就跟着模仿。小孩子嘛！就图轻松省事，好腾出时间尽情地释放天性去玩耍。我们也会对不听话的牲口施以惩罚，比如吃玉米时仗着健壮的身体霸道攻击同类的，企图吃独食的出头鸟，我们便用手里的鞭子使劲打它一顿。每当有牲口头铁、耳背，无视我们的吆喝声，背着我们偷偷地跑去邻居家玉米地偷吃玉米，我们就会拿出家长的威严，火急火燎地跑去把不听话的牲口给逮回来，用放牛鞭抽打教育。

下午五点，我们集齐山上的牛羊群，点名确认一个不少，我们悬着的心终于可以安稳地放进肚子里。随即我们像来时那样，当起统领三军的主帅，召集部下的军队，向规划好的行军路线大踏步进发。我们手里挥舞的放牛鞭，这时则化作将军手中指挥兵马的发令旗。令我们感到满意的是，部下士兵个个训练有素，无一敢违抗我们下达的指令，有条不紊朝着家的方向走去。我们放牧时悬着一颗心的原因是，倘若我们放丢了一头牲口，回家就不好交差。轻则受到爸妈一顿严厉的口头教训，重则会被爸妈抄起细长的木条当鞭子，无视我们的哀号求饶，抽打一顿。在我的记忆中，哥哥因为放丢了牲口挨骂，他还不服气顶嘴，被妈妈打过一次。妈妈拿棍子用力打了哥哥的右胳膊一下，打得哥哥的胳膊发紫，肿了起来。

用妈妈的话说：我们不长记性的样子真该打。而我因为生病跑不快，妈妈最终克制住火气对我手下留情，我得以逃过一劫。但我也被妈妈火冒三丈地骂哭过好几次。我们被爸妈骂的次数多了，性情就变得十分的敏感。我们幼小的心灵里仿佛住进了一只惊弓之鸟。哪天因为贪玩导致放牧出了差错，我们就知道今天回去肯定又要挨骂了。回家妈妈了解情况刚张嘴骂两句，我们就预感大事不妙，先声夺人哇哇地大哭起来，试图用委屈示弱的方式激发出妈妈爱孩子的天性，博取妈妈心疼从而放过我们，这是我们童年挨骂锻炼出的本能反应，也是无师自通领悟的策略。

可惜的是，我们使用的策略效果不太理想。妈妈每次教训我们时都像铁面无私的包青天，在她那里，错了就要接受惩罚。好在妈妈也没有那么不近人情，妈妈教育我们时多数只是挥舞鞭子吓唬，责骂我们也是让我们长记性，告诫我们放牧时要认真看着，别整天到处乱跑。妈妈骂完我们气消了，也会边哄我们边给我们解释她严厉责骂我们的道理。听着妈妈温柔声音的安抚，我们受惊吓的内心得到了抚慰。我们似懂非懂地忘了自己是一个孩子，试着去理解大人们的世界。但我们毕竟是小孩，妈妈今天打骂完，我们隔天到山上放牧就忘了，又摆出一副吊儿郎当的模样去找堂姐、表妹她们玩耍。

在有限的牧场上，我们和邻居小伙伴因为放牧闹矛盾，经常会吵架，这时，我们个个化身能言善辩的吵架小能手，能和同龄人面红耳赤吵上一整天，我们谁都不愿服输。若是我们吵不过又死鸭子嘴硬不服输时，我们就使出杀手锏，威胁对方说，你再跟我得意，我们回家就到家长那里告你不认真放牧的状。此话一出，对方嚣张的气焰像是被浇了一盆凉水，立马转过头来低声下气向我们认怂求饶，说有话好好说。胆子小的甚至会当场就被吓哭。因此我们特别喜欢收集其他小伙伴犯错的小辫子抓手里。但凡事总有两面性，我们兄弟俩也没少因此心不甘情不愿地向其他的小伙伴服软认怂。

由此可见，我们童年的内心里有多惧怕爸妈的威严。尽管如此，我们童年因爸妈严格教育受过伤的心灵，也从未抱怨过爸妈狠心。我们放牧做追风少年，跟着爸妈去田里干活，深刻体会到生活有多艰辛，明白爸妈养活我们有多么不容易。我们能理解爸妈，愿意服从爸妈的安排，打心底爱打骂过自己的爸妈。再者，我们六七岁上山放牧时，爸妈当时的年龄也就二十多岁。他们也没有当好爸爸妈妈的经验。在拮据的生活条件下，他们无法面面俱到也情有可原。但自从我生病在家之后，从小对我们严厉的妈妈，忽然变得温和起来，再也没有像小时候那样严厉骂过我一句。

二

我们放的牲口是自由的。它们每天游走在青山绿水间，啃食着纯天然青草，一个个长得很健壮，奔跑起来，身上的腱子肉鼓鼓囊囊震动着，那叫一个精神气十足，尤其是家里养来用作耕地的壮牛，更是像一群血气方刚、好勇斗狠的年轻人。它们在牧场燃烧青春，不专心啃食青草，整日探头探脑，像一个个敏锐的侦察兵：耳听八方，探听邻家壮牛脖子上的铃铛声；眼观六路，锁定同类对手所在的准确位置，随时准备拔腿跑过去打架，一点不让我们小主人省心。两头心高气傲、目中无人的壮牛，在牧场一旦碰到打斗起来，每次一打便是一整天。大有一股不把你打趴下你就不晓得马王爷有几只眼的狠劲。耕地的壮牛在牧场活动筋骨打一天的架，它们是燃烧了青春，过瘾了，作为放牛娃的我们却又要遭殃了，因为耕地的壮牛在当时的农家，绝对是个不可或缺的宝贝疙瘩，犁地的农活，得指望耕地牛任劳任怨地去干，它可千万不能掉膘影响耕地的速度。

耕牛在山上因打架忘了吃草，空着肚子回去，我们会遭爸妈训斥。而害怕它们打架还有一个重要的原因是，牧场地势险峻，遍布断崖深坑，耕牛脑子发热打起架来刹不住车，被摔死的概率极大。当时一头完好无损的耕地壮牛，在市场上能卖几百上千块，倘若因为打架摔残致死，卖肉能卖回成本价的三分之一就算是好的，普通的家庭可经不起这份损失。爸妈因此对我们放牧的要求极其严格，每当看我们下午赶着肚子空扁的耕牛回家，前一秒喜笑颜开的爸妈，后一秒便化身川剧变脸的演员，变出一副严厉的模样，断定我们今天肯定不好好放牧跑去找堂姐、表妹她们玩，才导致自家的耕牛和邻居家的牛打架，牛才没有时间啃食青草。在爸妈的眼里，我们是调皮捣蛋鬼，是不认真做事的小孩。我们的童年很多时候陷入受了委屈也百口莫辩的境地。作为一个六七岁的孩子，我们背负了太多不该这个年纪承担的家庭重担。但在放牧的山上，脱离了家长监督的视线，我们立马露出孩童顽皮的天性，玩得那叫一个热火朝天。

我们热衷叫上其他的小伙伴一起跑去远处，观看邻居家两头壮牛打架的激烈场面。看两头壮牛在眼前打得不可开交，我们瞬间变成壮牛的粉丝，挑一头自己看着顺眼的，给它加油呐喊。两头壮牛在牧场露天的擂台上，你来我往相互用头撞击，我们在场下狂热地蹦蹦跳跳，仿佛我们已然和自己支持的壮牛融为一体，恨不能使劲一头将对手撞下擂台去。那一幕幕激烈的场景，看得我们热血沸腾，仿佛我们目睹了一场江湖两大传奇高手的巅峰对决。它点燃我们男孩体内好斗的热血，既不由自主地为激烈的场面欢呼雀跃，又害怕我们弱小的身体被打起来不知轻重的牛误伤。

牧场擂台上两头壮牛如同战场上两个身经百战的将军，正拿命互搏。

它们以百米冲刺的速度冲到对方身前，将浑身的蛮力聚集到如铁般坚硬的头部，狠狠地朝对手的身上撞去。两颗坚如磐石的牛头猛烈地撞击到一块的一刹那，我们隔在十几米开外仍能清脆地听到“嘭”的一声。仿佛两辆快速行驶的汽车相撞。它们恨不能将对手一招秒杀，以胜利者的姿态将对方的尸体踩在脚下，震慑牧场上其他蠢蠢欲动的牛，告诉它们谁才是这片牧场、这个群体中绝对的王者！

然而事情远没有我们表面看到的那么简单。如果你以为打架的壮牛只会逞匹夫之勇，只是使用蛮力攻击对手，只能说明你没有亲临其境看过牛打架。因为每一头傲视群雄喜欢打架的壮牛，它优良基因中天生编辑有打架的“策略”，它们打架时做出的每一个动作，蓄势而发的每一次冲撞，其中都蕴含着与生俱来的经验。如若它们无法速战速决将对手一击即溃，双方就会转入持久战模式比拼耐力。在耐心的对峙中蓄力，等待对方出错，好攻其不备，以迅雷不及掩耳的速度将对方击倒。怎奈每一头争强好胜的壮牛，在战场上都是有勇有谋的老油条。谁都不会轻易露出破绽让对方有机可乘。两头壮牛对峙一会，恢复了些许体力，它们便开始运用策略互相试探，比如突然爆发出势不可挡的蛮力将对手往后顶退几十米远。被顶的牛意识到自己很难原地接住奋力一击的攻势，它便运用敌进我退的策略玩太极；一边拿出一半的力气顶住，一边借力往后退，利用身旁树木的阻力卸掉对方的蛮力。等对方爆发的蛮劲消耗得差不多了，敌对双方又接着对峙，寻找机会。

倘若没有人的干涉，两头壮牛每次打起架来的结局，均像两名武林高手的巅峰对决，既分胜负也决生死。因而两头实力不相上下的壮牛，心里比谁都清楚，谁败了落荒而逃，对手都会乘胜拼命追击，直到有一方坚持不住，要么被追至悬崖边刹不住掉下去摔死，要么被对手顶趴下要了它的命。所以无论是为了占据牧场霸主的位置，捍卫百战百胜的威严，或是为了保全生命活下去，它们都绝不能后退半步或露出破绽，给对手致命一击的机会。因此两头血脉偾张的壮牛，当它们义无反顾不听主人的劝阻奔向对手，登上牧场的露天擂台的时候，就已经跟命运签下了生死状。

在我童年的记忆里，就曾两次目睹过耕地壮牛打架决出生死。第一次大概在我七岁多的时候，我们读书放暑假去放牧。某天我和哥哥在放牧的途中看到堂姐在山峰的左边放牧，小我一岁的表妹在山峰的右边放牧。因为她们间隔着山峰，表妹不知道堂姐放牧在山后面。表妹放牧到下午三点多，她就打算将自家的牛群，从山的右边赶到有水源的左边放一会。让牛群喝点水休息一会准备赶回家。我们兄弟俩赶牲口看到堂姐在那里，知道堂姐家养了两头耕地牛，表妹家只养了一头耕地牛，倘若不知情的表妹贸然把牛赶过去，她家的牛势必要吃亏。我们就热情地跑去提醒表妹说，刚才我们看到堂姐在山后放牧，你不要贸然把你家的牛群赶过去，免得两家的牛群相遇激发斗志打起来。说完我们不忘告诫表妹，堂姐所在的山后边下方不远处就是悬崖峭壁。对于我们放牧牛群的人来说，那里是出了名的危险地带。家长不止一次告诫过我们，放牧时千万不要跟其他家的耕地牛放一块，不然两家的耕地牛一旦打起来后果将不堪设想。

怎奈表妹那天心情不好，她跟着了魔似的对我们的好心提醒置若罔闻。她坚持将自己放的牛群赶向堂姐所在的方位，我们想阻拦都拦不住。结果真如我们兄弟俩所料想的那样，表妹赶的牛刚翻过山峰，听到堂姐家耕牛脖子挂的铃铛发出声音，两家的耕地壮牛当即竖起耳朵，亢奋地进入一级战备状态。两家的耕地壮牛迅速确认对方的位置，像冤家路窄的仇家，铆足了劲朝对方所在的方位狂奔过去。两头壮牛坚硬的头颅，犹如火星撞地球，毫不犹豫猛烈地撞击在一起。更让人提心吊胆的是，堂姐家养的两头耕地壮牛，它们像一对同仇敌忾，曾歃血为盟，誓言有福同享、有架一起打的结拜兄弟，它们不讲牧场单挑的武德，齐心协力跟表妹家的牛打斗在一块。在一打二实力悬殊较量中，表妹家的牛都没能撑过两分钟。在我们看得目瞪口呆，来不及冲上去用放牛鞭劝架的时候，堂姐家的两头壮牛就迅猛地将表妹家的牛顶向不远处很陡的悬崖边。我们就这样眼睁睁地看着表妹家的牛，如同一块重达几百斤的石头轰然地从悬崖上滚下去。

我们下意识想飞奔过去挽救，现实却是我们根本无能为力。表妹家的牛在翻滚下去的过程中，一会四脚朝天，一会弹飞起来。没几秒钟就消失在我们的视线范围里。我们没有见过这种惨烈的阵仗，被眼前上演的一幕吓得两腿发软，心脏感觉跳到了嗓子眼。我们几个人同时吓得眼神滞住，仿佛灵魂出窍很长时间才回到身体。但即使我们的精神反应过来了，我们怦怦直跳的小心脏，还是避免不了飘忽不定难受一整天。表妹家的壮牛最终为自己的鲁莽付出了惨痛的代价，那头牛虽然侥幸被树木卡住，停在悬崖的半山腰，没一下子摔死，但也因为摔断了脚，失去继续做耕地牛的价值，最终被以废牛的价格卖给卖牛肉的，只卖回活牛成本价的两成。

堂姐家之所以养了两头耕地牛，表妹家只养了一头耕地牛，原因在耕地牛对农户种地固然重要，但养耕地牛一年用得上的也就种地那几天，其余的时间要人工牧养，却不增值一分钱，是个亏本的生意。所以有的家庭追求耕地自由，不计牧养成本养两头耕地牛，有的家庭嫌耕地牛放养不增值，选择跟其他关系好的邻居拼凑着养。平常不耕地的时候，两家各养一头各放各的，到了耕地的农忙季节，再把两家牧养的牛合一块去犁地。

而这里的田地坡度大，田间地头石头多，泥土生硬，耕地必须用两头壮牛一起使劲才拉得动。如若只用一头牛去耕地，真能把牛给拉出内伤。还有一次，大概发生在我十二岁时。当时我的病情已经恶化，我丧失了行走能力，辍学在家。那年舅舅家选取了新的盖房地址打地基。那时，社区还没有挖通公路，像挖掘地基，搬石头打地基，全靠人力一点点搬运。舅舅家因此投入了不少人工。作为亲戚，我们责无旁贷，有时间能帮就多帮助他们。妈妈就背着我去给舅舅家帮忙，她们一群人在挖地基忙碌着，我就在离他们不远处静静地坐着观看。

我无聊地坐着，像一个监工，看他们一会挥动锄头狠狠地挖地，挖出一堆泥土，然后舅舅就推来手推车，妈妈她们就用竹子编制的工具，将泥土铲进手推车。身强力壮的舅舅看手推车倒满了，他就将装满泥土的手推车推去倒土。正当我看得无聊至极的时候，对面几百米开外的田地里，一群牛打架的场面迅速吸引了我的目光。放牛娃出身的我，看到牛打架就来兴趣。记得当时恰逢农历三月份，田地里的小春农作物进入成熟收割阶段。这里的小春农作物，大多以豌豆、蚕豆、小麦为主。对我们放牧的农户来说，经历了一个漫长的冬季，山上的牧草早就一片荒芜，牲口已经很久没有啃食过青草，一个个严重掉膘。这个时间段显然是我们放牧家庭最难熬的日子。虽说春天来了两个多月，万物复苏了，但碍于雨水稀少，青草生长需要时间，山上并没有长出多少青草供牲口啃食。这时刚收割完小春农作物的田地里残留着的那些秸秆和荒草，就成了我们眼里可以捡漏的宝贝。

早上听说哪家邻居的田地刚收割完农作物，中午我们就争先恐后把自家的牲口赶过去，争取赶在别人家的牲口赶来之前，让自家的牲口捷足先登吃个饱。大家的小心思都差不多，因此刚收割完小春农作物的田地里，不可避免地挤满了猪牛羊马各种牲口。

同一片田地里的牲口一多，也就避免不了发生牛打架。有牛打架的地方就有可能出现牛败退摔死的事故。果不其然，没过多久就有两头性子急的牛打了起来，而距离两头牛打架一两百米远处就有一个很深的断崖坑。

我看到两头牛互相试探打了几个回合，仍没有分出胜负。它们便陷入僵局，蓄势待发了一会，忽然有一头牛发出蛮力将对手使劲顶向后面的断崖坑。由于田地里没有任何树木做阻挡物，两头牛一个乘胜追击使劲顶，一个招架不住攻势节节往后败退到了断崖边，结果退无可退一脚踩空就掉了下去。而前面不依不饶使狠劲顶的那头牛，也因为发力过猛刹不住，跟着对手一起同归于尽掉了下去，让远远坐着的我看得心惊胆战。

我放牧多年，见过无数次牛打架，吃过很多从阵亡之牛身上割下的便宜牛肉，但两头牛在搏斗中同归于尽的场景我还是头一次见。我虽然看到的是隔壁邻居家的牛掉下去，但当过放牛娃的我，还是挡不住心里一阵绞痛。我仿佛能感同身受体会到邻居家失去壮牛的心酸，也为好端端的两头耕地壮牛就这样没了感到惋惜！好在，很多时候我们放牧时不仅有小伙伴，也有热心助人的长辈，他们看到不知生死的壮牛聚集打架，多数时候都会热心地跑来帮忙，用手里的放牛鞭狠狠地抽打对峙在一块的壮牛，强行将打架的壮牛分开，避免了很多不必要的损失出现。可以说，看壮牛打架成了我们童年成长中回味悠长的一个部分。

三

放牧对于小孩来说，从来不是件轻松的活计。但我们放牛娃也有自己专属的童年乐趣。因为我们在山上放牧面对的，不只有猪马牛羊这些常见的牲口，还有两个年龄比我们大四五岁的堂姐、两个和堂姐年龄相仿的堂哥、两个年龄跟我们不相上下的表妹。他们的童年和我们的童年一样，小时候就被父母带上山手把手教放牧，六岁多就开始独立放牧为家庭分忧解难。

我们都是七岁左右去隔壁的社区，直接从一年级读起。那时，没有计算器，买不起算盘，学数学时就弄一捆竹子跟着老师一根根地数。堂姐她们的童年和我们一样，大部分时间也是在山上与牲口度过，寒来暑往皆如此。

出于热衷和异性玩要的天性，我们从小就喜欢找堂姐、表妹她们玩要。她们也乐于叫我们去跟她们一起嬉戏，消磨放牧无聊的时光。我们辛苦的童年也因为彼此的陪伴成长，变得丰富多彩了。

不记得从什么时候开始，我们和堂姐、表妹在放牧的山头上建立了默契，定了几个一起相约嬉戏玩要的老地方，我们经常把牲口从家里赶到山头，掉头就唱着歌，迈着小碎步径直朝老地方赶去。我们童年聚集的老地方，仿佛是大自然特意为我们搭建的幼儿园。

我们经常赶在堂姐、表妹前先到，看她们从远处慢悠悠地走过来，我们掩饰不住内心的欣喜，激动得大声跟她们打招呼。我们开心又快乐的一天就这样正式拉开序幕。牲口扮演幼儿园中受照料的小朋友，在山林中吃草；我们找空旷的山头当园长兼老师，观察远处。一座小小的山峰上，一边是牲口用长而灵活的舌头卷起青草，然后用锋利的门牙收割它们；一边是我们百无聊赖，自娱自乐活泼的童年。两者看似毫不相干的事物，却因为农村拮据的生活，把我们强行关联到一块。我们无意中成了蜿蜒起伏大山中一道独特的风景。

在我们 80 后、90 后之后，随着经济条件变好，农村的放牛娃也正式退出历史的舞台。不放牧的时候，我们跟堂哥、堂姐、表妹、表弟，还有几个隔壁的同龄小伙伴一起在山上玩过家家、跳绳、捉金龟子，饿了就结伴去摘仙人掌结出的果子果腹。

我们和小伙伴之间各有各的小脾气，一言不合便吵吵闹闹。有过互相嫌弃看不顺眼，誓言从此天高地远老死不相往来的情况，但实际上没过几天，我们就耐不住想一起玩耍的诱惑，然后就当什么都没发生主动去找堂姐她们说话，握手言和。我们一起折翠绿的树枝铺在地上当床垫，手拉着手躺上去跷起二郎腿，时而望着头顶的天空发呆，时而注视着映入眼帘绵延不绝的大山展望未来。我记得自己童年最初的梦想是长大了要当一名抓坏人的人民警察，飞到山的那边去。表妹她们则和大多数女孩一样，憧憬长大了要当一名白衣天使。我想这就是为什么，我们喜欢把小女孩当作天使的原因吧，因为每个小女孩心里都住着一个救死扶伤、超凡脱俗的小天使。

我们和堂姐、表妹一起在山上吹过冷风，被突如其来的冰雨冻得瑟瑟发抖；一起玩过打石子、扑克牌，还捡小石头做六子棋下棋，输家要为赢家跑腿去围堵牲口。我们也一起被夏天的烈日暴晒得大汗淋漓，跑去折树枝编织阴凉的帽子戴头上避暑，一起躲过狂风暴雨，然后欣赏风雨过后悬浮在空中的双彩虹戏水，一起看过蓝天，数过白云，互相讨论头顶飘过的白云形状像什么异兽，一起唱过从电视连续剧中学来的主题曲，认真地讨论剧情，执着地分辨剧中人物的善与恶。我们也一起玩过角色扮演，将自己想象成电视剧中某个厉害的人物。放牧到下午两三点，我们在山上拿出饭团分享食物，拿出一颗水果一人分一半，谁的水喝完了就会给他往瓶里匀一些，还一起谈天说地攀比谁家的爸妈强。

世界在我们的眼里如七彩斑斓的蝴蝶般美好。我们闲得发慌了就一起去刚收获完稻穗的田地里捉地鼠。机敏的地鼠听到我们跑来的脚步声，就迅速钻回洞穴深处跟我们玩地道战，躲藏得严严实实。我们顽皮地找几个地鼠钻过的地洞，捡来一堆枯枝败叶塞入洞中，再从抽烟的大人手里要来火柴点燃枯枝败叶，用呛人的烟雾熏躲藏在洞穴深处的地鼠一家。看烟雾缭绕，从地下四通八达的地鼠洞口冒出来，我们几个小伙伴便分散开来，

一人拿一根木棍守住一个洞穴出口。

但凡有地鼠在洞穴里受不住烟熏，跑出来透气便会被我们抓住。捕获地鼠的我们激动得像个满载而归的猎人，将手里的猎物举过头顶摇来摇去向牧场上的其他人示意，炫耀着我们靠聪明才智获得的战利品。

我们玩石子游戏，输了要为对方去赶牲口。游戏开始之前，我们先找来七块小石头，比赛规则如下：我们几个人围成圆圈坐下来，轮流将七块小石子放入右手的掌心，用巧劲儿把小石头往上抛，高度达到我们鼻子的位置；石子离手一瞬间，要赶紧把右手翻过来，用手背去接抛上去坠落下的石子，谁的手背上停留的石子数量多，再翻一次手把石子接回手掌心就算谁赢。接住的石子同样多为平局，继续采用类似的方法角逐出谁先来的资格。

分数最高的开盘，将七块石子抓手里随机轻轻地抛洒在面前的地面，允许捡一块石子拿在手里，计算好怎么打之后，将抓手里的那块石子往上抛，石子离手瞬间，要迅速从地上剩余的六块石子中抓一块，再用手掌心接住刚抛上去的石子。继而如法炮制，往上抛一块石子，抓起地上的两块石子接抛上去的石子，再然后是三块……按照游戏规则，没接住往上抛的石子者为输，依次抓地上那六块，抓石子时如果扰动其他石子的也算输。成功抓完地上六块石子后，按照角逐资格赛的方法，将七块石子放在右手掌心，轻轻地往上抛，然后迅速翻手背接住，再翻回手掌心接住几块石子得几分。比赛的选手只要不违背规则他就可以一直玩下去，积累其他小伙伴无力超越的比分，成为最终的赢家。然后以胜利者的姿态悠闲地坐在山头，像一个君临天下的帝王，指挥输了的伙伴，帮自己跑去远处把不听话的牲口揪回来。

我们玩石子、打扑克牌，玩得时间长了就变着法玩其他的游戏。比如，拿根棍子在地上画几条线，在线条中间扔上东西，跳来跳去地捡，气人的是，妈妈看到我们画在地上玩游戏的线条，会一脸严肃地告诫我们，小孩子千万不能在地上画线条跳，不然等我们长大了容易眼瞎。妈妈的说法把天真的我们吓住了。出于越不让玩越好奇的心理，我们对妈妈的说法抱有很深的怀疑，但即便我们本能地不相信妈妈说的话，碍于妈妈说得神乎其神，我们的幼小心灵依然宁可信其有不可信其无。害怕自己长大了眼睛真会瞎掉的我们就再也不敢随意在地上画线条蹦蹦跳跳玩了，除非我们跟其他小伙伴闹别扭，故意使坏在他们的必经之路上用棍子在地上乱画一通。

谈及反目成仇，我们兄弟俩和堂姐、表妹闹别扭最深的一次，起因还是因为牲口惹的祸。那天，我们相约一起上山去放牧，开始时我们几个都玩得很开心。殊不知，堂姐家牧养的母羊突然就临盆产仔了。哺乳动物产仔过后，母体会排出保护幼胎的胎衣。我们和堂姐的矛盾出在羊妈妈产完仔掉落的胎衣上。看自家牧养的母羊要产仔，堂姐随即扮演产婆，守着自家的羊妈妈产仔直到胎衣掉落，然后眼疾手快地拿棍子挑起胎衣扔掉。大人用亲身积累的经验告诉我们，母羊产仔后如若不把胎衣扔掉，产完仔身体虚弱的羊妈妈会转头把胎衣给吃掉。

而羊属于食草动物，它们没有食肉动物用尖锐的牙齿切割胎衣的能力。倘若任由羊妈妈把一整个胎衣强行吞咽下去，它会被胎衣噎住喉咙活活噎死。我们曾听爸妈说过，在他们小时候，家里就有产仔的牛妈妈，晚上产仔没人在身边照料，吃了胎衣后被噎死了。等他们早上起床发现时，产仔的牛妈妈的身体早就凉透了。因此我们在放牧时，必须盯紧将要产仔的牲口，好及时把胎衣清理掉！

无独有偶的是，那天堂姐扔胎衣，并没有像往常一样扔到树枝上悬挂起来，避免其他牲口路过捡食，而是随意将胎衣丢弃在离我们不远处的地上。堂姐的粗心大意给我们招来了祸端。我们放养的几头猪仔，刚好路过堂姐扔胎衣的地方。猪是出了名的杂食动物，它们可不会对诱人的胎衣置之不理。几头猪看到胎衣，立刻你争我夺抢食起来。猪群抢食引发的骚动，吸引了我们的注意力。我们下意识知道危险来临，想都没想就跑去，试图把猪口里的胎衣抢过来扔掉。

但是，只有两条腿年幼的我们，根本跑不过四条腿驱动的猪。我们追了一段距离便看到了晴天霹雳般的一幕：抢夺的猪群中，有一头抢得特别凶，它抢到胎衣后像个饿死鬼似的，在奔跑途中便开始吞咽。结果可想而知，那头贪婪的猪吞胎衣吞了一半，就因胎衣太大被噎住致使呼吸受阻，噎得它倒在树丛中进入休克状态。我们看到此景，心里犹如发生了一场天崩地裂的地震，苍天，大地，各路神仙啊！可把我们兄弟俩给吓呆了。我们心想这下玩完了，回去非得被爸妈揪着耳朵打个半死不可。好在，虽然我们被吓得魂不守舍，但双脚还是不由自主跑到那头猪的旁边，然后我们鼓足勇气，连忙用自己吓得颤颤巍巍的小手，将噎住猪喉咙的胎衣用力拉了出来。

幸亏我们施救得及时，猪还没有被噎得窒息而亡。我们刚使劲拉出卡在猪咽喉的胎衣，猪立马恢复了呼吸，蹦跶起来跑走了。我们在慌乱中手忙脚乱救活了猪，终于可以安心地瘫坐到地上，感受心提到嗓子眼，又咽回去的劫后余生感。猪是被我们急救回来了，我们兄弟心里从此得上了胎衣恐惧症，每当放牧看到掉在眼前的胎衣，我们的心就忍不住发慌，手心直冒冷汗。我们被吓得这么惨，又因为年龄小不懂事，当时便将责任全部推卸到堂姐的身上，我们用小孩子能想到的最歹毒的话咒骂堂姐，骂堂姐故意把胎衣扔地上差点害死我们家的猪。前一会，我们和堂姐还是关系紧密的小伙伴，不一会，我们就被为这事弄得反目成仇。

好在堂姐年龄比我们大，她们比我们懂事得多，并没有因为我们不可理喻的咒骂记恨太久。后来随着时间的流逝，有家长在中间做协调，我们和堂姐的矛盾便慢慢消除了。我们和堂姐、表妹的关系融洽的时候，好得跟一家人似的，恨不能整天整夜在一块玩。我们上午在家吃完饭从家里赶牲口出门之前，先像一个哨兵跑到大门前东张西望放哨，仔细观察小伙伴家的动静，看他们的牲口赶出门了没有。倘若看他们迟迟没有出来，我们着急了就扯开嗓子，用最原始的通讯方式大声呼喊她们几声。因为当时没有手机电话，我们跟邻居沟通的渠道就是靠吼。

我们用稚嫩的高音问堂姐、表妹饭吃了没有，今天准备赶牲口去哪个山头放牧？堂姐、表妹听到我们的叫声，犹如听到了集结号，立马跑到大门前回应我们。静谧的山村，也因我们的童声有了些许的灵气。堂姐、表妹见我们赶牲口出来，她们立即放出自家牲口跟在我们的后面。我们整齐划一指挥着自己部下的“兵马”行走在乡村小道上，将童年谱写成一曲铿锵有力的自强不息曲。

我们放牧的乐趣还有很多，夏天冬眠的蛇会出来蜕皮。大人说蛇最害怕闻到大蒜的味道，我们为克制害怕蛇的心理，每天吃午饭强迫自己吃上几口大蒜，还要拿一瓣蒜穿上绳子，把大蒜挂到脖子上才放心。每逢夏秋季交替，山上的树林中涌现大量的马蜂觅食，我们特别害怕被马蜂蜇到，大人又教我们说，看到马蜂要迅速远离，如果遇到几只马蜂挡道过不去，可以学布谷鸟的叫声，“布谷布谷”对着马蜂叫几声。因为布谷鸟是马蜂的天敌，马蜂听到布谷鸟的叫声就会跑路。我们不知道大人教的这些方法科不科学，管不管用，但为了保护自己，我们都一一做过。但我们更明白，保护自己最好的方法，是远离那些带有攻击性的蛇、虫、马蜂之类的危险动物。

记得那时我们家里几个月难得杀一只土鸡吃，每次吃鸡肉，我们嫌分到口的鸡肉不够吃，便打起鸡头鸡爪的主意。心想虽然鸡头鸡爪上的肉不多，但啃着挺香。怎奈大人又跳出来义正词严地对我们说，小孩子是不能啃鸡头鸡爪的。至于原因？大人说，等我们再长大一些，要送我们去学校读书，若是鸡头鸡爪吃多了，我们写字如同鸡爪子刨土太难看，为了我们能写出一手好看的字，大人啃吃鸡头鸡爪就行了。这让小小年纪的我们全然无言以对，只能看着大人在自己眼前大口大口啃食鸡爪，自己则偷偷地把哽咽在喉咙的口水吞咽下去。

我们经常玩的地方有一个干枯的泥潭。有一次，山上忽然下了一场过山雨，干枯的泥潭被山上流淌下的洪水灌满了。我们和堂哥堂姐一起躲过这场过山雨，看到泥潭被雨水灌满，不记得是谁出的馊主意，说猪是动物界里游泳的高手，我们可以拿眼前的泥潭用放的猪做一个试验。我们听了都觉得这个主意很不错，你一言我一语互相附和，一致同意让猪亲自验证，于是我们决定要将堂姐家才两个月的小猪仔，赶进足够把小猪仔淹没的泥潭去做试验。

我们心动立即行动，派出两个人去把小猪仔往泥潭里赶，其他人分散开来守在泥潭四周。但小猪仔很惜命，它到处横冲直撞，拒绝我们拿它的生命做试验。以我们两个人的力量，竟然一时间无法将小猪仔赶进泥潭，其他人见状一脸嫌弃跑来帮我们一起驱赶。在我们四五个人的围追堵截中，小猪仔逃无可逃，乱窜进我们扎好的“口袋”中，不要命地朝着灌满雨水的泥潭扑通一声从右边跳进去，然后迅速从泥潭左边游过去跑了。我们一群小伙伴，亲自验证了猪果然是动物界游泳的高手，大家更兴奋了，意犹未尽追赶着那头小猪仔，把它从泥潭左边赶进去，看它扑通一声往右边游出来，循环往复，玩了好几次，玩尽兴了我们才肯罢休！

而我们兄弟俩调皮捣蛋的功力不仅于此。话说有人的地方就有江湖，我们小孩子的世界自然也不例外！我们跟堂姐、表妹她们住同一个社区，我们的爷爷奶奶、父亲母亲辈都是沾亲带故的亲人，大家每天你来我往抬头不见低头见。所以我们在山上闹矛盾仅限于翻脸吵架，绝不敢打架斗殴，打架影响团结回家会被长辈收拾，我们心里明白得很。但是面对隔壁社区的同龄人，我们就大有不嫌事大的心态。我们跟堂哥的感情非常好，仗着有堂哥在附近放牧地保护，我们在牧场的同龄人面前走路都昂首挺胸，大有一副高高在上你惹不起我的架子。

邻家小伙伴的牲口不招惹我们的牲口也就罢了，如若他们的牲口不小心招惹了我们的牲口，我们势必会发难，给自家的牲口讨要一个说法。而如果对方同样是不嫌事大的顽皮孩童，他们也有自己的兄弟群。只不过我们多数时间不服输的是一口气，真正动手的时候不多，往往是面对面撂下最狠的话，而转头就忘了。

但有一次，我们竟然唆使堂哥帮我们去跟邻家的两兄弟打架。起因仍然是牲口惹的祸。为了方便自己在宽阔的牧场玩耍，我们把身上背的放牧包卸下挂到旁边的树木上。我们玩了一会跑远了，忘了自己的放牧包还挂在树上。等我们玩够了反应过来返回时，发现我们的放牧包被邻家的牲口用嘴扯下来咬坏了，它还正偷吃我们装在包里的玉米粒。放牧包可是我们放牛娃重要的东西，我们见状气不打一处来，仗着堂哥在离我们不远处，就气势汹汹地去找对方。

我们怀着满腔怒火跑过去，找牲口的主人邻家兄弟俩兴师问罪。我们上去得理不饶人，没有一句好话，自然得不到一个好的结果。哥哥急眼了，甚至用放牛鞭使劲朝邻家哥哥的手臂打去。打得邻家哥哥带着哭腔威胁说要暴打我们一顿。邻居哥哥的反应超出我们兄弟俩的预想，我们被邻家哥哥的虎威给吓哭了，吓得拔腿就跑。但我们还是不肯认输，我们边跑边委屈地向堂哥告状搬救兵，我们哭着告诉他自己被邻居哥哥给欺负了，要他无论如何要帮我们讨一个公道。

十几岁的堂哥也是个急性子，听说我们被人欺负。他当即跑来为我们“伸张正义”。堂哥跟着我们气冲冲地找邻家兄弟俩算账。我们很快找到邻家兄弟俩，刚才发生了什么大伙心知肚明，我们也就不做其他解释了。堂哥和邻家哥哥随即进入状态，犹如两头血气方刚的壮牛，握紧拳头就朝着彼此冲去。

我们原以为这是一场像斗牛一样的巅峰对决。我们兄弟俩负责盯住邻家的弟弟，感觉全身像爬满了蚂蚁，拳头痒痒难耐，还大声给堂哥喝彩！我们迫不及待想看堂哥将邻家哥哥击倒踩几脚，自己好尽情说风凉话，扬眉吐气一下。

但是，堂哥和邻家哥哥的对决出乎我们的预料！他们并没有像壮牛打架那样只拼蛮力，不玩门道。堂哥跟邻居哥哥心里都在权衡利弊，衡量自己有没有必要尽全力打赢这场被不懂事的堂弟赶鸭子上架的架。自己打赢了架如何，打输了会怎样？他们想得多了，打架就犹豫不决，明显雷声大雨点小。或许这就是人和牲口之间最大的不同吧！堂哥和邻家哥哥气冲冲跑到一起，看似都争强好胜，恨不能将对方撕碎，但实际上他们对上后就不停地挤眉弄眼，想用面部凶狠狰狞的表情逼迫对方妥协，谁都不敢轻易先动手。

他们最终只握紧拳头，像划火柴那样用力摩擦彼此拳头几下，嘴里碎碎糟糟说一些垃圾话，象征性证明我们打架是认真的，相互推搡了几下。堂哥在推搡中一度把邻家哥哥给推倒，之后他们觉得差不多得了，就示意今天点到为止。而后堂哥转身拉上我们，头也不回地回家了。

堂哥帮我们出头打架的结果，距离我们的期待相差太大了。我们很费解，堂哥什么时候变得这么怂了？直到我们长大了才明白，堂哥年长我们几岁，吃的盐比我们多，比我们更懂事，知道下狠手打架的后果有多严重。所以堂哥和邻家哥哥打架，才会权衡利弊试探一番应付我们的期待。后来我们去隔壁社区读书，在学校学到了以和为贵，小伙伴之间要团结友爱，我们浮躁的想打架的童心才渐渐地懂事起来。

四

我们放牛娃穿梭在家里和山上放牧一整年，最期待也是最快乐的一天，当数二十四节气春回大地的立春祭山那天。按照传统的放牧流传的规则，我们放牧的家庭集体在立春相约，带上丰富的食物上山野炊，同时祈求山神在接下来的一年时间里，保佑我们放到山上的六畜兴旺，个个吃得膘肥体壮，牲口每天在山上吃草时能躲开悬崖峭壁，下午能准时集结跟主人平安回家。牧养的每一头牲口对农村家庭来说都无比珍贵，所以祭山这件事我们从来不敢打马虎眼。

我们社区放牧的农户，立春日早上起床忙一会儿就开始做早饭吃，九点多便要开始收拾物品，其中包含锅碗瓢盆以及去年农历十一月中旬腌制的腊肉。然后还要切两节豆腐肠、香肠，砍三根排骨，切一块肥瘦相间的五花肉，外加一个鸡蛋。我们还会带些其他附属品，例如甜米酒、家里腌制的豆腐乳。大方的爷爷奶奶辈会拿几包零食和几个从街上购买的水果，分给比我们小的孩子吃。此外还会带酒水、盐巴、大米、茶叶、鞭炮以及土豆、白菜等常见的蔬菜。谁家偶尔拿瓶汽水或几瓶啤酒给我们倒一杯尝尝，我们就算是尝到过年的味道了！

再说回立春那天上午十点。我们各家收拾好东西，大人们走到大门口，像我们呼叫小伙伴今天去哪座山头放牧一般，对着街坊邻居扯开嗓子大声呼叫，商量今年该去哪座带有水源的山头。听到有人呼叫，邻居们都一呼百应出来搭腔，生怕自己听不到去哪里被落下。有邻居踊跃推荐自己心目中最佳的山峰，理由是那里的水源充足、牧场宽阔，容得下街坊邻居牧养的所有牲口。其他邻居听了纷纷表示赞同，然后大家就确定了此次祭拜的地点。我们随即拖家带口赶出圈里的牲口出发了。我们二十几户人家的社区，几乎每家每户都至少养了两头牲口，大家都对上山这事热情高涨。我们家爸妈及兄弟俩一家四口人全部一起去，全社区的人在这天基本聚齐了。

我们到了约定好的地点，先将拿来的东西集中放一块。大人们边交流边分工。有的大人负责起炉灶，就地取材搬几块大石头垒成灶，有的大人负责砍柴生火，有的去旁边的水源地接水，还有的大人负责将拿来的大米归纳到一个锅里准备煮饭，留下少许大米作祭拜用，有的大人则去清洗猪肉。不一会，我们放牧的山里便炊烟袅袅，升起腾腾的人间烟火气。刚才还宁静祥和的大山，随着参与的邻居陆续抵达，很快被大人唠嗑的玩笑声、小孩玩闹的大呼小叫声、我们放鞭炮的鞭炮声、牲口脖子上挂的铃铛声所占据。

我们小孩常年在山上放牧，对地形地貌了如指掌，更像是大山的主人，而许久不放牧的爸妈仿佛是我们招揽来的客人，我们拿出主人的风范自告奋勇跑在大人面前指引着路，监督着，巡视着。往常只有我们放牛娃跟在牲口屁股后面跑，立春上山，不仅家里的爸妈，连七大姑八大姨都去了，所以我们趁机偷懒把放牧和追赶牲口的活还给大人，我们则叫上其他的小伙伴聚在做饭的灶台旁，拿出一挂鞭炮拆开，从煮食物的锅炉底下，抽出一根烧了一截带有明火的柴，去旁边放鞭炮。我们近距离用鼻腔吸着放鞭炮飘散的火药味、空气中弥漫着的香喷喷的猪肉味，以及伴随着烧柴火冒出的随风飘荡呛人的火烟味！

我们一群啃惯了粗粮的小馋猫，终于可以在春回大地的第一天，大饱有米有肉的口福了。其中最令我们感到奇怪的是，我们和邻居精心拿去的猪肉制品，大家按同一个步骤养猪，猪吃的食物一致，我们杀年猪相隔的时间顶多差半个月，使用相同的豆腐、盐巴及各种配料灌豆腐肠，用同样的瘦肉和配料灌香肠，甚至灌豆腐肠和香肠的邻居，都是同样的一批人。按理说，这样灌出来的豆腐肠和香肠，吃起来的味道应该都一样才对。可是事实却不是这样的。我们在山上，把大家拿去的猪肉混煮一块，切好拿出来吃会发现味道大不相同。经常去邻居家吃饭的人，他甚至可以准确地分辨出哪种味道是哪户邻居独有。不仅一年如此，我参与过的那几年立春活动结果都一样，这不禁让我感到很神奇。

时间很快来到下午两三点，大人们娴熟地用筷子将锅里煮熟了的猪肉逐个捞出。刀工好的大人拿起菜刀，化身大厨，将猪肉切成片状装入大碗中。大人切好了猪肉，我们放牛娃开始帮忙，按照流水席的形式摆筵席。我们按人数分配吃饭的碗，筷子则在附近的树上即折即用，吃完饭扔掉即可。摆好碗筷，盛好猪肉、蔬菜，端来“大锅饭”，我们便招呼大家来吃饭了。吃饭时我们席地而坐，坐在流水席的两边。男性大人先倒酒喝，他们边吃菜边喝酒边唠嗑。女性大人则边吃饭边照看我们小朋友，还要看哪里的碗里盛的菜吃得不多了，便随手拿起勺子把锅里剩余的菜给盛出来。我们趁着大人忙着唠嗑开玩笑之际，默不作声快速地夹自己喜欢的肉和蔬菜吃。我们的肚子虽小，吃下去的饭菜精华却要比大人多得多，因为我们从小就明白吃饭不要多说话的道理。

男性大人吃好喝好仍意犹未尽，看酒瓶里还有酒，几个喜欢喝酒的便凑一块划拳继续喝。我们上山拿去的蔬菜和食物，抓去的两只鸡，连肉带汤都能吃完，但猪肉因为里面肥肉太多，排骨上面瘦肉稀少，豆腐肠放置的时间长了硬了不好吃，香肠里肥肉配料多，所以吃不完。我们都吃饱了，还剩下很多切了片的猪肉，大人们点名计算一共来了几户人家，按户拿对应的碗放到面前，拿起吃剩下的猪肉一家一家瓜分，直到分完为止。如此瓜分既公平也不浪费，街坊邻居都心服口服。我们拿回家的肥肉，有的喂看家的狗狗，有的作炒菜油二次利用。等我们吃饱分完剩下的肉，就开始收拾自家带来的锅碗瓢盆，再往做饭用的火堆浇上水将火全部浇灭。时间来到下午四点，我们把牲口交给大人管理，跟着爸爸或妈妈闲庭信步似的回家了。立春也是我们童年中，从早到晚身体自由、精神愉悦，吃得最满意的一天。

按照往常，经过我们经年累月地驯化，以牛羊为主的牲口生活作息也有了规律。我们和小伙伴在老地方玩耍至下午三四点，嘻嘻哈哈闹够了，放至陡峭地形自由采食青草的牲口群也该吃饱了，它们便主动向我们靠近。为保护新出生的小羊崽平安长大，我们白天放牧时将小羊崽留家里一个多月，等小羊崽头顶长出角，懂得紧跟着妈妈躲避大羊的攻击时，我们再把小羊崽和羊妈妈一起放出去。小羊崽留家里，羊妈妈在山上吃草一天吃饱了，母亲的天性促使它往回赶喂羊崽吃奶，所以它总是最早来集合的。集齐牲口群，点名无误，我们便迎着写意的晚风，沐浴着落日余晖，赶起牲口头也不回地回家了。

我们小伙伴一起赶牲口回家的气势，犹如千军万马浩荡而过。由于太阳即将落山的缘故，我们从西面的牧场往北面的家里赶，山头和路上会刮起阵阵逆风，我们的小眼睛一不小心就被风扬起的泥沙迷住。尤其是我们每天放牧来回固定走的大路，路上干燥的泥块早被笨拙的牲口群踩得粉碎。风大时，扬起的尘土能把我们呛得喘不过气。

牲口走路的步伐呈现各种姿态，牛群敦厚老实，走路慢悠悠地走在路中央，呈现一夫当关万夫莫开的威势。马匹像传令兵，时而跑在最前面侦查，时而在我们眼前晃晃悠悠追赶羊群。羊群则像一群调皮的孩子，一会跑到路上面的陡坡啃食两口青草，一会跑到路下面咬泥土，赖着不肯走。使我们不得不扮演起负责任的家长角色，时不时挥舞着手里的放牛鞭，吓唬走路慢吞吞的牛群；时而张口就骂上蹿下跳的羊群，威胁它们注意点。有趣的是，我们按照牲口身上毛发的颜色，给牧养的每一头牲口取了名字，当它不听话时，我们像跟人打招呼一样，准确叫出它的名字并加以责骂。在赏罚分明中，牲口们也习惯地接受我们给它取的名字。我们念哪头牲口的名字，它都会做出紧张或兴奋的反应。

我们漫不经心地跟堂姐、表妹一起赶着牲口回家，赶到岔路口随即分开各回各家。每当分别时，我们总依依不舍，约定明天见。虽然堂姐和表妹家的牛会打架，但我们赶在路上相隔一段距离，中间夹带着其他家庭的牲口，牲口就没有机会走到一块打架。在山上，我们把几家的牲口赶向不同的山峰，再走到老地方一起玩耍。只要确保牛群碰不到一块，就不会有意外事故发生。等赶着牲口回家，把牲口一个不少关进牛羊圈中，我们放牧悬着的心终于可以安稳落地了。

奔波一天把牲口赶回家，我们终于可以去玩了吗？事实是并不能。因为我们的童年恰逢农村地区大兴土木盖房子的时间，需要我们力所能及地和爸妈一起出力。好比，我们家里不是养了年轻力壮能搬运货物的马匹吗？那时社区还没有挖通公路，像建造房子时搬运石料和大件木材，从城市搬运打地基的水泥，给农作物施的化肥，从小卖铺购买大米，或驮运玉米碾玉米面，搬运玉米及农产品去街上售卖，这些都得依靠家里养的马匹驮运。因此那时的农村，超过一半的家庭都养了马匹搬运货物。建造房子打地基更是需要大量的石头，石场在距离村子三四公里的牧场旁的峭壁上。

我的爸爸刚好是个石匠兼马夫。我们力所能及的事，就是前脚把放牧的牲口赶回家关进圈里，后脚就得给马匹套上马鞍，重走一遍放牧来回的路程。将马匹牵到为建造家园不辞辛苦，顶着严寒酷暑打石头的爸爸身旁。随后爸爸给马驮上两块石头就跟我们一起回家。如果我们路上牵马的速度慢一点，当我们再次回到家时，时间就已经来到傍晚七点多了，天要黑了。我作为家里最小的孩子，又生病脚疼，我每次给马匹套上马鞍从家里出发都能得到哥哥和堂哥的照顾，他们让我骑上马匹代步，他们则在前面牵着马，保障我的安全。

打的石头自家够用时，爸爸会把打的石头，或是将从其他邻居那里购买来的石头，用家里养的马匹驮去村里，卖给其他社区需要石头打地基的家庭，赚一些钱购买材料接着建造自家的房子。因为没有公路，村里没有养马匹的家庭在建造房子、搬运生活必需品，以及驮运地里施的肥料时，都需雇佣养马的家庭帮忙驮运。做马夫驮货赚钱，就成了爸爸的一项副业。20 世纪 90 年代末到 21 世纪初，耕地的壮牛和驮货的马匹，是我们生活中最珍贵的两个宝贝疙瘩。事实上，马匹的用途远比耕地的壮牛广泛。所以壮牛我们只喂少许玉米，马匹则喂精心准备的马料。

我七八岁时，那时病情发展得越来越明显了。妈妈也不再强人所难强制要求我上山跟哥哥放牧，允许我疼了可以在家休息几天。可是妈妈她们白天下地干活，家里既没有电视，也没有玩具消遣。有一次，我待得实在太无聊了，就独自上山找堂姐她们玩。只管放开玩不放牧的感觉太棒了，但却被不知情的爸爸抓了个现形。因为我去山上玩的老地方，刚好要经过爸爸打石头赶马驮货的地方，避免不了要和爸爸打照面。

爸爸看到我坐在堂姐她们的身边玩，就问我是不是哥哥一起放牧，我担心爸爸知道我只是贪玩饶不了我，便心虚地撒谎说是跟哥哥一起来放牧。爸爸虽没看到哥哥但也不怀疑我，他满意地继续赶马驮石头赚搬运费了。原本我认为自己的谎言不会被爸爸揭穿，打发走爸爸，我又盘膝而坐跟堂姐她们玩打石子游戏。哪承想，爸爸接连走了两趟，两三个小时仍看我在原地跟堂姐她们玩。爸爸见不到哥哥的身影才意识到我撒了谎。看到我小小年纪为贪玩撒谎，爸爸立即不干了。他从离我们几百米远的山峰上走下来，看到我仍沉迷在游戏中，便气愤地骂我小小年纪不学好。爸爸警告我，赶快去找哥哥放牧，等他再赶马搬运一趟石头回来，如果我还在玩，他绝对饶不了我。

我撒谎骗爸爸本来就心虚，再被爸爸责骂教训，感到从不对我们发脾气的爸爸，忽然发脾气的样子很可怕，我意识到这是前所未有的危机，害怕被爸爸抓住收拾一顿，便趁着爸爸还没走到身边，如一匹脱缰的野马拔腿就跑。那次奔跑是我生病腿脚因疼痛行动缓慢以来跑得最快的一次。我横着跑过去的下方便是百丈高的悬崖，幸亏我跑得稳健没有摔跤，不然后果将不堪设想。爸爸的责骂在我童年的记忆中仅此一次。爸爸忙于生活，每天不是在石场当石匠打石头，就是在用马匹搬运货物赚钱，做家里的顶梁柱。陪伴我们兄弟俩成长和教育的重担，全部落到妈妈一个人的身上。

在我成长的记忆里，不善言辞的爸爸仿佛从未参与过自己的成长。我们记忆最深刻的是，每天给我们做饭吃的是妈妈，我们放牧出错，或是在家里调皮惹祸，管教我们的人自始至终也都是妈妈。因此童年时，在我们眼里，妈妈是一个不近人情的坏妈妈。有时我们遭遇妈妈严厉批评教育时，爸爸也正好在家，但爸爸只是若无其事静静地坐着，仿佛我们的成长教育跟他没有任何关系。我们被妈妈的虎威吓得哇哇大哭，看爸爸坐在身边，幼小的心灵仿佛看到了黎明的曙光，想抓住爸爸这根救命的稻草，便委屈地哭着跑过去跟爸爸告状。我们的哭诉中满是向爸爸求救的信息，希望爸爸当一次好爸爸，为我们主持公道，跟妈妈求求情。

结果呢，爸爸仍然跟没事人似的，不痛不痒跟我们说了几句，而后对我们的求助置之不理。爸爸没能像我们期待的那样，把我们抱进怀里安慰。爸爸自始至终对我们的无助袖手旁观。发生类似的事情多了，我们心里也不再对爸爸抱有幻想。当妈妈再次当着爸爸的面收拾我们时，我们只是拿渴望又无辜的眼神看向爸爸，却再也没有试图跑去告状或寻求安慰的冲动了。

童年时，我因为生病走路慢，得到妈妈的优待明显比哥哥多。而我也趁此机会跟哥哥要小聪明。比如，我们放牧一天赶回家，表妹家住在我们回家的必经之路的下方。每当我们赶着牲口快要路过表妹家时，我就故意放慢脚步落在哥哥的后面。而赶牲口在路上是不能停的，不然牲口会上蹿下跳祸害农作物。哥哥要马不停蹄地追赶牲口，我就有机会不受阻碍地去表妹家和她们接着玩，晚上我们再一起去旁边的外婆家睡觉，等第二天哥哥在家吃完饭赶牲口出来，我再出来跟哥哥去放牧。我要小聪明的次数多了，哥哥了解到我心里的小九九，每当看到我故意落后面，哥哥就停顿一下叫我赶快跟上去。我就装病，称自己的脚走了很远的路疼了，走不动了，哥哥也拿我没辙。

我们的童年时光，仿佛与生俱来就有承担家庭农活的责任。无论上山放牧，或是跟大人面朝黄土背朝天地去锄地或是割猪食，我们谁也不会问爸妈为什么，别的小朋友的童年在学习玩要，而我们的童年要替代大人，奔波在大山里的牲口后面，我们也没有资格拒绝爸妈的安排。幸好，我们把本该属于大人做的放牧工作，过出了童真色彩！我们在山上，在赶牲口来回的路上，在有限的环境里，用自己的方式获取了最简单的快乐！

第二章 短暂的读书生涯

回想我短暂而又漫长的求学路，不仅有爸妈坚持不懈的接送，有哥哥形影不离的呵护，还有老师们的善解人意——比如收留我们兄弟俩在狭窄的学校厨房做吃午饭，还有同龄表妹和其他的小伙伴们的守望相助。

一

在日复一日的放牧中，我们不知不觉到了读书的年龄。我 6 岁多，哥哥快 8 岁了，村里领导动员我们的爸妈，说该送我们这些适龄的孩子去学校读书了。爸妈辈的童年，因为条件十分艰苦，没能学到丰富的知识走出大山，成了他们人生的遗憾！尤其是我的妈妈，外公三十多岁因病早逝，留下了外婆和妈妈她们六个兄弟姐妹。妈妈作为家里的老二，上学到小学三年级，便早早地辍学回家帮外婆干农活。妈妈 14 岁就出门打工赚钱养活弟弟妹妹。读书少，没有文化，融不进城市的圈子，办事和文化人说不上话，是妈妈内心无法修补的痛。而爸爸的家庭条件比妈妈好一些，有爷爷奶奶双亲呵护长大，家里只有四个兄弟姐妹，所以爸爸有幸读到初中。

但那时的教学条件简陋，缺乏有知识的老师言传身教，读书改变命运的观念离农村孩子的世界太远，爸爸他们读书的时候大多是混日子，学到的知识有限。无论是妈妈或爸爸，他们长大结婚生子后，感受到没有知识，求人办事寸步难行的困难之后，都深刻地意识到读书识字、依托知识改变命运的重要性！爸妈的人生是无法重新来过了，但他们可以把汲取知识、改变命运的希望寄托到我们兄弟俩的身上。我们从小听到爸妈跟自己说得最多的一句话就是，爸妈苦点累点干农活不算什么，等你们长大入学读书的时候，一定要珍惜有书读的掌握知识的机会，不要像我们一样，只认识几个简单的汉字，如同文盲一样种一辈子的地。

尤其当爸妈看到我小小年纪生病，腿脚酸痛无法像正常孩子一样奔跑时，他们对我的未来忧心忡忡，更加坚定了要送我去读书识字的念头。村里宣传九年义务教育、扫除文盲的重要性，与爸妈的期望不谋而合。爸妈当即决定送我们兄弟俩入学读书。我们兄弟俩从小耳濡目染，懵懂地接受了爸妈强调的读书的重要性，便乖巧地听从爸妈的安排，开开心心地准备入学读书。但问题也随之而来，倘若我的身体和哥哥一样健康，爸妈送我们读书，只需要负责把我们送入学校，交齐学费，剩下的交给老师启蒙教导就好。问题是，我的双脚因为生病走路缓慢，我们入学读书，需要走四五公里远的路到隔壁社区就读。且学校不提供午饭，要我们每天早上七点从家里起床，八点上课前必须走到学校报到，中午十一点放学得跑回家吃饭，下午一点半上课前必须再次准时赶回学校，下午四点半放学再赶回家吃晚饭睡觉。

以哥哥的强健体魄，一天跑两趟没问题，况且和我们住同一社区的堂哥、堂姐、表妹以及其他的小伙伴们，他们每天都要往返跑两趟回家吃饭，也有伙伴。但以我走路的速度，放牧一天慢悠悠走一趟还行，让我赶时跑两趟太难为我了，我的身体根本无法做到。总不能让哥哥一个人跟着其他的小伙伴跑，把我扔在学校吧！尤其是到了冬季，受到寒冷天气的侵蚀，我的双脚更使不上劲，走起路来更困难。倘若爸妈没法帮我解决走路的问题，我就不能跟哥哥一起入学读书，不能读书将意味着我只能待在家里当一辈子的文盲，这对于我的未来可是毁灭性的打击。

好在爸妈非常执着，知道送我读书识字的重要性，便极力地想办法解决问题，并没有因为遭遇困难而打退堂鼓。在我童年的印象里，送我入学前的一段时间，爸妈每天都在为如何帮我解决上学难的问题着急。爸妈想了很多办法，认为送我读书遇到的困难，关键在我一天跑不了去学校的两趟路，如若帮我找到中午不用回家就能吃饭的地方，困难就解决了一大半。爸妈把解决困难的关键放在教我们读书的老师身上。爸妈想，他们去找老师说明困难求帮忙，若是老师能答应收留我们兄弟俩，中午放学在学校和老师一起做饭吃。到时他们再给我们拿一些大米、蔬菜给老师，就能解决我一天跑不了两趟学校的问题。剩下每天走一趟去学校的问题，他们可以早起背送我去学校，下午我们放学了，他们再去学校接我回家。这样就省事多了，也可以有效地节省来回的时间。

爸妈随后专门为我去老师家找了老师，恳求老师看在我上学困难的份上帮帮我。爸妈从始至终相信老师不会对我们的求助视若无睹。因为老师家住在我们隔壁，平常街坊邻居家办酒席，作为村里少数受人尊敬的文化人，老师都会接受主人邀请帮忙写对联，记人情世故随礼的账簿。我们一家人因此没少跟老师接触，看得出老师是一个乐于助人的好人，况且老师也是一个拄着拐杖走路的残疾人，他能感受到我的辛酸。

爸妈找老师帮忙的结果如料想的那样，老师了解到我腿脚发病，走路确实有困难，便欣然答应了爸妈的恳求，同意收留我们兄弟俩，中午放学了可以在学校的厨房跟他一起做午饭吃。得到老师的帮助，爸妈如释重负，便按时在 1997 年的 9 月 1 日送我们兄弟俩入学读书。爸妈也说到做到，他们坚持每天早起送我们兄弟俩去学校，下午我们放学前后到学校附近接我们回家。

我们行走在回家的路上，妈妈把我背在背上，左手搂着我的小屁股，右手牵着哥哥的手，时不时语重心长地跟我们说，看着我生病走路困难，作为爸妈的他们心情很沉重。妈妈说，她经常不由自主地想，如若以后我的病情加严重了，我的人生该怎么办？他们爱我，不管怎么都愿意照顾我，但他们也承包不了我的一辈子。到头来我还要靠自己面对生活，为了给我的人生提供更好的选择，只要我的腿脚还能走路，他们就要抓住入学的机会送我去念书。唯有如此，我的将来才会有前途。妈妈对我们说这些话的时候，我还小，不懂背后的深意，只觉得妈妈说话的语调很严肃，很深奥，我认真听完后，就若有所思地回应了妈妈一声“嗯”。

有妈妈苦口婆心地开导，我们在学校上课时都会集中注意力认真听老师讲课，我们回家把上课喜欢说话、不认真学习的同学拿出来当反面教材说给爸妈听。直到长大了，我才意识到爸妈坚持送我读书是多么有先见之明的举动，尽管后来我的身体只支撑我读到小学四年级，但我学到的汉语拼音，认识的基础汉字，足够为我艰难的人生种下一颗改变命运的种子。

倘若没有爸妈的先见之明，我因为困难没能上学，做了一个文盲，我就不会使用现代的智能手机写作，我就无法成为一名作家，我的人生必然是悲伤的。而现在，爸妈在童年不辞辛苦为我播种的知识种子，必定能长成一棵参天大树。但爸妈不嫌麻烦送我进学校读书，只是我迈入知识天地的第一步。我想要长久地学习下去，哥哥就必须要为我做出牺牲，因为只有哥哥如影相随陪伴在我的身边，照顾我的生活起居，我才能稳定地在学校度过汲取知识的每一天，爸妈也才能放心。

因此，哥哥仿佛是我童年生命中的一道光，我的成长一直在哥哥的呵护下循序渐进。从我们一起上山放牧，一起进学校读书，哥哥自始至终都在为我默默地做出牺牲。拿我们入学读书来说，哥哥 7 岁多，原本可以直接读一年级，然后升二年级，一级一级地往上升。而我的年龄不到 7 岁，按照入学限定的年龄制，我必须读一年学前班，而后才能升一年级。

但如此一来，哥哥就会升迁到村小学就读，我们这对从小形影不离的兄弟便会被分开。我的病情那时也在不断地恶化，如若没有哥哥在身边悉心照顾，我将失去继续读书的机会。爸妈经过协商，在没有征求哥哥同意的情况下，擅自做主叫哥哥为我留级一年，跟我做同班同学，方便照顾我。我和哥哥一起读学前班，一起读一年级，一起读完二年级升迁到村小学读三四年级。作为生病弟弟的哥哥，哥哥无疑是合格的，他用燃烧自己的方式，为我照亮了走向光明的通道，若不是我的病情恶化得太快，相信哥哥会陪我读完初、高中，甚至是大学。

我们入学的学校条件也不好，只有一栋土木结构、两层楼高的教学楼。我们学前班和一、二、三年级四个班级聚集在同一层楼上，由同一个老师给我们传授课本里的知识。我们简陋的读书条件，更像是武侠剧中，一个夫子教一群年龄相差不大的孩子上私塾课。老师的目的只为教会我们汉语拼音和基础的汉字，外加传授我们简单的算数和九九乘法表。学前班与一年级课程的内容一模一样，二、三年级只学语文、数学两门科目。四、五、六年级才增加自然课和思想品德课。四年级的学生早上起来跑一会步就算是上体育课，老师偶尔在黑板上用粉笔画几朵花，让我们坐在自己的座位看着画，就算上了一节美术课。

我读书的五年时间里，一共受到了三位老师的教导。第一位是双脚残疾拄着拐杖走路的男性赵老师，由于自身残疾，赵老师对我也多了一份共情。在我短暂的读书生涯中，赵老师不仅是我的启蒙老师，同时也是收留我们兄弟俩跟他在学校，做了三年中午饭吃的恩师，如若没有赵老师的接纳与帮助，我的求学之路会更辛苦。遗憾的是，我生病瘫痪在家近 20 年了，再也没有见过赵老师一面，也不知道他过得怎样了？如果有一天我能成为一名优秀的作家，我想创造机会去拜访赵老师，当面感谢他当年对我的恩情。

我的第二位老师是我们学校所在社区的一个亲戚，以辈分论，我们管她叫姑姑。姑姑之所以做了我人生的第二任老师，是因为赵老师双脚走路不方便，在我们读二年级时意外摔了一跤，住进了医院。赵老师住院后我们没有了老师教学，教育部门便找姑姑来给我们做代课老师。我脑海中关于姑姑教我们读书的印象已经很模糊了。我不记得姑姑代课教了我们多长时间，我只记得在自己读书的时候，有个亲戚姑姑代课教了自己一段时间。因为我们是亲戚，在她代课前我们两家来往过很多次，她代课教我们读书时，我们也习惯叫她姑姑，极少叫她老师。

我的第三位老师是杨老师，是一位女老师。她教了我三、四年级两年书。这两年时间，杨老师知道我生病走路腿脚不利索，给了我很多特殊的关照。比如，我们早上七点起床做早操跑步，老师见我跑不动便允许我不参加。每个星期的周五学校做大扫除，老师让我休息，在旁边看着同学们做就行。我们中午十一点四十五分放学做饭吃，其他的同学到点功课没有做完，老师要求他们做完功课再下课。对我，老师知道我走得慢，到放学时间无论我的功课有没有做完，老师都默许我下课，让我去做饭吃。在课上，老师时常教导其他同学，同学之间要团结互助，要同学们力所能及多帮帮我。

谈及我们的学习条件，虽然我们 80 后、90 后出生阶段碰上“计划生育”，但那时候爸妈辈所在的农村，长大成人、谈婚论嫁、结婚生子的主流观念深入人心，生活条件上大家都穷，反而容易结婚生孩子。60 后的爸妈辈，几乎每个人都能找到与自己家庭条件匹配的对象结婚。且每个家庭至少生育了两个孩子，有的家庭生育了三个。我们一个自然村，被划割为十几个小型社区。每个社区平均住着二十几户近百号人口。每个社区里至少有十几个 6 到 8 岁等着入学读学前班和正就读一、二、三年级的学生。

因为地方贫穷落后，学校十分简陋。村小学无法一下子容纳全村上百名小学生。为了要给每一个到入学年龄的孩子提供一个走进学校读书识字、不做文盲的机会，教育局推动以两个邻近的社区为单位，建立一所容纳二十几名学生的学校，将符合入学年龄的孩子应招尽招，教授一、二、三年级的基本常识。我们的不少同学来自相邻社区，放牧时相互间都有过争执甚至打过架，但都被规划进同一个学校。我们昔日放牧场上打架的对手，为相同的求学目标成了同学，渐渐地混熟了，成为无话不谈的同学，有时还会互相邀请对方去家里做客。

我们学前班和一、二、三年级，被压缩在巴掌大的社区学校。我们要在社区读完三年级，才允许升迁到村小学读四、五、六年级。在村小学读完六年级毕业，才升到乡镇就读初中。乡镇读完初中三年，通过考试，分数达到高中录取分数线，才允许升到县城就读高中。但是到了我们这一届，村小学修建了新的教学楼，教学条件明显改善，学生人数也开始下降，教育局规定我们在社区读完二年级，三年级就能升到村小学就读。我在生病丧失行走能力之前，入学读书五年的学习生涯中，学前班和一、二年级，前三年在巴掌大的社区学校度过，三、四年级这最美好的两年时光在学习条件较好的村小学完成学业。

最让人敬佩的是，教我们学前班和一、二年级知识的老师，他的教学能力是真的强，他以一己之力教我们三个班级的课程，且丝毫不耽误我们掌握课本上的语文、数学知识。记得我们刚开始学数学的时候，计算器是什么我们都不知道。老师拿算盘教我们做加减乘除，我们买不起算盘，老师退而求其次，叫我们弄一捆如同筷子状的竹子，学数学课时拆开来一根根数。学会了简单的数学，我对金钱的数目才有了懵懂的认识。我从爸妈那里拿到的零钱，只有一分、二分、五分钱的人民币。有次社区里来了一个货郎卖塑料口琴、梳子和其他的货物。我记得自己特别地喜欢塑料口琴，好想买一把吹，可是货郎卖的口琴要五毛钱一把，我手里的几张几分钱纸币加起来都没有一毛，我就这样遗憾地错过了喜欢的口琴。未能如愿购买口琴的遗憾太深，导致这件事在我年幼的心里像搁浅一样挥之不去。

我们就读的社区学校的条件，用“简陋”两个字足以概括。我们每天读书的学校，是土木结构的，和家里居住的主房规模大小相同。房子的框架是木头榫卯结构，屋顶用木材打好框架，采用瓦片覆盖。楼中间搭一排横梁钉上木板分为上下两层楼。学校跟我们家里居住的房子相比，两者间最大的不同就是学校的外墙粉刷了一层纯白色的石灰，远处看起来奢华高贵了许多。我们家居住的房子刷不起纯白色的石灰，为防止墙体漏风，我们就挖来黄泥巴，拌入松毛，敷一层在外墙挡风。

我们在毫无装修的学校楼上学习，条件简单得不能再简单了。简单唯一的好处是我们坐在敞亮的楼上读书，时刻都能感受到自由的风，呼吸着新鲜的空气。学校前大路上的行人，树梢上停歇了几只小鸟，对面山头上的四季流转，田园里的庄稼，如何一茬茬播种，如何蹭蹭地往上生长，如何成熟丰收，我们都尽收眼底。老师在教学楼上摆了四排课桌课椅，在南面和北面的墙上各挂了一块黑板。我们学前班和一年级混搭坐前排，看向北面的黑板学习；二、三年级的同学，坐在我们后面看向南面的黑板。我们上课时，老师犹如一个慢速运转不停的陀螺，一会转我们前面，把一些课本内容写黑板上，一会转到二、三年级同学前面，在黑板上嗖嗖嗖写一堆课本知识。一到上课时间老师便忙得不可开交，根本没有时间停下来喝口茶，歇息一会。

我们在教学楼上学习，楼下则装修成一大一小两个房间。教我们读书的老师住宿在小房间。老师的房间里同时放置了生活用品，比如我们学习需要用到的订书机、算盘、试卷和各种学习用品。老师在睡觉的房间前面，围起了一个狭窄的灶房做厨房。我们和老师在里面做了三年的午饭吃。另外一个大点的房间，里面放了一张完全用木头造成的乒乓球桌。附带放一些我们和老师做饭烧的柴火。虽说我们的学校摆了一张乒乓球桌，怎奈球桌的高度及宽度，都是按照大人的身高臂展打造的。

像我们七八岁的孩童，站到球桌前，球桌的高度跟我们的肩膀持平，我们根本无法自如地打乒乓球玩。即使我们搬一个小板凳站上去，成功把乒乓球从手里发出去，对面的同学也够不到，回不了我们发过去的球。而且学校配备的乒乓球球拍，只有两副，上面贴的胶面在我们的好奇造作下，没过多久就被撕烂了。学校里的乒乓球，也只有两个。我们把乒乓球拿在外面扔来扔去玩几次，不小心踩烂就没得玩了，因此，学校给我们配置的乒乓球桌形同虚设。

除此之外，学校还给我们配备了一个篮球。我们把篮球抱在怀里，像挺了一个大大的肚子。以我们的身高臂长，别说灵活地把篮球运起来，就是想把篮球稳稳地控制在手里都很难做到。而且学校只有单独的一个篮球，连一个投篮的篮球架都没有。我们只知道自己手里用力拍打就会蹦蹦跳跳的东西叫篮球，至于它具体用来干什么，什么叫打篮球比赛，我们的脑海中一点概念都没有。因为那时的村里没有几台电视机，也没有卫星信号。我们看不到电视新闻，也对外面的世界一无所知。

我们的学校有一个主楼，三面有围墙，前面围墙中留了一个进出的大门，中间有一个院子。院子里，绕着围墙栽了几种形色各异的鲜花，一年四季都能看到娇艳的花朵绽放。我没能走出去看世界，读更多的书，不知道院子里的那些花朵叫什么名字，只记得有一种花叫“鸡冠花”，我们经常手痒摘一朵绽放的鸡冠花，撕成一瓣一瓣粘在额头和鼻梁，像极了戴了冠的公鸡。每当我们撕一瓣鸡冠花粘在鼻梁上，一群同学便争先恐后模仿公鸡报晓，叫得不亦乐乎！学校的围墙外是社区邻居的土地，栽满了高低大小不一的桉树。每到冬季，田地里的农户干完停歇了下来，主人家就有充足的时间，来把茂密的桉树生长出的枝叶砍掉，拿去专门熬制桉树油的熔炉熬油，留下树干和少许枝节，看着一片荒芜，但用不了两个月，树干上便会重新生长出一茬茬稚嫩茂密的桉树枝，等着主人家再次砍去熬油。桉树下方不远处住了一户人家，再下面一些便是社区中央供行人赶路的主干道，是我们去乡政府赶集办事的必经之路。

学校没有厕所，我们上厕所只能在学校北面挖一个坑。我们拉肚子上厕所时，就如同偷东西的小偷偷偷摸摸地，生怕把动静闹大了引起其他同学的注意。上厕所没有纸，我们只好捡几块散落在地的石头凑合着用。那时的学习条件可谓简陋无比，但是我们满足于眼前有老师教，有同学一起玩耍，有书读的成长之路。我们在学校度过的每一天都很快乐！

二

我读书的五年时间里，教过我知识的三位老师了解到我生病的特殊情况，他们处处给我提供人性化的照顾，从来没有打骂过我一次。顶多在我调皮乱说话惹其他的同学生气，同学向老师告状时，才当着全班同学的面给予我批评教育，告诫我下次再胡乱说话，她就撕我的嘴。我因为性格脆弱，受到老师批评时，我被吓得眼泪汪汪，差点放声哭出来。尽管如此，我知道老师对自己做出的批评教育是对的，我能虚心地接受。从那以后我再也不敢口无遮拦招惹其他的同学了。

但在我的记忆里，我曾被村小学派下来监考的老师，勾起食指使劲地磕过脑瓜子。事情发生在我们读一年级的期末考试时，为防止学生考试作弊，期中期末考试，村小学都会派监考老师带上试卷来监督我们考试。我和年龄相仿的小伙伴兼同学坐一块，我们考试进行了一半，我好奇同学的试卷题目做到哪里了？我想了一会，忍不住好奇心的驱使，便明目张胆地探过头去，想看个究竟。哪承想，我的举动被监督的老师看在眼里，老师误认为我在偷看同学的试卷抄答案，她便如同猫捉老鼠般悄无声息走到我的身边，勾起食指二话不说往我的小脑袋上磕打一下，作为警告。

老师磕打我的那一下非常用力，我的耳朵听到了一声清脆的“咚”，磕得我疼了好长一会才缓过来。这次被老师磕打脑袋瓜子，是我生命中唯一的一次。因为起因是个误会，我被磕打得又特别疼，所以这次经历深深地印在了童年的记忆中。后来听说，磕打我脑袋瓜子的老师，在我们村小学的老师中是出了名的暴脾气，她从不和惹事的学生客气，经她手打过的学生不计其数。

回想我短暂而又漫长的求学路，不仅有爸妈坚持不懈的接送，有哥哥形影不离的呵护，有老师们的善解人意——比如收留我们兄弟俩在狭窄的学校厨房做吃午饭，还有同龄表妹和其他的小伙伴们的守望相助。有时爸妈因家里建造房子太忙，没能及时去学校接我放学，我们慢悠悠地行走在放学回家的路上时，遇到放牧或是过路的邻居，他们都特意为我停下急促的脚步，走到我的跟前将他们壮实的后背展示给我，示意让我上来他们好顺路背我一程，这给我留下最美好的记忆。同样来自同年级的小学生，比如表妹她们对困难的我也是仗义相助。我们去社区学校读书的三年，去的时候我们起床的时间点不同，没能天天和表妹她们一起去；放学一起走出学校的大门，表妹她们自愿跟哥哥一起耐心地等着我慢慢走，从未把我们扔在半路上自己先跑回家，看我脚疼走得实在太慢了，表妹他们就学着大人要背我。

但我六七岁的身体发育得很好，我的身高体重一点不比表妹她们轻。她们背上我走不了几步路，就被我压得气喘吁吁停了下来。即便如此，她们也不放弃带我一起回家的念头。小伙伴嘻嘻哈哈边走边发挥小孩的聪明才智，以玩游戏的方式想出各种方法带着我走。不记得是谁出的馊主意，他们捡来一根粗长的木棍，他们认为以一己之力背不动我，利用工具两个人扛，肯定能扛得动我了吧。于是他们出来两人，把棍子扛到肩膀上，叫我双手用力吊在棍子中间，他们齐心协力扛着我一起走。我因为没有锻炼过手臂的力量，根本吊不住多长时间，表妹她们扛着我走得晃晃悠悠像是喝醉了酒，吃力地没走几步就把我抖落下来。

看我手臂力量支撑不了身体，表妹她们又出馊主意，想学大人抬猪，将我手脚捆绑吊在棍子中间再来扛。幸亏当时我们身边没有绳子，不然表妹她们来了兴致，说不定真会模仿捆猪把我捆绑起来。我们想出的方法简直太搞笑了，每次都把我笑得东倒西歪。结果，表妹她们的力量没有自己想象的那么大，每次把我扛出十几米她们就坚持不住了。我们想的方法最终都以失败告终。但我们小伙伴间积极乐于助人的精神，给我们的成长带来了非同一般的快乐！我们童年的快乐除了在学校、在家里，还多了一份在路上不离不弃的守望相助，美得让人陶醉。

上学路上最让我年幼的心动容的是，社区里有一个驼背致残、身高比一般女性矮、走路不快的大爹。他的身体干不了繁重的农活，手不能提，肩不能扛，只能依靠放牧求生存。然而，就这样被命运亏待的大爹，我们行走在放学路上遇到他赶牲口回家，大爹也要像其他身体健康的邻居一样背我一段。我因为走路困难从来不会死要面子，遇到愿意背我一段的人，我都开心地让他们背上去。

大爹的背不如身体健全的人平坦，走路的脚步高低不平衡，行走在崎岖不平的山路上，感觉很是颠簸；但大爹的心是坚毅善良的，他面对不幸的时候脊梁是挺直的，他的背是铿锵有力的，他用自己残疾的身躯放牧，养活了堂姐她们，送她们入学校读书，让她们长大成人，结婚生子。我伏在大爹崎岖不平的背上，双手搂着他的脖子，没有半点不适，心里满满的都是安全感。大爹用自己力所能及的善良，用自己身上散发的余光温暖着身边的人，以此回应给他不公的世界。我艰难前行的世界也因为大爹的善举多了一道亮光。

我们在学校跟赵老师做了三年的午饭，给我留下最深的记忆。课堂上，赵老师是一名严谨教书育人的好老师，他用平易近人的方式抚慰着我们懵懂的心灵，认真讲解传播给我们的知识，教导我们如何当一名好好学习天天向上的学生。我们中午放学做饭时，赵老师又是一个和蔼可亲的叔叔，他从没把老师的威严带入生活。无论他拄着拐杖给我们做多少顿饭，或是在饭桌上聊人生，赵老师都亲切地跟我们畅聊各种家常，顾及我们的感受，耐心倾听我们讲述的心事。我们同吃一锅饭三年，赵老师没有一次因为我们有求于他而给我们难堪，连一点情感上的不适都未曾有过。赵老师是一名伟大的教师。

我们上学途中也曾遭遇过意外，有次我差点被邻居养的凶猛猎犬给咬伤。我们每天来回去学校走的大道，必须路过居住在山坳里的邻居家住所。邻居家住在山坳里，四周被山坡包围，是出了名的“独家村”。农村普遍有养狗看家护院的习惯，“独家村”的邻居为防止家中的财物被盗窃，便专门养了一只身强体壮、生性凶猛的猎犬。但凡有路人从门口的路上经过，邻居家养的凶猛猎犬都会发起虎威，恶狠狠地想扑出来咬人。邻居大门前的这段路，成了我们上学路上最令人惊心动魄的地方。家里的长辈深知邻居养的猎犬有多厉害，他们经常三令五申告诉我们，倘若身边没有长辈同行，叫我们宁可多绕路，也不要贸然地走邻居家大门前的近道，免得被猎犬咬伤。

怎奈我们习惯了抄近路，每天抱着侥幸和追求刺激感的心理，带着冒险家的精神，偷偷摸摸地路过邻居家门前，将长辈的告诫语抛在脑后。但我们也十分胆小，害怕被邻居家的猎犬攻击。无论我们在其他路段闹得多欢愉，尖叫得多大声，你追我赶跑得有多快，进入邻居家有可能惊扰到猎犬的范围，我们都会规规矩矩自觉按下静音键、慢进键，停下奔跑的脚步，止住欢愉大叫的嗓音，像个要入室盗窃的小偷，屏住呼吸，提心吊胆走完这段凶险的路。等走到了安全地带，我们立马如释重负，释放压制在内心活蹦乱跳的小鹿，迎着太阳落山时吹起的晚风，打打闹闹往家的方向赶。

邻居自然也知道自家养的猎犬有多凶，但他们住独家村，需要借助猎犬的凶猛看家护院。为防止猎犬太凶撕咬到我们学生和路人，邻居家只得用铁链把猎犬拴得牢牢的，尽可能既起到看家护院的作用，又能避免猎犬无故攻击咬到路人。尽管邻居用铁链拴住猎犬，但猎犬见到生人便龇牙咧嘴，瞪着凶狠的眼神朝我们狂哮，还四肢并用在地上刨坑。看着随时可能挣脱铁链束缚扑向我们的猎犬，我们吓得胆战心惊！邻居是做了安全措施，但百密总有一疏。

记得有一次，放学经过邻居家，我们像往常一样，不敢发出声音小心翼翼地走路。结果还是被邻居家不知怎么挣脱铁链束缚的猎犬发现了。我们路过看到猎犬脖子上绑的铁链不见了，猎犬也感应到我们的气息站了起来狂吠；我们知道这下完了，想往回跑肯定是行不通了，只能硬着头皮，边尖叫边拼命地跑过邻居家屋前。尽管我的腿脚平常因疼痛走不快，但到了危险边缘我也能激发出求生欲，本能地撒腿顾不得疼痛跟伙伴们快速地奔跑起来。猎犬看我们跑得飞快，激发了它捕猎的兴趣，它开始追赶我们。我们慌忙跑出十几米远，我的双腿终究跑不过小伙伴，哥哥出于逃生的本能也不再等我，我落在了最后面，眼看就要被猎犬扑上身撕咬的时候，年龄最大的堂姐在快速奔逃中急中生智，冷静地闪躲到路下面的大树旁边，弯下腰捡起几块大石头，在我跑到身边之后，堂姐就勇敢地站了起来，用手里的石头狠狠地丢向猎犬。

堂姐手里的石头丢完，又迅速弯腰从地上继续捡石头，并大声地斥骂猎犬。堂姐的虎威把凶猛的猎犬吓了一跳，它随即停下追赶我们的脚步转身跑回家，我得以在堂姐勇敢的保护下逃过一劫。那一刻堂姐成了我们孩童心目中的大英雄，我们都忍不住对堂姐竖起大拇指。用各种好听的话巴结奉承堂姐，把堂姐说得不好意思，对着我们害羞地傻笑。想必连堂姐自己也意想不到，她能在关键时刻做出惊人的举动吧！经此一役我们恨透了邻居家的猎犬。

我们经常围在一块商量该怎么弄死那只在我们眼里十恶不赦的恶犬。我们想了很多种方法，决定从家里捏一个饭团，弄点耗子药放进去，路过邻居家时随手把饭团丢给猎犬，只要猎犬吃下我们丢的饭团保管完蛋。结果我们因为弄不到耗子药，也害怕出事被大人收拾，谁也不敢轻举妄动或是怂恿其他小伙伴去做。可见，大人称小孩“小鬼头”不是乱叫的。我们既嫉恶如仇也懂得耍小聪明衡量利弊！我们报复猎犬的行动，最终在伙伴推辞来推辞去中淡忘掉了。

我为了维持住读书汲取知识的机会，拖着病痛的身体努力地坚持着。身边的每个人，从爸妈、哥哥到堂姐、表妹，再从学校的赵老师，到放牧过路的邻居，他们都在极力给我帮助，他们为我开辟了一条可坚持的接力赛道。可见那时的乡亲有多么的善良，大家的快乐有多么简单。我们在学校也会展露小朋友拉帮结派的本能，比如推举出一个长相漂亮的女同学当老大，大家心甘情愿围绕着她转。她就像一个专权独断的女王，我们玩耍的是非对错全由她一个人说了算。倘若谁招惹了她，她就会命令其他人孤立他，连悄悄地说一句都不可以。除非招惹她的人主动跟她承认错误，获取她的原谅，她才允许那个人重新回到圈子，我们兄弟俩因此没少被孤立。好在我们有两个人共进退，不会被校园“冷暴力”伤到。

虽然我们的学校简陋到极致，连一个平整像样的操场都没有。但我们在有限的条件里玩过丢手绢、拔河，还有疯狂的老鹰捉小鸡游戏。我从小就喜欢看武侠剧，看到武侠剧中一个大侠，同时能吊打一群人的剧情，我不知天高地厚的心灵很受触动，总想在现实生活中模仿。我在学校叫来几个女同学，叫她们围着我快速出手，结果我没能像武侠剧中大侠那样，用灵活闪躲的身姿化解几个人的拳头，我被女同学出的毫无章法、势不可当的拳头打得腰酸背痛。我品尝到乱拳打死老师傅的悲伤感，从此以后我认清了现实跟武侠世界的差距，再也不敢随意模仿武侠剧情找打了。

我们玩丢手绢游戏时，一群同学围成一个圈盘膝而坐，选出一个同学拿上女生喜欢用的手绢，在同学们身后像一匹小马驹兴高采烈地蹦跶。蹦跶的同学悄悄地把手绢丢在某位同学的身后，便快速坐回自己的位置。为干扰同学发现手绢被丢到身后，坐着的同学都会一边有节奏地拍手弄出噪音，一边大声唱起丢手绢的歌谣："丢手绢，丢手绢，轻轻地放在小朋友的旁边，大家不要告诉他，快点快点找出他，快点快点找出他。"感知能力强的同学，感应到手绢丢到了自己的身后时，按照游戏的规则，他可以迅速地站起身来，捡起身后的手绢，又轻轻地将手绢丢在其他的同学身后。

我们在社区小学当上了少先队员，第一次戴上了红领巾，学会了老师教我们唱的《义勇军进行曲》《我们是祖国的花朵》《我们都是共产主义接班人》及《上学歌》等歌曲。我们喜欢唱《上学歌》："太阳当空照，花儿对我笑，小鸟说早早早，你为什么背上小书包？我去上学校，天天不迟到，爱学习，爱劳动，长大要为人民立功劳。"学完后我们不忘调皮地修改歌词："小鸟说早早早，你为什么背上炸药包。我去炸学校，老师不知道，一拉绳，我就跑，炸了学校回家就放牛。"我们在学校的课本中，认识了放牛娃王二小，知道了黄继光、邱少云等革命先辈的壮烈事迹！逐渐对"今天的幸福生活来之不易"有了认知。学习知识，犹如帮我们打开了通往新世界的大门，我们懵懂地对脖子上戴的红领巾多了一分敬意。

我们读一年级时迎来了人生中第一个六一儿童节，老师提前告知我们，六一儿童节当天，他要带领我们上村小学参加活动，叫我们提前做好相应的准备。六一儿童节当天，爸妈给我们穿上新衣服，让我们带精心给准备的食物，一大早送我们去学校。我们早上八点准时在社区学校集合出发。我们爬了一个多小时的山路，爬到山顶才到村小学。而我们参加六一儿童节活动，需要等到下午四点半活动结束才允许离开。村小学的条件照样简

陋，不会为我们辛苦爬上来的社区小学生提供任何吃喝用的东西。

且村小学没有食堂能打饭，我们吃的午饭，需要自己想办法解决。最让人难受的是，村小学连做吃饭的地方都没有给我们准备。在如此艰苦的条件下，我们唯一能想得出的办法就投奔我们在村小学就读四、五年级的堂哥堂姐们。至少他们在村小学里有自己做饭的锅碗瓢盆，以及做饭的灶台。但是环境仍然不理想，村小学仓促地在露天的操场上，用木材搭了一个简易的框架，盖上一层油毛毡给我们做集体厨房。在这样简陋的厨房里做饭，我们被烧柴滋生的烟雾缭绕，熏得泪流满面想要逃离。假如遇到下雨天，柴火潮湿烧不起来，厨房里的烟熏火燎就更难忍受了。

我们在六一儿童节时去村小学参加活动，村里所有社区的小学生都集齐了。我们各自找到自己在村小学的亲戚，做饭的厨房瞬间挤满人，如同一个人潮拥挤的集市。我们第一次游走在人多声杂的场景里，胆怯得不敢随意走动，连大声说话的勇气都没有，但这也让我们有一种大开眼界的感觉，犹如一群土包子进城，看什么都觉得稀奇，把自己没见过世面的乡巴佬形象展现得淋漓尽致。

爸妈精心为我们准备的东西有大米、一小块平常舍不得吃的火腿肉和几棵蔬菜，再拿几毛钱给我们到村小学旁边的杂货铺买吃零食。爸妈同时千叮万嘱，教我们把钱藏在自己的衣服中贴着身体，免得不小心把钱弄丢了，或是被村小学里的坏学长抢走，那样我们就没钱买吃零食了。我们不知道传说村小学有坏学生专门欺负社区来的小学生，收取保护费，强抢零钱零食吃的事是真是假，却也给我们对村小学的向往蒙上一层面纱。我们到村小学说是去参加活动的，但我们没有准备节目，只是凑热闹，最多和学长他们一起唱歌。时间来到下午三点多，我们全体小学生集合在村小学的院子里，一起荒腔走板地唱刚学会不久的国歌。

尽管我们像土包子进城，很胆小，但唱起国歌时我们却莫名感受到一种骄傲，敢于扯着嗓子跟着同学们大声齐唱。唱完国歌再听校长老师讲话。我不记得老师们讲话说了什么，只记得老师说完后就拿出笔记本和钢笔，奖励学习优秀的同学，而笔记本和钢笔是我们社区学校可望不可即的东西，看得我内心很激动，希望老师能念到自己的名字，也能给我颁发一份奖励。

结果我因为学习还不够优秀，与村小学颁发的奖励无缘。时间来到下午四点半，结束了一天的活动，我们就能解散回家了，回到家里后，我们便迫不及待地把自己在村小学过儿童节的所见所闻分享给爸妈听。

读完二年级，村小学对升学制作出了调整。为了给我们提供更好的学习条件，教育局决定将村小学六年级，提前迁到条件较好的乡镇学校。村小学里的六年级走了，我们三年级自然而然被提前迁到村小学做补充。依稀记得，在我们二年级放暑假时，村小学的老师通过写信的方式，通知我们的家长三年级新学期开学，可以直接把我们送到村小学就读。从爸妈那里听到这个振奋人心的好消息后，把我跟哥哥激动得晚上睡不着觉。

社区学校的学习条件终究太简陋了，我们不由自主地渴望更好的学习条件。但问题也随之出现，村小学一个年级仍然只有一个班，三年级的班级只能容纳 22 名学生，我们各个社区二年级的学生全加起来，远超过 22 这个数值。该怎么办呢？村小学经过商议，决定不论年龄，优先录取学习成绩较好的同学升三年级，成绩差的同学，就在社区学校留级多读一年。

好在我学习成绩还不错，要比大我一岁的表姐们好一点，于是顺利拿到随着哥哥一起升迁村小学的名额。记得我们刚到村小学报到那天，教我们读书的杨老师看了我的年龄后专门来找我，带着开玩笑的口吻跟我说，村小学的同学多，竞争大，要不让我回社区学校继续留级读一年再来？我为自己能来村小学读书激动了一个假期，绝不会轻易放弃留在村小学的机会，况且我的病情不断在恶化，身边也离不开哥哥照顾，我直截了当拒绝了老师的提议，留在了村小学。

我们那一届三年级生，大多数同学的生肖属龙，属蛇，属马，而我的生肖属羊，年龄明显比其他同学小 1 到 2 岁。老师担忧我跟他们一起学习，成绩不如他们，会背负压力，才试图建议我留级跟年龄相仿的同学一起。但我依赖哥哥，照顾坚决不留级，老师也就没多说什么了。我用自己的学习成绩顶掉了表妹和其他伙伴，顺利进入村小学读三年级。迎来了生命中最美好的学习成长阶段。

三

我如愿留在了村小学读三年级，我的成绩在班里算不上佼佼者，但也不算差，能稳定在班级十几名里。虽然我生病腿脚走路不利索，处处受到老师同学们的帮助，但我从不会借生病耍无赖虚度光阴。我在学校认真学习，按老师要求背诵课文，按时做好老师布置的作业。从不给老师添乱。我们读三、四年级的科目，只有语文，数学，自然，思想品德四门课。可能是教师资源紧张的原因，教我们四门课的老师从头到尾都是一个人。

我们住校的规定，早上七点课铃响就起床洗脸进入早自习。八点下早自习去小卖铺购买早餐吃。八点半回教室坐等老师九点来上课，每 45 分钟一节课，课间休息 15 分钟。上午上 3 节课，上到十一点四十五分放学做吃中午饭。下午一点回教室坐等老师来上课，也是上 3 节课，一节课同样是 45 分钟。下午四点四十五分放学做吃晚饭。傍晚六点回教室进入晚自习，晚自习一小时，到晚上七点下晚自习睡觉。我们每天学得很轻松，很少感受到学习上的压力。

我读书时展现出自己的特点：会观察，对事物很敏感，有耐心，模仿能力强。记得有一年，我在冬季去大姨家做客，我跟着大姨去种植苹果的地里拔草，我抬眼看到头顶的苹果树上挂着两颗瘦小的苹果，嘴馋想吃，怎奈我的身体瘦弱爬不上苹果树。我便叫大姨来帮忙摘。回到家大姨用带口音的话迫不及待将我在苹果地馋苹果的事分享给邻居听。大姨她们说的话口音很重，跟我们课文上学的普通话相比，简直像是在说外语。她们说其他事我一句听不懂，可大姨说起我的囧事，我就能敏感地听出她们在说什么。

模仿力方面，班里但凡有某位优秀的同学写出一篇内容很好的作文，得到老师在班级点名表扬，我都会把同学写的作文内容铭记在脑海中，找出这篇优秀作文的脉络，用自己的话语调换作文中的地点、人物名，采用相同的脉络创作出一篇属于自己的作文。找准一个点，我能迅速地举一反三临摹出几个类似的版本。这是我从小具有的写作天赋吧！记得有一次，老师“以乐于助人”为题布置了作业，叫我们每个人写一篇作文出来。我记得前面有位同学写得很好，“她在放学回家的路上，遇到小明在路上哭泣，她见状上去关心小明为什么哭？小明说：他在放牧时把自己放的羊给放丢了，他害怕回家被爸妈责骂。她理解小明的担忧，主动帮小明在山上找到丢失的羊只，顺路送小明和羊一起回家。”我按照内容，调换了故事的地点和人物名，临摹写了一篇作文，得到了老师的点名表扬。

观察力方面，我就读三、四年级的两年，我在背诵课文时通过观察力作弊过一次。我们每天晚上七点上晚自习，老师很少来教室监督，让我们自由默诵课文。我们默读记住了一篇课文内容，可以去班长那里，将课本交给班长，指出自己能背哪些内容了，班长就会看着课本听我们背诵。班长确认我们一字不误全背诵出来了，他就在我们背诵的课本页面折一个角，背不全的就拿课本回去接着背。等老师来了，我们拿课本上班长折的角给老师看，证明自己在班长那里背好这篇课文了，老师便会用装满红色墨水的钢笔在背过的课本页写上一个“背”字。我们就可以翻过这页课本继续往后背诵其他的课文了。

其中有一篇课文，我背诵了很多次，还是无法记住全部内容，我就利用观察力发现班长折角的样子，然后在没有到班长那里背诵课文的情况下，自己一模一样地折了课文一角，把课本拿给老师获得一个“背”字。我的作弊成功过关，但我在作弊的过程中，感受到强烈的做贼心虚感，小心脏扑通扑通地乱跳，所以这以后我就再也不敢作弊了。

那两年我的双脚还能走路，我在哥哥呵护下能照顾好自己的学习生活。但我的病况仍然逐渐在加重。双脚频繁地涌现疼痛感，让我走路明显比在社区学校就读时吃力，好在我们住校不用每天走那么远的路回家。爸妈在没有方法帮我控制病情发展的情况下，从中医那里要来了一些舒筋活血的草药，用酒泡了一罐药酒，每周给我倒一小瓶随身携带，叫我疼痛难忍时拿出来喝两口。我知道喝药酒没有作用，药酒的味道难喝，我喝不下去，可是双脚难受了，我还是当给心里一个安慰，拿药酒勉强喝两口。我知道只有把握好住在学校读书的机会，才能源源不断认识新的文字，这对我的人生至关重要。

在没有进入村小学之前，我们憧憬村小学的学习条件一定比社区学校强许多，事实证明是我们想错了。因为新教学楼刚建好，我们开学前几个星期，只能继续留在老教学楼里学习。教室也是我们学生的宿舍。我们晚上下自习课，等老师和女同学全走了，就把自己的铺盖打开睡觉。我们早上七点起床做的第一件事，就是卷起铺盖，打开宿舍门迎接女同学和老师进来上课。女生的宿舍则在我们头顶的楼上，女同学晚上睡觉稍微大声说句话，我们男同学都能听得清清楚楚。

老教学楼一共有两层，楼上装修出三个小房间供老师住宿，旁边留了一个宿舍给女生。楼道走廊处留了几个柜子，给我们做饭的同学放置锅碗瓢盆及粮食。我们周六早上放学回家，将厨房用品全部放进柜子用锁锁住。教学楼楼下左右分两间教室兼当男生宿舍，中间留了一间常年上锁，是放置教学用品的杂物间。我们男生宿舍只有两间，几个班级的男生只能混在一块睡觉。宿舍的条件简陋，学生们混乱无序打地铺拼接在一块睡觉，卫生无法保证，让我们身上都长了虱子。

而我们去上学没有校服穿，也没有其他备洗的衣物，上半身穿一件单薄的短袖衫，一件外衣，即使长了虱子感觉很痒，我们也不敢在学校脱衣服找虱子。我只好在中午吃完午饭后，跑到厕所后面躲藏起来，才放心地脱下短袖衫，仔细查找虱子。我每找出一只虱子心里都恨得牙根痒痒的，我从地上捡起一块小石子，将虱子放在另一块石子上，用手里的石子狠狠地挤压虱子，把虱子压得粉身碎骨，心里才舒坦了许多。

开学初期在我身上发生了一件难以启齿的事。有一位其他社区的学长，他知道我生病的情况，对我很热情，晚上睡觉他非要叫我去跟他一起睡。看学长热情地邀请，我也不好推辞就答应和他一起睡。哪承想，那天晚上我竟然尿床了。这让我羞愧难当。自从我上小学之后就再也没有尿过床。不知怎么的，我跟热情的学长睡一晚，怎么就在他的床上尿了？幸亏我尿得早，我发现自己尿床时才半夜，我不好意思开口跟学长说，我怕一说全宿舍的同学都知道了。我只好睡到自己尿的那片床单上，想用自己的体温，赶在早上起床之前将尿蒸发干，结果我成功在起床铃声响起前，把自己尿床的地方蒸干了。学长卷铺盖时并没有发现我昨晚尿床的事。我逃过一劫，从那之后我再也不敢答应去跟其他同学睡。我也没有再尿过床。

教学楼左边是一间有 3 个房间的平房，用来给老师们做灶房。老师灶房紧挨着教学楼，凸起的一块地方给老师们放做饭的柴火。我们全体学生每个月有一天，会在下午放假一节课，利用这个时间去给老师们砍柴。老师灶房旁边，是学校设计规划进出的大门位置。但从我们三年级开学到我读完四年级，学校大门也只起了两个墩，再没有其他的建筑物，围墙同样是空白的。我们每天能从那里自由地出入学校。我们男学生早上七点起床，天蒙蒙亮，懒得去几百米外的厕所，就跑到老师们灶房旁排队对着墙体尿尿。我们尿得多了，那地方白天太阳暴晒，就会冒出一股很强的尿骚味！再往外走几大步，是我们回家到学校的必经之路。出了学校大门往下走几米，是两家杂货铺，右边杂货铺和村公所办公楼紧紧相连。

老教学楼右边是新建的两层新教学楼。比起老教学楼的土木结构，新教学楼由砖块建造，色彩也鲜亮，明显比老教学楼“高档”了许多。新教学楼旁边设置了一个进出上厕所的大门，后面则是连一块水泥地板都没有的操场。操场上一左一右矗立着两个用木材钉的加了一个筐的篮球架，篮球架的规格仍然按成年人的身高定制。我在里面读书两年，碍于腿脚疼痛发不上力，我拿着篮球试了无数次投篮，连一次筐都没有投进过。操场往右走二三十米是厕所。厕所的条件跟教学楼一样简陋。男厕一大一小有两间，女厕只有一间。厕所离水源远，我们一个星期大扫除提水冲一次。后面有一个化粪池，化粪池旁有一块地供勤劳的老师种菜。

新教学楼右前方建了间两间房的平房，做学生的储存间。学生做饭用的锅碗瓢盆，以及各自从家里拿来装食物的箱柜，得以从老教学楼的走廊旁迁移到这里。再往前一些，是一个用土围起来的 U 字型灶房，灶房屋顶盖了简易的石棉瓦。到我们这一届，学校提供了灶房，我们做饭条件终于好些了。我们走出新教室，就能将灶房的全貌尽收眼底。而这时村小学旁边的两家杂货铺都开设了食堂，供学生们放学打饭吃。

我们仍然有超过一半的学生家庭条件艰苦，只能在灶房自食其力做饭吃。新教学楼前是升国旗的旗杆。我们周六早上八点放学，全体师生集合举行降旗仪式，把五星红旗收起才允许回家。我们周日下午五点陆续回学校，周一早上八点集合，再拿出五星红旗，举行升旗仪式。灶房前种了一排花草树木，树木旁是村公所办公室的后墙。有时候我们透过墙体留的窗子能清晰地看到里面的一切，里面一台黑白电视机播放陈浩民版《天龙八部》。学校之所以特意为我们建造储存间：一来可以防止同学间物品混乱，出现斗殴打架的情况；二来学校是一个空旷开放的场所，我们周末放假回家，学校空无一人留守，村民放牧的牲口经常进入学校，会将我们搭建的做饭用的灶台给拱烂。

进入村小学读三年级，我们没想到条件比社区学校更糟糕。我们住校必须自主动手做吃饭，再也没有老师在中午帮忙做饭，以及晚上回家坐下就能吃晚饭的事了。做饭需要烧柴，对于小学生来说这从来不是一件轻松的事。我们在学校做了一年多的饭，爸爸只在我们刚开学连续下雨的雨季，给我们送了几根劈开了的干木头来。我生病运动能力差，砍柴的重担全部落到 11 岁哥哥的身上。我们在灶房后面削两根木桩钉下去，搭个小平台，借用灶房的墙挡一面，就有了一个收集柴火的地点，其他同学的柴火也紧挨着放，大家井水不犯河水。

倘若有同学偷其他同学的柴火，都会被眼尖的同学发现，招来一顿数落。我们砍的柴火快烧完了，下午四点半放学，哥哥以最快的速度帮我生火，把米舀锅里洗淘好放上去煮，拿出一些菜放盆里洗好放到灶台前交给我，哥哥才安心地拿起柴刀，去距离学校一两公里远的山林砍柴。山林离我们是很近，但学校很多同学都去砍柴，时间长了临近的枯树枝早就被砍完了。后来者砍柴不得不去更远的地方。哥哥每次去砍柴，砍一筐子柴火耗时在一个小时以上，才够我们烧一个星期。

同学们激发想象力，搞了花样百出的灶台。有同学用三根钢筋加一个钢圈，焊接了一个三脚架灶台；有的同学用四根钢角，配上两根长的钢材，焊接了一个长方形的灶台；有的同学追求独特的个性，按照家里大型灶台的模式，搬来几块砖砌起小型灶台。我们垒起的灶台布满了 U 字型的灶房，每到放学的时间，前一会空荡寂寞的灶房，后一会就被我们争先恐后忙碌的身影填满，被滔滔流水般交谈的噪音吞没。灶房随即冒起袅袅炊烟，同学们被没能及时吹散的烟雾熏得泪流不止，有那么几个瞬间，我们实在忍受不了灶房内部昏暗的环境，义无反顾地逃出烟雾弥漫的灶房，而下一秒我们就被饥肠辘辘的肚皮叫醒，不得不向现实低头，调整好情绪像一个救火的消防员，又奋不顾身冲进烟场接受生活千锤百炼地敲打。

哥哥每次去砍柴先帮我煮着饭，我只需要坐在旁边守着添柴烧火，饭煮熟了提下去换锅炒菜。我仍然因为双脚无法长时间蹲着，吃尽了时而起身时而蹲下的苦头。所以每次哥哥一去砍柴，就是我最难受的时间段。等我慢吞吞地把饭菜煮熟了，哥哥也满头大汗背着柴火赶回来了。记得有一次，我们收集的细柴火烧完了，只剩几根粗的，烧火没有易燃的细柴火，光有粗柴很难烧旺。我无论怎么翻那些粗柴，灶台也只会无休止地冒烟，熏得我泪流不止，但就是烧不出大火煮不熟米饭，眼看着身边的同学，他们的火堆烧得旺盛，没一会他们的晚饭就快煮好了，而我的火堆还在半死不活中，一会儿烧大一点把锅里的米饭煮开，但转瞬间就又快要熄火，锅里刚煮开的米饭又凉下去，我的情绪很崩溃，好想委屈地哭出来。那种感觉太无助了。尤其看着旁边的同学相继做好饭菜，从灶台中抽出一根根烧得旺盛的柴火，开开心心端着饭出去吃，我还在为烧不起火煮不熟米饭着急，心里就更加地难过，感觉自己好可怜！好在，这时一个学长看出了我的窘迫，他抽出自己灶台中烧得旺盛的两根柴火，顺手塞到我的灶台里，半死不活的火堆一下子就来了精神，烧得旺盛，没一会我就把锅里的米饭煮熟了。学长的举动如同雪中送炭温暖了我的心，感动得我热泪盈眶，足够我记上一辈子。

住校的第一年，我们兄弟做饭喜欢偷懒，我们把做饭当成一件麻烦的事。拿做饭淘米的步骤来说，我们吃中午饭后，锅里留有吃不完的剩饭，做晚饭时我们懒得把锅里的剩饭盛出，把锅洗干净再舀米进锅淘洗，而是把生米舀到剩饭上面直接拿去淘洗，把剩饭和生米重新再煮一次。或者为了避免每顿饭都重复淘洗生米煮饭，我们煮中午饭时把晚饭的米一起下锅煮了。下午放学我们生火热一下就吃，这样可以有效减少做饭的麻烦。有时我们嫌做菜麻烦就选择吃面条。因为我的腿脚生病，我们选菜也挺难的。

像我们同学最喜爱吃的土豆，长辈口口相传都在说，土豆里含了大量的淀粉，像我这种病情吃土豆会引得病情快速发作，所以爸妈就不敢给我们购买土豆。

我们家里拿得出的蔬菜种类本来就不多，再不能吃方便储存和烹饪的土豆，我们压根没有多少蔬菜可选了。像农村常见的萝卜、冬瓜、白菜、豆角，我们就在家里早就吃够了。炒菜没有好吃的菜品时，我们只好煮一大锅面条，而且经常因为水放少了煮成一坨，看着都没有胃口。我们炒菜用的油更难吃，大人在杀年猪时节约，舍不得拿猪板油熬油，就把猪板油捆成一捆挂起来晾晒，挂几个月后变得蜡黄，我们去读书了，就常用这猪板油炼油炒菜，用这种油炒出来的菜有一股浓烈的腊味，吃了喉咙极度不舒服。火腿肉是昂贵的食品，我们一年吃不上几顿。传闻有坏学长跟我们抢吃，爸妈更是不轻易拿火腿肉给我们带学校。我们在学校吃一年的饭，能有十顿瘦肉吃，就已经烧高香了。

灶房太闷，我们做好饭就摆在外面的院子吃。每次吃饭看到老师们从眼前的走道上路过，我们明知老师不会过来跟我们吃一口饭，同学们还是礼貌性地起哄，用此起彼伏的声音邀请老师过来吃饭。老师们每次礼貌地回应，同学们先吃，我们马上就要吃了。虽然我们做饭吃的生活艰苦，但同学们极力用自己的方式制造快乐！我们吃完饭，一群男同学聚一块高兴了，有同学提议，我们用装水的塑料瓶接水，模仿大人划拳。划拳输了的以水代酒喝一大碗。我们不知道同学划拳的规则对不对，只知道他们一个比一个叫得大声，划拳气势这一块他们拿捏得很不错。我们在旁边也跟着一起起哄，像参与了一场大型聚会，个个笑得合不拢嘴。

有位女同学也不甘示弱。虽然她的长相普通，不符合男同学的审美观，不受男同学待见，但女同学敢于表达自己。她经常勇敢地在我们做饭的时候，一边做饭洗菜，一边唱起何润东演唱的《小李飞刀》主题曲《没有我你怎么办》。女同学的歌声很好听，我每次听得入迷，忍不住笑着想为她鼓掌。那时我们特别喜欢《小李飞刀》人物贴图。宁可不买零食也要买一沓贴图，贴在自己抄写歌词的笔记本上，然后故意在其他同学眼前晃来晃去，展现自己为之骄傲的宝贝。

进入村小学住校，爸妈说，我们一周在校五天，一早晨给我们兄弟俩各拿两毛钱早餐费，一星期每人一块钱够用了。从此我们兄弟每人每周，能从爸妈那里拿到一块钱的早餐费。我们每天中午跑去杂货铺看一会《白发魔女》电视剧，货架上摆放的各种零食，经常看得我们直流口水。

爸妈以为给我们了早餐费，我们就能每天早上都有热乎乎的早餐吃。但爸妈显然是低估了我们对零食的渴望。我们每周日下午拿早餐费回学校，看到杂货铺上放的零食，我们就按捺不住嘴馋，掏一块钱去买两杯汽水或冰棍解馋，将早餐抛之脑后。剩下的一块钱，我们周一早上下早自习，哥哥跑去杂货铺购买包子，我们兄弟俩一人五毛钱刚好吃饱。爸妈给的一星期早餐费，我们回学校不到一天就挥霍完了。接下来的周二、三、四、五早晨下了早自习，其他耐得住性子的同学能按时跑去杂货铺购买早餐，买好早餐回来站在教室门口的长廊上，大口小口咀嚼着，我们兄弟俩只能灰溜溜躲在教室里看着。我们周日喝汽水有多嚣张，看着同学吃早餐时就有多狼狈。

我就读三、四年级，两年时间里，每天看着各种零食、方便面，自己却一样买不起，作为小孩子，我那时是真心馋坏了。我做梦都想自己也能像其他有钱的同学一样，每个星期能从家里拿到几块零花钱，购买自己喜欢吃的零食。每次看到有钱的同学手拿着我梦寐以求的零食，掰开大块小块往嘴里塞，透露出满足感地咀嚼着，我站在旁边就不由自主呆呆地盯着，随着吃零食的同学把零食咽下去，我也跟着一起咽下馋嘴流出来的口水。

后来为了给自己弄两块零花钱买零食吃，我们兄弟俩做了一件非常不光彩的事：偷拿家里的大米卖给杂货铺换钱。我们读三、四年级时，家里已经不栽稻谷了，一家人吃的大米全部从街上购买。爸妈在家里依旧吃着大米拌粗粮玉米面。搅拌玉米面需要一定的手艺，做不好很难吃，我们兄弟俩没有这个本事，也为了省事，家里再难爸妈都给我们装一星期够吃的大米回学校。刚开始我们没有卖大米换零花钱的概念，也不知道杂货铺会不会收购同学们手里吃不完的大米。直到有一次，我们看到有的同学把他们从家里拿来吃不完的大米拿到杂货铺成功卖成零花钱。我们才知道，原来我们还可以通过这种方式去获得零花钱。

看到同学手里拿着卖米的零花钱，我们动心了。从那天开始，我们在做饭时，都会匀一点米留在装米的袋子里，过了三四个星期，我们放米的袋子里，积攒了两三斤大米，可以拿去换零钱了。拿米去换零钱的任务自然落到了哥哥的身上。一开始，因为我们跟办杂货铺的两家人是沾了外婆那边的血脉的亲戚，哥哥胆小不敢明目张胆地去。哥哥担心，他们把我们兄弟卖米的事告诉爸妈，万一以后爸妈少给我们拿米怎么办。

对勤俭节约的妈妈来说，她绝不允许我们那样做。妈妈生气了还会发脾气收拾我们。哥哥在心里挣扎犹豫了好长一会，最终他还是挡不住换零花钱买零食吃的诱惑，在晚上拿起我们节约的大米小跑去杂货铺。像做贼一样心虚，害怕被人看见。没一会，哥哥用卖米卖了两块多钱买了一块多的零食，还拿着一块多零花钱跑回来了。哥哥拿零食回来分给我一半，然后把剩下的一块多零花钱先交给我保管。我们兄弟俩通过变卖大米的方式，第一次拥有了自己的零花钱，那种感觉实在太好了，好到让我们上了瘾。

四

随后我们萌生了一个大胆但不光彩的想法：趁爸妈去地里干活不在家，偷偷从家里的米袋里多舀几碗米，拿到学校去杂货铺卖零花钱。杂货铺也很“仗义”，他们从我们学生手里收米的价格低于市场，知道倘若他们把我们卖米的事说出去，我们肯定会受到家长的责骂。他们很愿意给我们保守秘密，从来没有在背后对我们爸妈多说一句话。

事实上，我们卖大米给杂货铺，他们能从中赚几道钱。第一道，我们卖的米比市场价低，他们也开着小食堂，我们卖过去的大米他们正好有用。第二道，我们从他们那里卖米得来的零花钱，最终还是通过购买零食回到他们的手里。他们办杂货铺，每个星期都会从县城调来很多零食，我们学生手里有没有钱，关系到他们能不能把零食卖出去赚钱。无论我们怎样做，赚钱的永远是他们。他们闷声发大财，也没有必要出卖我们。第三道，他们这样做占学生的便宜，也担心说出去落人口实，骂他们故意占小学生的便宜，名声也不好听。所以他们从未对外说过我们学生偷卖大米的事。

我们读三年级时，在老教学楼的宿舍上了几个星期的课，老师也觉得很不方便。某天晚上我们上晚自习课时，老师一时兴起，连夜带我们搬进新的教学楼。我们的学习环境就此得到改善，每天能在新教室安静的环境里学习。随着课桌的搬出，老师和女同学的退出，我们的宿舍敞亮舒服了许多。男同学们终于可以一次把床铺好，再也不用天天卷了又铺、铺了又卷那么麻烦了。

而我们做饭烟熏火燎的问题依旧存在。在我们自己做饭吃的一年半时间里，有一次下午放学，我们兄弟俩的肚子谁都没有明显的饥饿感。哥哥做饭做累了就提议，我们今天干脆休息，不吃晚饭一天吧！我肚子没有感受到饥饿感，就答应了哥哥的建议。哪承想，我答应哥哥时肚子好好的，上晚自习课后也没有出现饥饿感，但睡到半夜时我的肚子突然咕咕地叫，如潮水般的饥饿感在肚里折腾了起来。我饿得浑身难受，好想立刻吃上一碗白花花的大米饭，但总不能叫哥哥半夜起床去灶房给我做饭吧！我只能强行闭上眼睛逼自己睡觉，把饥饿感压下去，心想睡着就不饿了。可是，我的饥饿感并没有因此而解决。天蒙蒙亮之际，我再次被自己饥肠辘辘的肠胃给鼓捣醒。胃里仿佛有东西在翻江倒海翻，那种饥饿感太难受了。我感觉自己快要被饿死了。我忍不住赶紧起床，飞快跑向我们做饭的锅，希望锅里能残留几口剩饭供我缓解饥饿感。

幸好锅里真有几口硬硬的冷锅巴饭。我看着它如同见到了山珍海味，两眼发直像个饿死鬼，疯狂地用手抓着锅巴往嘴里塞了起来。在我的记忆里，我从来没有吃过那么好吃的锅巴饭了。从那之后，无论我饿不饿，放学了我都坚持让哥哥做饭给我吃。我再也不想品尝饥肠辘辘的感觉。后来回家我把这件事跟妈妈说了，妈妈听了之后表示很心疼，但这次妈妈并没有责怪哥哥偷懒。时间很快来到我们读四年级的下半学期，我的病况仍然没有停止恶化的趋势。

爸妈心疼我们做饭越来越困难，决定让我们去杂货铺打饭吃。从此我不用再可怜兮兮地守着灶台，饱受起蹲困难的痛苦。哥哥也结束了独自去砍柴、累得满头大汗的日子。我们告别了烟熏火燎的灶房，放学了也能像其他打饭吃的同学一样，迈着悠闲的步伐，慢悠悠走到杂货铺里，拿出自己打饭的碗筷，走到做好饭菜的阿姨面前，指挥她给自己打几毛钱的米饭和一块多的菜，过起了吃伙食的生活。杂货铺阿姨做的饭显然比我们自己在灶房应付肚子做的饭好吃很多倍。我们吃完饭留有充足的时间跟其他的同学交流，可以一起去村公所打几把乒乓球，真正感受到了学习的自由。

我在坚持不懈中顺利完成了一周又一周的学习目标，学会的汉字越来越多，掌握的知识越来越丰富，这为自己将来成为作家打下了一定基础。

时间来到了国庆节。因为每个周末回家，爸妈都吩咐我们上山放牧，我们兄弟俩习惯了读书的安逸，厌倦了无休止跑上山放牧的生活，我们突发奇想，默契地决定在四年级国庆节放假时先斩后奏，背着爸妈跑去离社区学校两公里处亲戚家，躲避放牧，度假偷懒一星期。亲戚家居住的位置偏僻，距离其他邻居很远，由于通电成本过高，在我们普遍通电时，亲戚家依然没能通电。

因此，我们通电多年了，亲戚家仍然处在使用手电筒照明的状态。经常使用手电筒，需要频繁地购买电池供电。而每一个电池头上，都包有一个红色的胶盖。那段时间，我们学校里刚好流行玩一个很火的关于电池胶盖的游戏。我们整个学校的男同学都在迷恋玩这游戏。为了多找几个电池胶盖，我们回家恨不能把家里翻个底朝天。我们想象着，亲戚家常年使用电池，家里产生的废旧电池肯定多。我们去那里偷懒的同时，还可以去弄一些电池胶盖带回学校玩。结果真如我们兄弟预料的一样，我们从亲戚家的垃圾坑里挖出一堆废旧电池。每挖到一个废旧电池，我们都如获至宝般地小心翼翼取下上面的胶盖。我们用了两天时间弄到了五六十个胶盖，给了我们极大的满足感。

玩电池胶盖的游戏规则是，玩游戏的双方把双手藏在身后，从自己的电池胶盖中，取出几个胶盖紧握在右手，像玩猜石头剪刀布游戏，双方同时亮出右手，手握胶盖多的同学赢得当先手的资格。然后将双方取出的胶盖合一块垒起，放在前面的桌子上撅起嘴巴猛地吹出一口气，吹翻垒起的胶盖。吹倒的胶盖从正面翻到反面，翻了多少拿回多少。没有被吹翻过去的胶盖，后手者将它们捡回来垒起放到前面的桌子上，用相同的方式看能吹翻多少。

倘若双方各吹了一次，仍然没能将胶盖全部吹翻过去，双方便轮流接着吹，直到彻底将胶盖吹翻为止。经过我多次玩胶盖游戏积累的经验判断，吹胶盖用巧劲吹比光用蛮力吹效果好很多。为了容易吹翻胶盖，我们规定每次出的胶盖数量不得超过十个。免得多了吹翻不了，游戏陷入僵局。如若双方出的胶盖碰巧一样多，我们便各自将自己手里的胶盖垒起，抓在手中然后松手抛到地上，胶盖落地后反面多的赢得先手。厉害的同学能用玩游戏的方式，从其他同学手里赢来一大串胶盖，用绳子系一圈在我们面前显摆，像一个极度富有的富豪在炫耀自己的资产。可把我们输光胶盖的同学羡慕坏了。

虽然我们贪玩，但我们不想玩失踪让爸妈着急。我们离开学校去亲戚家前不忘嘱咐表妹她们，回家如果我们的爸妈问起，就说我们去隔壁社区的亲戚家，我们过完国庆节就回去，叫他们不用担心。那时村里只有村公所有一部电话，其他几个社区没有一部电话，如果我们不说自己去哪里，爸妈根本无从得知，会着急的。结果如我们预想的一样，爸妈看不到我们的身影很着急，就去跟表妹她们打听我们的下落。爸妈得知我们去了亲戚家才放心。但爸妈并没有打算放过我们，任由我们躲在亲戚家度个悠闲的国庆假期。我们刚到亲戚家玩了两天，爸妈就迫不及待托路过亲戚家的邻居，捎口信叫哥哥赶紧回家去放牧。

我们知道自己先斩后奏的事爸妈肯定很生气，现在托人叫哥哥回去，我们再置之不理爸妈绝饶不了自己。知道事情的严重性后，哥哥心不甘情不愿带着依依不舍的心情一个人回家去了，留下我继续在亲戚家过完国庆。开学时，我拿上我们的电池胶盖，如获至宝般回到学校与哥哥汇合。到了回学校那天，亲戚不光照顾了我一星期的生活，还大方地给我们兄弟拿了五块零花钱。这可是一笔可观的巨款，亲戚看我腿疼走上坡路吃力，还叫大爹背送我一程。送我到离学校不远处，我再自己一个人慢慢地走回学校。

除了放牧，这次独自走回学校，是我 10 岁前第一次行走在既安静又陌生的山林里。山林中有毒蛇、野鸡、兔子、野狗，及各种鸟类，我走每一步路都心惊胆战。我害怕自己走着走着，面前突然蹿出一条凶猛的恶犬，害怕回校必经之路盘旋着一条毒蛇阻挡去路，我的能力根本应付不了这些。我的心里太依赖哥哥的保护了，离开哥哥我都不知道该怎么活。我的胆怯，不仅是害怕自己受到意外的伤害，我还害怕见到很久不见的亲戚。距离学校不远处的公路下方，我路过曾经因为赵老师摔伤、代课教我们读了一阵子书的姑姑家。我看到姑姑当时正在院子里坐着，我居然连主动打声招呼，问一声姑姑好的勇气都没有。

我害怕被姑姑发现自己，便像个小偷一样放轻脚步，偷偷摸摸地走。生怕自己走路的动静大了引起姑姑的注意。姑姑若是跟我打招呼，我定会手足无措。结果我怕什么就来什么，虽然我小心翼翼地隐藏自己的行踪，但还是被姑姑发现了。姑姑看外貌特征就知道我是谁，叫了我的名字跟我说话。那一刻我的心里感觉很惭愧，各种不好意思的情绪萦绕在心头，恨不能找个地缝钻进去。看姑姑跟我打招呼，我支支吾吾小声回复了一句，便加快脚步灰溜溜地逃走了。因为生病，我生性软弱，我的社交障碍，在此次经历中被全面地展现了出来。

告别大爹后，我慢悠悠走了一个多小时，终于走到山顶通往村小学的公路。凝望眼前平坦的公路，我因担惊受怕悬着的一颗心终于放松了下来。我饶有兴致地观赏着山顶的落日，迈着轻飘飘的脚步，居高临下俯瞰着我们居住的社区。我在席卷落日的疾风中，隐隐约约听到了哥哥吆喝猪群的放牧声。我立即兴奋了起来。我想探头看个究竟，锁定哥哥的位置。可是我的个子太矮，视线被眼前密密麻麻的松树遮挡，我只听见哥哥那熟悉的声音，却看不见哥哥那壮实的、能护我周全的身影。我好想大声叫哥哥，又害怕引起山林中野狗的注意。我只好迈着艰难的步伐，继续朝着村小学的方向进发。没一会我便回到村公所旁，这里是一处光溜溜凸起的山头。在这里，我可以将社区的全貌尽收眼底，目送着络绎不绝赶牲口回家的邻居，我独自感慨，以前我也是他们中间的一分子，和他们一样为了生活，充当了统领牲口群的主帅。

我充满诗意行走在山头的半个小时的场景，深深地铭刻在了我的记忆深处。或许是命运垂怜我即将失去行动能力，于是特意给我安排了这场璀璨的独行时光，供我躺在床上的漫长人生细细回味吧！

我回到村小学不久，哥哥如期而至回到学校跟我会合。在我与哥哥的交谈中得知，他这次被爸妈叫回去放牧的运气还不错，爸妈并没有因为我们偷懒跑到亲戚家度假而责骂他。

后续读书的事我记得的很少了。只记得四年级期末考试，我并没有意识到，此次考试是自己人生中的最后一次。我随手做了一遍试卷，填写完答案就等着考完放假回家。我以为自己的五年级会在两个月后的 9 月 1 日顺利开始，于是潦草地结束了考试。倘若早知道那是最后一次，我定会拿试卷当宝贝，好好检查，争取考出读书以来最高的分数，给自己的读书生涯画一个圆满的句号。可惜没有如果，我只能说遗憾也是一种缺失的美。

放假的那天，我们四年级在教学楼前的台阶上照了一张全班照。仿佛命运在冥冥之中跟我做最后的告别！我们全班同学和教我们读书的老师站成前后三排，我站在了中间排的左边。可惜的是，帮我们照相的师傅按下照相机按钮的一瞬间，我竟鬼使神差般将头往右边移动了一下。导致我读书生涯唯一照过的全班照片中，未能清晰留下我的脸部。我的命运，如同我在全班照相时转过头一般，走入了一个岔道，从此跟一起学习了两年的同学们天高路远，山水不相逢。唯一值得欣慰的是，我的人生留下了身体笔直站着的照片，诉说着身患肌肉萎缩疾病、导致身体瘫痪的“饶国雄”同学，也曾和大家一样拥有过健康的身体，也曾在小时候站着走过路。饶国雄——是爸爸给我起的学名。国雄，国家雄起，一个很好听的学名。

照完全班照，我像往年放假一样跟哥哥回到宿舍，认真收拾自己的东西，卷好床单拿回家给妈妈帮我们洗净。我们收拾完行李等着爸妈来接，并没有感觉有什么不同。哪承想，那是我最后一次以一个学生的身份出现在学校。往后我再也没有机会以学生的身份踏入任何一所学校；再也没有一本原封不动的新课本，经老师的手转发到我的手上。我的知识储备库，文化水平永远定格在了小学四年级。

我们放假了一个多月，眼看着五年级开学时间近在眼前。殊不知，我身上潜伏多年的病情在这个关键时期开始肆意地发作。病情犹如冲垮大坝的洪水，疯狂地冲刷着我的神经系统，将我的感知淹没在剧痛的汪洋中。我好疼，我不动身体疼，挪动一下身体更疼；我很痛苦，我很着急，我忍不住放声哭泣，大喊救命。我的灵魂想脱离身体，我想把附着在神经系统上、疯狂撕咬的病虫抓出来扔掉。怎奈病魔凶猛地、死死地抓住我的双脚，让我无法逃离。

我在剧烈的疼痛折磨中卧床不起，从此再也没能站起来走过一步路。我不记得自己最后一次走路的感觉是什么。剧痛塞满了我的记忆，将我走路的感觉冲刷得一干二净了。我卧床不起的房间里，身边只有一张床，一个陈旧的被老鼠咬破门的衣柜，房梁上挂了一个60瓦的电灯。爸妈起初并没有意识到我病发的严重性，对我的痛苦呻吟以观察为主，认为我的病况过几天自会好转。而后爸妈习惯性把我一个人扔家里去地里干农活。家里没有电视机玩具供我消遣，转移注意力，我被身上甩不掉的剧痛和内心涌现的孤单感折磨得哭爹喊娘。我撕心裂肺的痛哭声，一半是因为病痛，一半是因为恐惧！

看我在床上发病痛哭快一星期，病情仍然丝毫没有减缓的迹象。爸妈终于坐不住了，决定叫上姑父帮忙，爸爸和姑父一人背我一段路，将我送去医院看病。之所以叫姑父帮忙，是因为去看病要步行，且都是蜿蜒曲折的山路。爸爸一人背我去医院很吃力，不得已才叫姑父来帮忙。爸爸他们轮流背了我两小时才到县城。由于爸爸对医院看病流程一窍不通，他们先背我去一个朋友家，请求熟悉医院环境的朋友带我们去医院。经过路上的颠簸，我的双腿明显没有那么疼了，我们安心吃了晚饭，晚上六点多才进了医院。

我的病，让医生也束手无策，只能叫我先住院观察。

从我住院起，每天护士都按时给我打一支小针，吊一瓶输液。连续打了一星期，我的病况仍然没有半点缓解的意思。白天爸爸带着我在医院走来走去，我脚上的疼痛感不是很明显。到了晚上睡觉，双脚动不动都疼，让我吃尽了苦头。我每天晚上都被疼痛折腾很久，消耗完精力才疲倦地入睡。为了让我在医院睡个好觉，爸爸想请求医生给我打一针安眠药。医生以我年纪还小，身体正处在发育的黄金期，贸然打安眠药会对身体发育造成损害为由，拒绝了爸爸的提议。我在没有任何止痛药物帮忙缓解疼痛中，硬生生熬过病痛如潮水般的攻击。

在住院的过程中，尽管我还能用双手撑在板凳上直立站起来，但我已无力迈开双脚，丧失了走路的能力。我手里的东西掉地上，想弯腰去捡，膝关节中仿佛装了刀片一样，一动就会产生剧烈的韧带撕裂感，让我苦不堪言。我上厕所都是爸爸抱着去。在我跟病痛苦苦搏斗中，哥哥和其他同学迎来了五年级开学。哥哥开学那几天，我好想离开医院跟哥哥一起回学校，可我的双脚怎么都不听使唤，急得哭了出来。住院让我跟哥哥分开的时间越来越长，我们昔日形影不离的兄弟，就此走向方向不同的人生。

病情难以缓解，我只好从医院回家，吃一些药，做保守治疗。但发病时实在太痛了，频繁的剧痛感，让我小小年纪感受到生不如死的痛苦！感觉自己的世界陷入了无穷无尽的黑暗中，我想抓住什么，却发现身边一无所有，那种感觉太无助了。那段时间爸妈看着我痛苦地哭喊，他们都没有心思下地干活，每天专心守护在我的身边。

用妈妈的话说，他们无法帮我祛除身上的病痛，但他们可以寸步不离地陪着我，在我疼得喊爸妈的时候他们能在身边及时答应，告诉我不要害怕。我刚开始吃医院开的药时，无论我再怎么疼爸妈都坚持让我继续吃下去。直到我吃了半个多月，病情非但没有好转，反而以肉眼可见的速度更严重了，爸妈才意识到药物有问题，给我停了药。后来听爸妈说，有医生通过熟人过问我服药后的情况，转告我们吃的药若是没能产生作用，就不要再继续吃了。医生的话证明，他们也没有信心认为给我开的药能治疗病情。

我在剧痛折磨中煎熬了两个月，当病痛的浪潮退去，我感觉没有那么疼了时，我双脚上的肌肉和经脉已经开始萎缩了。我的关节里如同安了弹簧，我强忍着疼痛将它使劲撑开，一放手关节自己就挛缩回来。后面随着病情的持续发展，我双脚萎缩得越来越严重。从此后无论我吃什么东西，我的身体只萎缩不长肉。以前妈妈生病了几年，吃了一种效果还不错的止痛药，当我再次发病疼痛时，妈妈就让我跟着她吃止痛药。我的疼痛这才得到了缓解。我吃止痛药一吃就吃了二十年，估计一辈子都摆脱不了了。

我在发病中错失了五年级开学，不仅失去了继续读书的机会，也失去了和同学们见面的机会。从我11岁被迫休学在家开始，到我31岁，我见过、说过话的同学，除了哥哥以及十多年前曾见过一次远房表哥就再没别人了。有一个同学曾在多年前有事来我们家，我们之间就相隔了一堵墙。怎奈同学根本没有关心问候我。听到同学说话的声音，我好想开口叫他来我身边说几句话，可是我过不了心里主动跟熟人打招呼的障碍！我希望同学能够主动进来看看我，但这情景并没有发生。送走了与同学见一面的机会，我当时的心情特别地失落，感觉自己像小时候被孤立了一样难过。

至于其他班里的同学们，他们的相貌长成什么样我无从得知。他们没有时间来看我，我也因为病情严重出不了家门，再也没有和他们见面的机会。看到电视里、网络上老同学间举办同学会，互相关爱的温馨一幕，我的心里好生羡慕。我好渴望自己也能有机会看一眼小时候一起读过书的同学，看能否在他们身上看出读书时的影子，但一切的一切只能是我的心愿，只能在无聊时空想一下罢了。

第三章 被迫休学在家初期

告别了校园生活，经历了病痛接二连三地发作，疼得生不如死，但我的人生仍未到毁灭的地步。因为我有疼爱我的爸妈，以及像妈妈一样无微不至照顾我的外婆。我在地上爬行五年的时光，同样发生了一系列美好有趣的事。

一

告别了校园生活，经历了病痛接二连三地发作，我疼得生不如死，但我的人生仍未到毁灭的地步。因为我有疼爱我的爸妈，以及像妈妈一样无微不至照顾我的外婆。我在地上爬行五年的时光，同样发生了一系列美好有趣的事。

在家第一年，我的病情反复无常，身边离不开人照顾。为了一家人的生活有着落，也为了攒钱早日带我去更好的医院看病，爸妈不得不每天奔波在农田里干农活，无法时刻陪在我的身边照顾。爸妈只好把我送去外婆家，让每天负责在家做饭、割猪食、带娃的外婆照顾我。外婆就此成了我年少时小世界里，除了爸妈哥哥之外最亲近的人。外婆的人生也充满着传奇的色彩！外公三十几岁因病去世，留下妈妈在内的六个兄弟姐妹。外公去世后，外婆一生不再触碰婚姻，凭借一己之力将六个孩子养大成人，且让孩子全都找到对象成家立业，不给子女欠下一分外债。妈妈也很好地继承了外婆身上良好的意志品质。我眼里的外婆和蔼可亲，身上丝毫没有长辈的架子。我在外婆身边有什么话都会跟她说。外婆也耐心地将自己的人生履历讲给我听。因此外婆既是我的亲人，也是我在生活中无话不谈的好朋友。

二

尽管我爬着给爸妈做饭很辛苦，但每次看到爸妈劳累一天回来，看到我做好饭菜时的欣慰感，还有一起吃晚饭的轻松感，让我感受到了自己的价值，我为自己也能给爸妈做饭分担家务而幸福。做饭给了我成就感，我特别愿意做。这是我在家庭唯一能做到的一件事。也幸亏我积极主动帮爸妈分担家务，给我的人生留下一段充实的时光。在我彻底瘫痪以后，我就是再怎么想为爸妈做顿饭，也是心有余而力不足。人生最遗憾的事莫过于此吧！我没有浪费能给爸妈做饭吃的机会，我在这方面也没有遗憾了。时隔多年，当我长大再次想起为爸妈做饭的往事，我很自豪自己那时的努力。我的人生不仅有爸妈的疼爱，我也用实际行动用心爱过爸妈。

我帮家里分担的家务活远不止给爸妈做几顿饭。到了寒冷的冬季，我家的经济条件跟天气一样进入寒冬，收入来源变得很单一。唯一的收入，就靠妈妈收拾一些农副产品去县城摆地摊售卖，换钱应付生活的开支和人情世故。每逢周末，妈妈收拾农副产品都忙得不可开交。我看在眼里急在心上，我自告奋勇，想帮妈妈分担收拾一些东西。妈妈售卖的农产品包括胡萝卜、葛根、豌豆尖、蚕豆、冬瓜、黑木耳、鸡毛菜等。只要家里有能卖钱的农副产品，无论量多量少，妈妈都要收拾一篮子背去县城售卖。唯有如此，我们冬天的生活才有盼头。

家里的葛根数量多时，每到周五妈妈便一大早开挖。因为葛根生长在地下，生性喜欢跟石头树根纠缠在一块，挖起来十分费劲。而且葛根肉质鲜嫩，容易受损，挖起来得小心翼翼，挖坏就卖不了好价钱了。挖葛根既是一门技术活，也是个纯体力活，需要极大的耐心和体力才能胜任。以爸

爸没轻没重的手法，他根本做不好这个技术活，挖葛根的重任全落到妈妈的身上，为给收拾其他农副产品腾时间，妈妈不得不从周五开始挖起。妈妈在家附近挖葛根，我在屋里听见妈妈挥舞锄头使劲挖葛根的动静，我就按捺不住爱凑热闹的天性，爬去妈妈的身边看着她挖。我一边看，心里一边跟着妈妈一起挥舞锄头使劲。挖来的葛根，长了一两年肉质鲜嫩一嚼就烂的，妈妈洗洗拿生的售卖；长了三五年以上，肉质老了生吃咬不动，妈妈就洗洗用大火煮熟了再售卖。

煮熟了的葛根吃起来粉粉的，特别有嚼劲。吃一口能嚼好几分钟，嘴里久久弥留着一股浓郁的葛根味，宠溺着味蕾，给人一种极大的满足感，深受当地人的喜爱。葛根同时含有治疗感冒的功效，在感冒频发的冬季，生葛根很受大家的青睐！妈妈当时售卖的葛根，价格高时能卖到一块五到两块一斤，价格比同期的苹果、香蕉都要贵上一些。但葛根绝对是个消耗品，很难足斤两。挖回来的葛根，斩头去尾去了一部分，遇到熟人切几片尝尝，喜欢吃的亲戚拿一截，请旁边的商贩吃一些，家里背去一百斤葛根，实际能卖到钱的只有六七十斤。

到了周六，妈妈一大早起床就拿起锄头，背上篮子，赶去地里挖胡萝卜。挖两小时妈妈就能背回一篮子胡萝卜。我们种植的胡萝卜，不是市场上用来炒菜的大根的那种品种，而是小根的，和成年人大拇指一般粗，专门拿来当水果吃。我能帮忙做的，就是拿上一个专用的大盆，拉一个坐习惯了的板凳，爬两步挪动一下大盆和板凳，爬到大门外家里接水的水龙头旁清洗胡萝卜。我放好盆摆好板凳稳稳地坐下，用双手从篮子里抓几把胡萝卜放盆里，打开水龙头放满水，双手用力像洗衣服一样搓洗胡萝卜，把黏在胡萝卜根系上的泥土清洗干净。再接一盆清水漂洗一遍胡萝卜捞出，放簸箕里沥干水分。我每清洗一篮子胡萝卜要消耗两个小时。我清洗胡萝卜的速度比妈妈慢很多，但我能用双手帮妈妈分担一些活计，心里仍然很欣慰。我洗完胡萝卜再清洗葛根，只是葛根表面凹凸不平，还有被虫蚁咬食留下伤疤，特别难洗。我洗完妈妈嫌不干净，再经手洗一遍才放心。我们洗完肉质老的葛根，妈妈就把它放入大锅里用大火煮，我负责在家添柴烧火。这样，我也有效帮妈妈减轻了很多负担。

做完这些，妈妈又转身背上篮子去豌豆地里掐豌豆尖，周日与胡萝卜和葛根一起到市场上售卖。妈妈掐豌豆尖之前，先砍来一把棕榈，把棕榈放火上熏软，快速将软的棕榈撕成一条条别在裤腰带上。妈妈掐一整把豌豆尖，从腰间抽一条准备好的棕榈条绑住。豌豆尖在市集上按把售卖。当时一把豌豆尖最高能卖上两毛、三毛，或是三把豌豆尖卖一块钱。家里豌豆尖数量多时，妈妈专门在周二或周三掐卖一次。妈妈从一大清早开始掐豌豆尖，掐到黄昏能掐一百五十把左右。若是早上挖胡萝卜，中午十二点掐豌豆尖，掐到黄昏顶多掐八九十把。白天掐来的豌豆尖，为保证鲜嫩上市。不影响口感，晚上妈妈把豌豆尖排列好放进大盆里，倒入清水养着。到了凌晨三点半，妈妈起床收拾东西，再把豌豆尖捞出沥干水分。地里的蚕豆熟了，妈妈白天摘来蚕豆，晚上我还要跟着爸妈一起剥蚕豆皮。蚕豆剥皮有两个好处，一来背去县城轻点，二来剥出的蚕豆皮留家里喂牲口，就是剥蚕豆皮太伤拇指指甲，剥一次蚕豆拇指指甲都要疼上好几天。

当时社区没有通公路，妈妈去售卖农副产品都靠人力背。妈妈收拾的农副产品多了一人背不动，爸爸就和妈妈一起在凌晨三点半起床，背起农产品送妈妈去县城，或者连夜牵出马匹驮着去。为了赶早占一个人流多的摊位，妈妈无论刮风下雨，不惧寒冬腊月，都是铁打不动地三点半起床收拾东西，四点左右就要从家里出发。爸妈半夜走了，留我一个人在家，顿时感觉家里一片宁静。因为那时家里没有电话联系外界，爸妈不在家的时间，我的心里特别没有安全感，我害怕家里突然窜进偷东西的贼伤到自己。

从爸妈走后到六点多天蒙蒙亮，中间这两个小时，每当家里养的狗狗受惊狂吠，猫咪在楼上抓老鼠弄出动静，或是老鼠在厨房跑来跑去碰倒东西，都吓得我心惊胆战。很多时候，我的心吓得提到嗓子眼，但我却无能为力，只能在担惊受怕中安慰自己说不要怕！我在独自面对黑暗的过程中快速成长，靠自己的忍耐战胜恐惧黑暗的心理。我从 12 岁起，多数时间过着孤单的生活，无形中我适应了独处的氛围。长大了我也不害怕孤单，我的人生彻底变得跟健全人不同。

妈妈凌晨四点赶去县城售卖农副产品，爸爸送完妈妈回来时天已经亮了，便不紧不慢给我做饭，然后喂了猪转头去放牧。我的周末形单影只。

我日复一日重复着独处的时光，直到不再觉得孤单。周末下午四点多，算时间赶集的街坊邻居也该满载而归回家了。我便爬上家里的制高点，像一座雕像一动不动杵在原地，观察着社区的动与静。我望眼欲穿眺望妈妈回家的必经之路，如同一只等候鸟妈妈归巢的雏鸟，期望妈妈的身影快点出现。因为妈妈每次赶集，都会给我买份一块五的卷粉吃，我嘴馋了就更盼望妈妈尽快回家。妈妈回家就说明我不仅有好吃的，也有人陪着我说说话了，这能让我赶走独自在家一整天内心涌起的落寞。即使我不害怕孤单，我也不抗拒热闹呀！而妈妈售卖农副产品这桩生意极其不稳定，有时生意很好，妈妈下午三四点就能卖完产品，购买上生活用品回家；有时生意很不好，妈妈傍晚六七点天黑了才匆忙赶回来。

妈妈回家走的路，距离家里好几百米远，也是附近两个社区邻居赶集的必经之路。我迎接妈妈回家次数长了，锻炼出了敏锐的眼力，凭借自己对邻居身高样貌的熟悉，周末下午一旦有邻居进入我的视线范围，我一眼就能分辨得出他们都是谁，妈妈有没有走在其中。每次妈妈生意不好，傍晚了迟迟没有回家，我就仿佛丢失了灵魂，内心不由自主地失落担心起来。尤其是看到最后几拨熟悉的邻居从家的旁边经过，我决定不再沉默，我下意识地发声叫住邻居问，我的妈妈到现在还没有回家，请问你们今天在街上，有没有看到我妈妈的身影？邻居听出了我的担忧，他们就会如实相告，跟我说我妈妈现在人在哪里。

只有从邻居那里打听到，妈妈在后面跟哪些亲戚结伴同行，想必很快就能到家，我悬着的心才能安稳下来。倘若我接连问了几个邻居，他们都说今天没看到妈妈，我就恨不能朝着妈妈赶集走的路爬着找过去。怎奈我爬得太慢，根本没有能力去寻找妈妈。我每次只能眼巴巴地干着急。那种觉得自己太没用的感受实在太无助了。妈妈于我的生命和生活，如同人与心脏，鱼与海洋，花与根系，太重要了。见到妈妈出现，我忐忑不安的心才踏实。但无论我担心妈妈的情绪多失落，每当看到妈妈的身影出现，我立马将所有的担忧抛之脑后，迫不及待跟妈妈打听，她今天在集市中遇到哪些有趣的事，售卖的农副产品价格高不高。我一边说着一边吃妈妈买来的礼物，仿佛我从来没有担心失落过一般。小孩子的快乐，很多时候就是这么地简单，只要给予一点想要的东西就能很满足。

我爬行五年，爬得最远的一次，是因为看到爷爷奶奶在家干活，他们用草在覆盖漏雨的牲口圈屋顶，我于是心血来潮从家里往下爬，想去爷爷奶奶的身边，近距离观看他们如何修盖牲口圈。尽管我们当时的生活仍然艰苦，但我们建造的房子，无论住人或关牲口，全用上了清一色的瓦片。用草覆盖牲口圈屋顶的仅剩爷爷奶奶一家。我于是耐不住好奇心想去看看。爸妈平常去爷爷奶奶家，步行就几分钟，我气喘吁吁足足爬了一个小时才到。爷爷奶奶看我生病多年，第一次主动爬去他们家做客，他们热情地招待了我，给我煮了腊肉，让我吃了一顿好吃的。我在家里快一个月没吃到腊肉了，在爷爷奶奶家吃上一顿，当过节了。爸妈知道我爬去爷爷奶奶家，他们也放心让我在爷爷奶奶身旁玩一天。

我在爷爷奶奶的身边观看到傍晚，和他们一起吃了晚饭之后，我执意要回家。奶奶说她没有其他好的礼物给我，特意给我拿了一包包装上标注“一市斤”的白砂糖，然后吩咐二叔背送我回家。那时的条件，一包白砂糖挺稀罕的。后来有一次，我看奶奶在家附近的菜地里种菜，我在家无聊就叫妈妈背我去奶奶旁边玩。我帮着奶奶一起收拾香菜、拔葱蒜、摘辣椒，好让奶奶周日拿去县城售卖。我原本去奶奶身边玩，完全是在家闲得发慌给自己找事做，哪承想奶奶念及我帮她收拾蔬菜的苦劳，给我买了几块钱的礼物作奖励。后来我还帮过其他的邻居剥豌豆，他们都念及我不容易，给我买了礼物答谢。我通过自己的双手，在有限的生活条件中，给自己换来了家里吃不上的零食。

除了帮邻居剥豆子换零食吃，我还曾用自己的双手，给家里创造过经济收入。事件依然发生在农历七月初，家附近桃树上结的桃子熟透蒂落了。偶然间我听时常在县城贩卖蔬菜的阿姨提起，她在街上看到有老板大量收购桃子里包裹的桃仁。而且桃仁价格还不便宜，一市斤能卖到七八块钱。阿姨告诉我们，若是我们能花时间取桃仁去卖，定能卖不少钱。当时的人工费很便宜，农忙时节，爸妈一大早去帮邻居锄玉米地的杂草，辛苦一整天工钱才 15 块。

桃仁若是真能卖七八块一市斤，着实已经不低了。听了邻居阿姨的介绍，我甚是心动，我回家迫不及待让爸妈帮忙，去家附近的桃树底下给我捡大量的桃子回来。我负责在家剥去桃子身上的果肉，将果肉喂猪之后，再拿爸爸钉马掌的小锤子，垫上一块大石头，磕打坚硬的桃核取出包裹在里面的桃仁。我怕我们动手晚了，其他邻居听到这个发财的消息会和我们争抢桃子。

取桃仁看似是一个轻松的活，做起来却一点也不轻松。需要投入极大的耐心和定力才有收获。我们磕打桃核取桃核之前先摘捡桃子，而一背篓的桃子剔除果肉，桃核的分量就剩不多了，再磕打掉一层坚硬的桃核皮，取一颗小小的桃仁晾干水分，一背篓的桃子最终能获取的桃仁只有半斤左右。我们平常不捡桃子时，看着遍地都是桃子的身影，认真捡起才发现，桃子并没有我们想象的那么多。但我一个人在家，我也没有其他赚钱的路子，我不想放弃唯一能为家庭创造收入的机会。那段时间，我爬出大门看到一个桃核，都当宝贝一样捡起放兜里回来取桃仁。

我从早到晚使劲挥动手里的锤子磕打桃核，把垫着桃核磕打的大石头都打缺了几块。我一边辛苦一边快乐着。打得我的双手酸痛了一个多月，实在捡不到桃核了，我也才收获十几斤桃仁。到了农历八月十五中秋节，妈妈拿着我不辞辛苦磕打的劳动成果去卖，果真卖了一百多块钱，可把我给高兴坏了。妈妈傍晚回家把钱交到我的手上，我一遍遍数着手里的钱，回想过去一个多月的耐心坚持和付出的勤劳汗水，觉得有这一刻值得了。妈妈之所以把我辛苦创造的收入交给我，一来妈妈允许我支配这笔自己赚的钱；二来家里的钱爸妈都交给我保管，我是名副其实的小管家。除了写作赚钱，磕打桃仁卖钱是我的生命中，唯一依靠双手赚到的现金。那一百多块钱，是我十几岁的年纪第一次通过双手劳动得来的经济收入，对于我的人生意义非凡。

虽然那时的街坊邻居普遍都很穷，但社区的风貌是真的好。社区像一个温暖的大家庭，谁家有事需要帮忙，只要说一声，家家户户踊跃出人出力，都尽最大能力互相帮忙，将中华团结互助的传统美德展现得淋漓尽致。社区内部无形中形成了一套完善的互相换工干农活流程。大家年复一年互帮互助一起改善生活条件。所谓的换工，从小到挖地种玉米，大到盖房子装修，社区红白喜事办酒席，囊括了生活的方方面面。拿种地来说，从家里把牲口粪便等农家肥用马驮到玉米地，赶壮牛下地犁地，栽种玉米种子上农家肥，到玉米成熟收获的季节掰玉米，把掰好的玉米棒子驮回家，砍掉玉米秸秆，用耕地牛再翻耕一遍然后撒上豌豆蚕豆种子，这些活都会有邻居热情互帮互助。

栽种玉米时，每人一把锄头，佩戴一个用竹子编织的椭圆形的竹兜别在腰部装种子。换工栽种玉米，十几二十个人同在一片地里干活，一人在前带头，一人一行铺展开，其他人在后面有序跟上。田间地头布满欢声笑语的场面甚是壮观。那时的生活很轻松，每个人在地里喜笑颜开，人们知足于田地的馈赠，热爱生活，不为做不到的事烦恼忧愁。社区举办红白喜事，邻近的邻居举家出动，稍微远一点的邻居至少来一两个人，等事情办完了大家才散伙。白事，逝去的人抬去墓地安葬了，热情的邻居晚上吃完饭，还要去陪伴家属一个月，直到家属渐渐地从失去亲人的痛苦中走出来。

农忙季节，假如我们今天叫关系好的邻居帮忙干农活一天，等于欠下了一家一个人工，明天只要邻居开口叫我们帮忙干活，无论家里再怎么忙，我们都会挤时间去报到。大家都把自家和邻居换工看得很重，不想背上不讲信用的名声。换工最大的好处，是人多力量大，能造出浩浩荡荡的气势，利于街坊邻居之间频繁互动融洽感情。远亲不如近邻正是如此。但换工也产生了一定的消费，我们叫男邻居帮忙干活，抽烟的每人给一包烟，喝茶的泡一天的茶，晚上再准备每人一斤酒。如果晌午吃一顿米线、饵丝或面条，晚上必定大办伙食，煮一锅火腿肉，杀一只鸡。

当时的农村，这已经是拿得出手的最高规格的伙食了。倘若换工不办伙食，会被其他邻居在背后议论。男人在农村，历来承担繁重的体力活，烟酒均沾的男人，在家庭消费占比无疑也是比较大的。像我的爸爸抽烟喝酒，烟酒价格逐年上涨，二三十年累积下来不是一笔小数目。

但比较神奇的是，生活努努力，额外支出的烟酒钱，并没有明显影响到一家人的生活质量。像一些男性不喝酒，不抽烟的邻居家庭，也不见得他们能积攒下多少积蓄。这足以说明，无论我们生活在城市或乡村，无论是上班、做生意或种地干活、打工，钱永远是赚出来的。降低生活质量存钱，确实能节省出一笔可观的钱，但不努力工作生活，永远攒不下大钱。因为我从小生病，爸妈感受到生活的紧迫感，而妈妈还经历了小时候外公过早去世的苦，所以爸妈都舍得出苦力干农活养家糊口。

在社区，爸妈永远是起得最早睡得最晚的那一拨人。得益于爸妈放牧和种社区最多的地，所以即便我遭遇可怕的疾病考验，家庭的经济条件在社区仍然不差。爸妈早出晚归比大多数邻居勤奋，辛苦挣的钱自然也比多数邻居多。爸妈在此基础上乐于助人，在我的成长过程中，从几百到几千，他们没少借钱给邻居急用。爸妈在社区跟邻居建立了良好的关系，得到邻居的敬重。我因为生病在家，家里又缺少好吃的，所以我最喜欢邻居换工吃晚饭的活动。因为换工意味着主人家晚上做丰盛的伙食，我们家里很长时间才吃一顿肉，这时候我可以名正言顺地大快朵颐。

爸妈每次和邻居换工都愿意带我去吃一顿，邻居们也习惯了我的存在，到了晚上吃饭的时候，他们总会习惯性叮嘱爸妈背着我去吃饭。我跟着爸妈沾了不少蹭吃蹭喝的光。加上我们家有养耕地牛、驮马的习惯，邻居们很需要它。我跟着爸妈参与社区换工，每年农忙季节都几乎能把整个社区吃上一遍。品尝哪家的火腿香，哪家的火腿腊，哪家的火腿腌制出了问题有点发臭。爸爸赶马帮邻居干活，我就在一旁的小板凳上默默地坐着、看着，等着吃晚饭。

记得有一次，大约在冬季，那时电饭煲、电磁炉等做饭用的电器远没有进入农村生活。我们做饭烧开水以及寒冷冬季取暖，都习惯了砍柴烧火。冬季地里的活忙完了，雨水也少了，街坊邻居纷纷上山砍柴。我们需要趁这个时间，砍够烧一年的柴火。来年雨季来临，我们就可以从容不迫地在屋里烤火取暖。砍柴地点离家近的，还能将柴火用人力背回家，距离远了，柴火过粗，人力吃不消便只能找马匹驮。那次二叔家请爸爸帮忙赶马驮柴火，上山的路从我们家旁边经过，我仿佛嗅到了香喷喷的火腿味！中午我就迫不及待爬去房屋后，数爸爸赶了几趟马。按照路程计算，爸爸赶马帮二叔驮一天柴火，顶多赶六趟，就到了下午五点，该等着吃晚饭了。爸爸每赶一趟路过家旁边，我距离吃上火腿肉又近了一步。我数着爸爸赶了四趟，距离晚饭时间越来越近，我急得像热锅上的蚂蚁一样躁动不安。我明知道爸爸会在最后一趟时背我去，但还是担心万一爸爸忘了背我去怎么办。我渴望吃腊肉的心情已非常迫切。那天如若我吃不上腊肉，我肯定会忍不住跟爸妈撒泼打滚闹不停的。

于是在爸爸赶马到第四趟时，我就急不可耐叫爸爸先背我去二叔家。去了二叔家坐下我才放心。我已经为吃这顿腊肉魔怔了。爸爸看我心急如焚在家后面爬来爬去，便答应立马背我去。妈妈看我坐立不安馋嘴的样子，开玩笑地说我就是个“好吃鬼”。妈妈对我说“好吃鬼”，既是一句玩笑话，也有怒其不争的无奈。因为在以前，吃喝困难，“好吃鬼”在自家说起来无伤大雅，若是从其他人嘴里说出来，性质就大不一样了。

那是嘲讽，是鄙视，更是笑话你吃相难看，为了吃的没有尊严。但我太馋嘴了，为了吃的我顾不上这些，我连尊严都不要了。妈妈叫我“好吃鬼”，看得出她对我克制不住对吃的渴望有多不满意，只是碍于家里没有那么多好吃的，妈妈才无可奈何地让我去。而我丝毫没有意识到自己的失态，油嘴滑舌地回复妈妈说，我去二叔家蹭饭不是“好吃鬼”，而是获得了很多好吃的。妈妈看我去意已决，也就没有拦着。我在爸爸的背上，看着一步步朝着二叔的家走去，仿佛看到了非常喜欢的东西，心情十分的愉悦！这是我十一二岁到十四五岁内心成长的一个缩影。虽然当时的家庭条件困难，但我得到了爸妈足够多的疼爱，我的心灵被爸妈呵护得很好。

因为病痛，爸妈刚把我送到外婆身边的那段时间，我一屁股坐在那里一坐就是一整天。我坐了一天坐累了，想叫人帮忙挪动身体舒筋活血，这时就只有用力恰到好处的外婆能帮我。舅舅、姨父他们好心，想把我从外面抱进房间，但因为他们手头不知轻重，经常会弄疼我。所以，能抱我的只有外婆一个人。

外婆照顾我，从我早上睡醒端来一盆洗脸水给我洗脸开始。随后把我背到厨房，先给我和一两岁的表弟表妹做早餐吃。我经常一边看着外婆做饭，一边跟她唠家常。外婆对我也是知无不言，言无不尽，我在其中学到了很多为人处世的道理。如果说我在学校读书，学到了知识文化能看懂文字，那么我在外婆身边成长，我学到了如何与人坦荡地相处。吃了早餐，外婆把我背去我想去的地方坐着。我有时想去大门口观看街坊邻居家庭生活的全貌，看他们忙碌的身影在家里进进出出，在地里打转干农活，在路上匆忙赶路。我有时想去院里的潲雨石上晒太阳和表弟妹一起玩；有时在院子里看蓝天白云；有时听见旁边的姑姑家热闹，我喜欢凑热闹就让外婆背我去。无论把我放哪里，为了防止我被受到惊吓跑动的牲口和不知轻重狂奔的看家狗狗伤到，外婆都会给我拿一根长长的棍子放在身边自保。有雨或大晴天时，外婆就拿把雨伞给我遮阳挡雨。我坐一会发觉身体有什么不适，大声呼叫几声外婆，外婆听见了就会快速放下手里的活，不厌其烦地随叫随到。我的肚子疼想上厕所自己去不了，外婆就拿来一个盆让我解手。完了外婆又帮我擦屁股倒屎尿。那段时光，我虽然还没有真正意义上瘫痪，却过着如瘫痪般的生活，既辛苦又舒适。

外婆做饭煮肉的时候，她知道我嘴馋，在切肉时就悄悄地给我拿一些。即使外婆自己没得吃，她也要拿给我和表弟表妹多吃点。在我的情感里，外婆已然成为我的另一个妈妈。安顿好了我，外婆趁家里有其他的大人在看表弟表妹，她就背起篮子，拿上水桶忙着去菜地给菜浇水，割猪食。外婆去菜地一个多小时，背着割满猪食的篮子，手拿着菜回家，开始做中午饭。等外婆做好午饭，舅舅他们就全都回来了。外婆摆好了席，再来背我去跟他们上桌吃饭。吃完午饭洗了碗，我想去哪里坐坐，外婆又背我去；我想睡午觉，外婆就背我回房间。到了下午三四点，外婆再给我们做次饭。我的少年时光，在无限坐着中悄然消逝。身上的痛让我无暇想未来，也不敢想象病情继续发展下去，我的未来该何去何从。

到了晚上，表弟表妹回到舅舅舅妈身边，外婆就主要围绕着我一个人转。我们吃了晚饭，舅舅家没有电视机，旁边的姨父家有电视机，外婆就背着我去看电视。那时的电视机没有卫星转播，我们能收看到的电视频道，靠天线接收村公所转播。白天村公所工作人员忙，没时间转播，我们有电视机也形同虚设。晚上村公所打开转播器，转播什么电视节目，我们就看一晚上，没法调台。我们看完两集电视连续剧，时间来到晚上十点，外婆就背我回家睡觉，结束了她辛苦做饭，带孩子，照顾我的一天。

外婆断断续续照顾我一两年的时间，给我留下印象最深刻的一件事发生在农历七月。农历七八月，农村栽种在地里三个多月的玉米相继成熟，外婆每次去地里割猪食，都会特意给我们掰回新鲜可口的玉米，煮给我们当晌午饭吃。我由于贪吃，连续吃了两天玉米后蹿稀不止。无论外婆给我吃土霉素还是熬红糖酸木瓜水，用了许多种止泻的土方法，我窜稀的肚子仍旧堵不上。我一天最多能拉七八次，外婆刚拿盆给我拉完，转身去干活，没一会我的肚子又开始闹腾要窜稀。外婆再忙也得扔下手里的活，急忙跑来照顾我。我频繁地拉肚子，让外婆跟着我一起不得安生。这很考验一个人对另一个人的耐心。

我连续窜了三四天的稀，外婆对我依然没有半点的怠慢，一如既往地随叫随到。外婆只是在给我吃了多种止泻药之后，随口跟我开了句玩笑："吃了今天的药，你的肚子再堵不住，我就拿脱了玉米粒的玉米秆，堵上你的屁股。"外婆说完对我笑了笑，我也很不好意思地对着外婆傻笑了一下。外婆体贴入微照顾我的生活，跟我开的这句玩笑话深深地印在了我年少的记忆中。我长大了以后虽然身体动不了，但我的心里特别感激外婆那些年对我无私的照顾。得益于外婆的照顾，我相信家风是可以遗传的。外婆生性仁慈、豁达开朗、善良大度，对儿孙重情重义，与街坊邻居和睦相处，这些良好品质都传给了妈妈和她的兄弟姐妹几个。我们经过爸妈的教导，深受外婆的影响，在当地都以性格温和著称。无论我们走到哪里，都能跟其他人友好相处，总能给自己及他人带来快乐！而这一切要归功于外婆。

后来我的病情加重瘫痪在床，无法继续去外婆的身边了，外婆每次来我们家，或是从大姨小姨家回来路过我们家，外婆都会精心给我准备礼物。知道我们家条件不好，吃不上多少肉，外婆家跟邻居家换工干活，晚饭杀鸡煮火腿肉时，外婆都会把最好的肉留着一些，递给爸妈拿给我吃。到了冬季，街坊邻居大规模举办酒席，外婆心疼我在家出不了门，无论她去哪家做客，她都会把主人家给她盛的瘦肉，留碗里或放进做客准备的塑料袋，或抽几张吃饭准备的纸巾，把肉包进去拿回来给我吃。在我瘫痪的十多年里，无论我们的生活质量好不好，能不能时常吃上肉，外婆做客去，总会有几份好吃的瘦肉片送到我的嘴里。直至外婆七十多岁，走路不灵活了，不怎么去邻居家做客了，外婆的这份关怀才停止。

我们的生活在变，我们的年龄在不断地增长，外婆早已不再年轻了，

我也已经长大成人了。唯一不变的是：外婆把我这个生病的外孙放在了心上显眼的位置。在我们众多的表兄弟姐妹中，除了跟外婆住一起的表弟表妹，我无疑是受过外婆照顾和疼爱最多的人。我也因为从小在妈妈和外婆的悉心照顾中长大，我的脾气性格，在她们的潜移默化教导中，变得跟她们一模一样。我长大了也喜欢跟外婆和妈妈唠家常，感觉我们唠的不仅是家常，更是在剖析人性和生活的本质。

我们说的话没有算计，没有逞强好胜，没有脱离实际情况，说的都是尊重事实、不偏不倚、不卑不亢的客观话。因此我们的三观是正的，从不混淆是非无理欺人。外婆尊重事实，与人为善的处世之道看似软弱，实则充满了智慧。我总能在跟妈妈和外婆的交谈中受益匪浅。外婆是我从小到大心中最敬重的长辈。我很感谢外婆对我的照顾，多年来坚持给我夹肉吃。这也是我依靠写文字赚钱之后，想给外婆钱花的原因。只要我有钱，给外婆拿多少我都不觉得多。我只希望外婆能长命百岁，等自己能通过写作赚更多的钱，好给外婆买她喜欢的东西。

那时我们家里没有电视机，但我们追连续剧的热情高涨。每晚都要步行去邻居家看两集电视连续剧，感觉这一天才充实。到了雨季，爸妈去田里干农活忙到晚上七点才回来做吃饭，眼看电视剧快开始了，我们就随便吃点东西，煮上一锅白芸豆就去邻居家看电视。因为白芸豆难煮，煮熟需要一定的时间，我们刚好去邻居家看三个小时电视剧回家再吃饭。我不能走路，爸妈就轮流背着我去。因此我在爸妈背上待的时间，比任何一个同龄人都长。这既是一种受制于疾病的无可奈何，也是一种被温柔对待的幸运。无论我多大年纪，生了多严重的病，只要有爸妈在的世界里，我永远都是他们背在背上疼爱的小孩。这个世界上，没有比爸妈背脊更安全，更牢靠的靠山了吧！

时过二十年，我仍然清晰地记得，爸妈在晚上拿着手电筒，打伞冒着大雨，踩着经过雨水浸泡变得泥泞的土路，背着我去邻居家看电视的场景。虽然爸妈脚底下时不时打滑，感觉随时有可能摔倒把我压在身下，但我心里一点都不害怕。我的双手紧紧搂住爸妈的脖子，相信爸妈不会把我摔倒，我闭上眼睛享受背在爸妈背上的幸福时光。有爸妈在，我的世界就很安全，我的内心就会很平静。

到了我十三四岁，家里才购买了一台六百多元的旧电视，我们才摆脱冒雨去邻居家看电视的麻烦。

在外婆身边住了几个月回家后，我的病情逐渐进入潜伏期，没那么疼了。我不甘心自己年少的生命，一辈子原地不动，坐哪算哪一整天。那种没有自我的感觉太痛苦了。我的脑海中储存着自由走路的记忆，我不想活得像一个木桩。我开始尝试奋起反抗，改变呆若木鸡的生活。可是无论我再怎么拼尽全力，都改变不了双脚肌肉萎缩，因长时间没走路丧失了力气的事实。我想站起来走路无异于痴人说梦，我能做的只剩在地上爬行。可是问题又来了，我的膝关节萎缩，膝盖内部的软组织是发病的根源，我想跪着爬根本吃不消。其次，双脚丧失了力气，我爬起来保持不了身体的平衡。我反复试了好几天，都做不到像小孩一样趴在地上爬行。可把我给急坏了。

我调整了好几天才平复了爬行失败的心情。后来我综合自己剩余的能力，从实际情况出发，寻找突破口。经过不懈努力，我终于在自己病倒了一年之后，找到了一个可行的爬行方法。小孩子爬行双膝收缩跪地，脸部朝下爬行。而我爬行反其道而行之，像我们平常上厕所一样双脚先蹲下，双手支撑身体达到平衡。虽说我的双脚丧失了力气，支撑不了身体的重量站起来，但我还有尚未发病的双手做支撑，分担了身体的重量，然后用双手带动着跪地的膝盖向前滑行。我的双手发病比双脚晚了十年，给我预留了四年生活自理、爬行照顾自己饮食起居的窗口期。然而在我爬行的四年时间里，我的病情悄然间从双脚转移到了上半身。在丝毫没有疼痛感的情况下，身体后脑勺往下到背部出现了明显的侧弯。预示着病魔在无形中已然渗透我全身，病情大规模暴发，我的身体全面萎缩只是时间早晚的事。

好在无论我的病情再怎么发展，肌肉经脉再怎么挛缩，神经系统再怎么剧痛，我的智力发育始终丝毫没受到病情的影响。我的思考能力还在！我只是身体挛缩残疾了，脑子并没有坏掉。这既是不幸中的万幸，也是非常残忍的精神折磨。幸运的是，身体不行了，但大脑清晰，我还能追求精神自由和灵魂自由的快乐。运用现代化网络交朋谈友，追求人生的价值，实现梦想。残忍的是，我眼睁睁看着身体一点点在眼前萎缩变坏，自己却没有任何办法阻止。我等于亲眼目睹疾病在自己身上，施加了一场凌迟的刑罚，眼睁睁看着自己的肌肉被一片片蚕食掉！这对于追逐自由精神的生命体来说太过残忍了。好在，我还能爬行。只是刚开始爬行时，双脚疼痛不习惯，双手也没有受过锻炼，我没爬行几步就支撑不住。必须停在原地休息一会恢复力气。

而且我们生活在农村地区，家里房间内部的水泥地板都没有铺全，出了大门更是遍地都是杂乱无序的小石子、玻璃碴、牲口粪便。在这样的场地上爬行，双脚有鞋子保护还能承受，双手没有任何护具保护太难受了。稍不留神就被玻璃碴和尖锐的石子硌伤。这对于娇生惯养的双手来说简直是噩梦。但不管怎么说，双脚站不起来了，还能通过双手辅助爬行移动起来，我烦闷的心情总算是灿烂了起来。我不知坚持了多久，终于能做到爬行自如，能在家里爬着进进出出，照顾好自己的生活完全没问题了。我就此重新找到了自由的快乐！我的人生到这里，经历了幼儿时期的爬行，学会了走路奔跑，受疾病影响丧失了走路奔跑的能力，轮回到依靠爬行过活，起落得未免太快了。遗憾的是，我这次爬行依旧阻挡不了疾病对身体的蚕食，没能像小时候一样爬着爬着就学会站起来走路。我的身体每年都会出现不同程度的萎缩，我在苟且中过了一年又一年。

我熟悉了爬行的姿势，爬起来的速度越来越快，一次能爬出的距离也越来越远。我从无所适从的难过心态中振作了起来。我饿了可以自己去做饭吃，渴了能爬去水桶旁舀一瓢水喝。拉肚子了自己能爬出去外面解决，不再需要像外婆照顾我时拿个盆。我还能爬着去摘水果吃，摘黄瓜吃，过年了还能拿着打火机去放鞭炮。我还能帮家里做饭，干些简单的家务活，做些力所能及的农活。妈妈去家附近的菜地里种菜，我慢悠悠地爬在后面一起去。去菜地里，去我小时候常去的水塘边玩水，捉小蝌蚪、抓蜻蜓、采折耳根。看着妈妈栽种的辣椒红彤彤地成熟了，我自告奋勇爬着去摘辣椒。妈妈把我摘好的辣椒背回家，我找来一根细绳子把辣椒绑成串。绑成鞭炮形状的辣椒串，从远处看甚是美观。看着自己亲手绑出一串串鲜红的辣椒，我的心里别提有多美了。当地里的豌豆熟了，我一个人在家闲得无聊，我会抄起一个塑料袋爬到地里去摘豌豆。我摘回一袋豌豆放进煮开水的水壶里煮，煮熟了的豌豆甜甜的软软的很好吃。我摘豌豆既消磨了无聊的时间，也给自己制造了食物，算是一举两得。

虽然我不会走路，但我还能爬行移动，我就不甘心当一个衣来伸手饭来张口的废物。爸妈边放牧边去几公里外牧场旁边的地里种玉米，在没有爸妈的要求和教导下，我爬着给爸妈做了很多顿晚饭。这时，我不再抗拒身体的不方便，我给爸妈做的每一顿饭都很用心。不像以前在学校做饭那样敷衍了事。我们那时的生活节奏是：爸妈早上起床在家附近忙一会就做饭，做饭时爸妈顺带用面粉蒸了几个馍馍，拿着当晌午饭。上午八点多，爸妈做好饭我们一起吃完，爸妈便匆忙拿上玉米种子，赶着牲口去种玉米。只留我一个人独自在家。爸妈临走前给我留了一颗鸡蛋和一些剩饭，叫我下午在家饿了就自己动手生火做蛋炒饭吃。除此之外，爸妈每天不忘在灶房存一大桶自来水，还抱来一把柴火方便我使用。

因为家距离玉米地很远，爸妈为了快点干完农活，经常忙到傍晚六七点钟，天快黑了才匆忙赶着牲口回来。爸妈每天回家累得气喘吁吁，但他们仍没有时间休息，转头又要开始分工喂猪，做我们一家人的晚饭。等我们吃完晚饭，时间已经是晚上九点多。我看着爸妈累得身心疲惫的样子很是心疼，想为爸妈做点什么，思来想去，我想主动爬着给爸妈做晚饭，减轻他们忙碌一天还要回家做饭的负担。

我独自在家时，爸妈走后我爬去大门外玩一会水或者泥巴，玩累了我就回房坐着，不知道该做什么才能消磨时光。到了中午我就闭上眼睛睡一会午觉，睡到下午一点多爬出房间，去大门外到处张望，享受着一个人独处的时光。可能是性格天生开朗的原因，我已经坦然接受了命运的安排，无论我一个人独处的时光有多长，我总能用自己的方法与流逝的时光和谐相处。时间转眼间来到了下午两点，我的肚子饿了，我就开始忙碌了起来：给自己做蛋炒饭吃。说是蛋炒饭，但我更喜欢将鸡蛋和米饭分开炒，以获取大口吃鸡蛋的满足感。

平常妈妈在家给我们炒饭不放盐，说是炒饭放盐吃了伤身体，我们无言反驳。我独自在家炒饭没人监督，就放飞自我，不仅往炒饭里放盐，还放大量的味精！有没有放盐和味精的炒饭，吃起来味道差别太大了。放了

盐和味精我能把一碗炒饭和鸡蛋吃得干干净净。不仅如此，我在家还经常喜欢把味精倒在手掌心，用舌头舔着吃，或拿手指放嘴里蘸点口水，插进味精袋中蘸一些味精后抽出手指放嘴里，像婴儿吸吮着手指头一样吸食粘在手指头上的味精。像我这种吃味精的吃法，没被吃傻是我的运气好吧！有时候，我独自在家馋嘴了，蛋炒饭满足不了我的胃口，我便不老实偷偷爬到防盗柜旁，在爸妈已切过的火腿上切下两片腊肉，拿去刚炒完蛋炒饭的火堆里烧烤，那滋味别提有多香了。

我们的灶房是一间没有装修过的大房子，简单地用木板挡住前面，留了一个进出的门，防止家里养的鸡和狗进去损坏餐具。灶房内部，进门右边靠墙处，用三块长方形的石头围了一个灶台，中间放一个简易的三脚架，用来做饭煮开水。紧挨着灶台前面靠墙的地方，用砖块砌了一个大型灶台，上面放置了一个大号的炒锅，专门用来给家里的猪煮食物。灶房的左上方贴墙做了一个呈长方形、内部分为三个小格的防盗柜，用来放玉米和生活用品。我站不起来，够不到柜子，所以每次去取食材，我都要搬一个板凳，先爬上板凳坐起来，再伸手打开柜子的门从里面拿东西。

时间来到下午四五点，我开始像爸妈一样认真做一家人的晚饭。我先把锅里剩下的饭清空，舀一瓢水进锅里清洗干净，边爬边拿着锅去爸妈睡觉的房间舀米。米之所以放爸妈睡觉的房间，是因为家里四处空荡没装修好，老鼠特别多，家里吃的米必须放到安全的地方。我认真淘洗好了大米，放到生起火的三脚架上守着煮，等米饭煮熟了我再动手做菜。爸妈在家做饭时每顿饭只做一道菜，要么炒土豆，要么煮一锅包菜，我们吃得很简单。说到吃土豆，我们读书时，略懂中医的邻居告诉爸妈，以我的病况最好不要吃土豆，避免土豆淀粉进入体内激化病情。我们读书做饭一年半，爸妈不敢给我们拿一次土豆，家里也很少买土豆吃。可后来邻居又说，吃土豆放入一些酸木瓜，能有效分解土豆淀粉对疾病造成的影响。爸妈才逐渐开始购买土豆吃，但我们每次吃土豆都要放入适量的酸木瓜。后来渐渐地，我们习惯了吃土豆，但不可能一年四季都有酸木瓜，干脆就不管放酸木瓜那茬事了。我们想着反正我的病情已经不好了，还不如放开了吃。

我们不能吃的东西太多了！大人不仅说我的情况不宜吃土豆，还有一堆禁忌：鱼肉容易诱发病因不能吃，牛羊肉风气大不能吃，会打鸣了的公鸡肉不能吃，吃了会萎缩经脉！还有糯米饭，生核桃，涉及糯米属性的食品我统统不能吃。我每次到邻居家，看其他的人都能吃糯米属性食物和打鸣的公鸡肉，我只能眼睁睁看着流口水，感觉自己的存在像一个另类，可把我给馋坏了。我给爸妈做晚饭时，不只拿来土豆削皮炒一锅土豆，还要拿包菜煮一锅汤，做一菜一汤。这样爸妈忙完回家累了，喂了猪之后就能直接吃饭，不用再带着疲倦的身体做饭。我们吃晚饭的时间因此提前了一小时。

我刚开始做饭时，爸妈回来看到做好的饭菜后什么都没有说。只是平静地拿出碗筷吃我做的饭菜。虽然爸妈不言不语，但我能从爸妈的神情中感受到他们心里的感动和自责。他们之所以不说话，是不知道该怎么开口跟我说才好。他们既感动于我都在地上爬了还懂得体恤爸妈，也在自责家里条件艰苦，给不了我安心养病的条件。五味杂陈的情绪盘旋在心头，爸妈干脆安静什么话都不说，一切尽在无言中。后来我连续给爸妈做了几天饭之后，妈妈小声跟我说，以后给他们做饭做一道菜就够了，不用每次都做两道菜。少做一道菜，不仅能节约，我也不用那么辛苦。妈妈说的话验证了我的感受是对的。

三

自从我 11 岁病情恶化住院回家，丧失了站起来行走的能力被迫休学在家，爸妈就把家里的经济保管权移交给我。无论是爸爸帮邻居赶马驮货赚的几百块，还是妈妈收拾农副产品去县城售卖，购买生活用品剩余的几十块钱，或是家里放牧一年卖牲口卖了的几千块钱，爸妈统统交到我的手里保管。家里哪里需要用钱了，需要用多少钱，爸妈再详细说明来跟我拿钱。拿去的钱用不完，无论剩下多少爸妈都会还给我保管，给了我参与家庭经济建设的存在感。在我年少成长的记忆里，爸妈的心胸豁达，他们的人生观、价值观、生活观一直开放而正确。

我们家从我在家开始，无论是院子的大门，爸妈睡觉的房间门，或放置腊肉等食物的防盗柜都没有上锁的习惯。家里装修时给装上了锁，但钥匙全部丢在房间的箱子里，门上的锁成了一个摆设。亲戚朋友和小孩来我们家做客玩，可以自由进入家里任何一个房间。爸妈从未担心小孩子打碎房间里的东西，或丢失什么贵重物品。但我们家却从未因开放丢失过一件东西。家里的钱放在我的手里爸妈很放心，家里除了关押在圈里的牲口，也没有什么值钱的东西了。种植的玉米一斤才几毛钱，真有小偷想偷玉米，他又能偷多少斤？若是有小偷胆大包天敢偷牲口，走不出社区的范围就会被人发现。

我刚保管家庭经济那会儿，农村还没有使用钱包装钱的习惯。我随身保管的钱，放在妈妈特意在我穿的褂子胸口部位缝制的一个兜里。心灵手巧的妈妈给我缝的兜，外人不仔细看都认为是褂子自带的。我们家里的钱多钱少，看我的胸口鼓不鼓就知道。爸妈每次背我去外婆家，舅舅他们总带着羡慕的眼神看我，用手触摸我胸部鼓鼓囊囊的钱包，开玩笑地叫我经济保管员。看舅舅他们的神情就知道，他们家里的钱肯定没有我保管的多。我享受着舅舅他们对我投来羡慕的眼神，保管家里的钱给了我极大的优越感。我有时把钱带身上在舅舅家住上一个月，爸妈都不会担心我把钱弄丢。

爸妈从未因为我生病给我脸色看，更没有因为家里发生什么事情责骂过我。在我年少的记忆里，我只因为执拗被爸爸威胁过一次；妈妈则站在我这边，替我出头骂了爸爸几句。这事的起因是，我们家里的钱全部掌握在我的手里，爸爸去隔壁邻居家帮忙干活，晚上吃饭他多喝了一点酒，在没有与我和妈妈商量的情况下，擅自许诺把家里剩余的几百块钱借给邻居。他吃完饭直接带邻居上门拿钱。我因为手里的钱只剩几百块了，不想把钱全部借出去，便当面拒绝了。无论爸爸对我好说歹说，我就是不愿意把攥在手里的钱拿出来给邻居，这伤到了爸爸的脸面。爸爸说了半天，看我不愿意拿钱，他也不能强硬地跟我抢吧！妈妈看爸爸带邻居上门借钱，觉得也不好不给爸爸面子，跟着爸爸一起做我的思想工作，想让我把钱拿出来借给邻居。

我的倔脾气在这时也上来了。原本我也不想伤爸爸的脸面，可是爸爸越说我越气不过，他没有跟我和妈妈商量就把钱给邻居。我拒绝了那么久，脸面上也下不来，就是不肯把钱拿出来。爸爸急了，当着邻居的面威胁我说，今天我不把钱拿出来，以后他叫我再也见不到一分钱。爸爸言下之意，今后他们不会再把家里的钱交给我保管。我听了爸爸的威胁，顿时不知所措，心里感觉很委屈。我更加不甘心就这样把钱拿出去。妈妈听到爸爸威胁我，立马偏向我，当着邻居的面斥骂了爸爸几句，叫爸爸注意他的言辞。妈妈骂完又补充道，儿子不把钱拿出来，为的不也是家里放着一些钱心里踏实些吗？你怎么可以说伤感情的话？妈妈把爸爸说得哑口无言。我委屈的心里忽然感觉暖暖的。我很感谢妈妈在我任性的时候，保护了我受惊的心灵。

我之所以不给邻居拿钱，也不完全是气愤爸爸喝多了胡乱借钱给别人。首先是因为我们以前曾借过钱给那个邻居家，结果到了还钱的日期，邻居跟个没事人似的，既没有按时还钱，也没有来跟我们说一声啥时候还，他拖了很久，才勉强把钱还回来。通过此次事件，我在心里给邻居贴上了不守信用的标签。我看重信用，所以我不愿意再借给他一分钱。可我不好当着邻居的面说这些。其次，我掌握经济管理权的时间长了，在金钱上获得了安全感，手里没钱就让我的心里感觉特别不安全。按照爸爸跟邻居约定说好借钱的数额，借出这笔钱后，我手里的钱就所剩无几了，这威胁到了我内心的安全感。为了留住这份安全感，也不想再次感受邻居的不守信用，我心里非常不愿意把钱借给那个邻居，而换作其他关系好的亲戚，我肯定是愿意借的。

被爸爸威胁，却受到妈妈的庇护，不管怎么说，都表现了爸妈让我参与家庭发展，这给了我一个心灵健康生长的环境。我的心里从始至终都是健康的，我并没有因为身体残疾而自暴自弃！家里的钱掌握在我手里，我在家无聊了就拿起哥哥留给我的笔记本和圆珠笔，运用从学校学到的数学知识记账。我像一个合格的会计，从年头记账，年尾则跟爸妈汇报：过去这一年，我们的家庭总共收入多少钱，支出多少钱。收入的钱具体到家里卖牲口卖了多少、爸爸打石头赶马赚了多少、妈妈赶集售卖农副产品卖了

多少。每次妈妈售卖农副产品回家，我都会问妈妈今天花了多少钱，我再把妈妈从家里拿去多少，在街上用了多少，拿回来了多少进行计算，算出妈妈这一天收入多少钱。支出去的钱中，生活开支花了多少，人情世故用了多少，哥哥读书一年花费了多少，我都把账记得清清楚楚，说得明明白白。我记账保管家庭经济的这些年，我们家每年的收入都比支出多一点。

从哥哥读初一开始，我利用家里的钱掌握在自己手里的便利，哥哥每周末回来拿钱，我都会在爸妈规定给哥哥多少钱的基础上，偷偷地多给哥哥拿几块钱。别小看我多给哥哥拿的几块钱，当时这几块钱很值钱。我给哥哥多拿钱，让我们兄弟俩的感情变得更好，也算是我对哥哥照顾我读书几年生活的回报。记得哥哥初中刚开学几个星期，每次周末回家没有给我买礼物的习惯。妈妈看在眼里，便找了一个机会教导哥哥说：人看从小，礼物不分便宜贵重，有心最重要。弟弟生病在家，作为哥哥，周末回家多少该给弟弟买些礼物，促进兄弟俩一辈子的感情。妈妈说得很明白，一个人在小时候是什么样，长大了他就是什么样。哥哥从小懂得疼爱弟弟，长大了他才会维持这个习惯！倘若哥哥从小对弟弟视而不见，长大了也极有可能不会管弟弟的死活。妈妈为了我的人生着想，希望我的将来能够依靠得上哥哥，对哥哥进行了晓之以理、动之以情的教导。

面对妈妈严肃的教导，哥哥一时适应不过来，不服气地跟妈妈顶嘴说了几句，说完还委屈地哭了出来。但妈妈说的“人看从小”这句话，深深地烙印在了哥哥的内心里。从那之后，无论自己手里剩余多少钱，哥哥都会早早地想着我，留下给我买两个包子的钱。长大了我都记得，哥哥给我买的包子，里面包了米线豆腐馅和哥哥的疼爱，特别好吃。我在家每个星期吃到哥哥买的包子，心里高兴了，就更愿意给哥哥拿钱了。我们兄弟俩的感情在一来一往中深厚，我们更像是一对无话不谈的好朋友。哥哥在学校遇到什么稀奇有趣的事，他回家会分享给我。哥哥不仅是我血脉相连的亲人，他更是懂得我内心、理解我成长产生变化的好朋友。虽然我们兄弟长大了也会因为意见分歧闹不愉快，但这些一点都不影响我们的亲情。在爸妈的教育中，哥哥成长为一个重情义、有担当的青年。

我悄悄地给哥哥拿钱的同时，还给比我小 8 岁的表弟拿过一些零花钱。

过年过节，表弟喜欢买几盒炮仗玩，舅舅他们强调节约，不给表弟买，我能感同身受，便拿钱给表弟去买炮仗。我想起自己还能走路的时候，我喜欢玩炮仗，爸妈和舅舅一样以节约为主，过年过节只给我买两盒炮仗意思意思就行了。我不止一次哭闹着叫爸妈多给我买几盒炮仗玩，爸妈都以家庭条件困难为由打发我。过年过节看到别的小伙伴有很多炮仗，自己的家里拿不出多少，我的心情就十分的低落。我懂得舅舅不给表弟买炮仗，表弟的失落感，就像我小时候感受到的一样。我知道，等我们长大后，家里即便有钱能买很多炮仗玩，我们也没有了小时候那种想玩的心情。我不想表弟的小时候跟自己一样，我给表弟拿零花钱就是同样的道理。我读书的时候，最缺的就是零花钱。我无法穿越回去给自己零花钱用，但我可以给表弟零花钱去买吃零食。表面上我是给表弟钱，内心里我是在给那个从未被满足过的自己。事实上，我给表弟零花钱也不是纯粹的付出，表弟长大后念及我小时候给的零花钱，我们的感情非常好，他赚了钱过年也记得给我拿一些钱——是我当初给他的几十倍。

到后来我病情加重瘫痪在床，哥哥、表弟他们读书，离我的世界越来越远，爸妈依旧习惯把家里的钱交给我保管。我在保管钱的过程中，多了一个喜欢藏私房钱的爱好。尤其是妈妈售卖农副产品带回来很多崭新的、没有折叠过的零钱，我太喜欢珍藏这些钱了。我从刚开始珍藏一毛、两毛、五毛、一块、五块，最多十块、二十块，慢慢地珍藏到五十、一百块的面额。我藏私房钱的胆子越来越大，一年最多时能藏好几百。几年时间下来我藏了好几千。爸妈知道我出不了门不会乱花钱，明知道我藏新钱，爸妈也从来没有跟我算过细账。

我说手里的钱剩多少就是多少。爸妈对我很相信，知道如果家里实在没钱用了，无论我藏了多少崭新的私房钱，我都会以大局为重拿出来急用。爸妈纵容我藏钱，只为让我开心。甚至我把自己悄悄地给哥哥多拿钱这件事忍不住告诉妈妈，妈妈听了也没有一点生气的意思。妈妈也没有叮嘱我以后不要再偷拿。妈妈不说等于允许我给哥哥多拿钱，培养兄弟俩的感情。我长大了才发现，妈妈虽然小学没有毕业，但妈妈在教育我们兄弟俩时充满了智慧。

从我 11 岁到 21 岁的十年间，我见证了家庭从贫穷吃粗粮玉米面，到衣食无忧完全吃大米，再到完全脱离贫困实现猪肉自由奔小康；经历了家里住的房子从土木结构的危房，到搭乘国家危房改造政策推倒土块墙体，换上红砖水泥结构；从爸妈种地喂猪，每年定时上缴农业税，杀年猪上缴屠宰税，到国家彻底取消农业税，屠宰税，转为每年给农业种植补贴。我掌握在手里的钱也从几百块，慢慢积攒到几千上万块。在保管家庭经济二十年中，我发现农村一个很有意思的现象；那些树立存钱观念的家庭，他们总能与时俱进，不论家庭曾经遭遇多么大的困难，他们始终能存下钱来。

而那些遇事习惯性借钱过日子的邻居，有一部分人，无论他们的家庭过得再怎么顺利，社会经济条件再怎么发展，很多年过去了他们依然延续着遇事就借钱过日子的生活。我们家庭就是最好的例子，从小妈妈就教导我们勤俭节约，强调存钱的重要性，不到万不得已绝不能向别人伸手借钱。自己手里有钱应急才是硬道理。在妈妈的悉心教导带动下，我们家经历了我和妈妈都生了大病的情况，把家里的钱用完了，但我们过了几年又能存钱。这说明了一个人乃至家庭，培养存钱观有多重要。

我们家的经济条件，在 2008 年之前一直徘徊在勤俭节约些吃喝不愁，但一年攒不了多少钱的境况。从 2009 年开始，农村的经济开始腾飞，我们随着经济的腾飞发展正式步入小康。其中最显著的在于，以前家里饲养的高质量、售卖几百块的羊，在三四年间价格飙升到两三千一只，牛飙升到一万多一头。我们的收入增加了，日子也过得越来越好。家用电器，电磁炉、电冰箱、摩托车、智能手机迅速普及，进入农村家家户户。经济条件提升了，我们以前买不起的东西，现在也不稀奇了。

生活节奏也开始飞快。经济快速发展带来的负面作用是，收入增加了，支出的生活费也在暴涨，好生活带来了高压力。社区公路通了，交通便利了，邻居之间的频繁换工逐渐走向没落；有手机电话，亲戚之间联系方便了，互相串门走动的频率越来越低。看似生活在同一个社区的街坊邻居，情感上也淡了，渐渐地像一个个彼此间隔着汪洋大海的孤岛。

可怕的是，在我瘫痪几年后，妈妈告诉了我一件我听了特别气愤的事。妈妈说，我前几年病情严重，丧失了站起来走路的能力，明眼人看了我的身体情况都知道，我铁定会成为家庭的拖油瓶。那几年虽然她没有在我的面前表露出难过的情绪，可她一个人在地里干活，身边没有人说话转移注意力，她就不由自主地想到我的病情，若是有天发展到照顾不了自己时，我的人生该怎么办？想到她和爸爸照顾不了我一辈子，她就忍不住偷偷地为我哭泣。这时候，隔壁有一个与他们年龄相仿的女邻居，就是跟爸爸上门借钱那个邻居的老婆，她看我生病在家照顾不了自己替我们家庭担心，怕我的存在影响哥哥长大婚配遭人嫌弃，讨不到媳妇。我的存在在邻居的眼里，被视作耽误哥哥美好人生的罪魁祸首。

邻居在一旁悄悄地建议妈妈说：在她嫁过来的娘家，有一户人家家里也有一个像我一样身患重病生活不能自理的孩子。他们看着孩子的病情逐年加重，且看不到好起来的希望，为了杜绝影响兄弟姐妹的婚配，他们萌生了送走孩子生命的想法。对于当时生活条件不富裕的农村，很多人没有文化，思想又封闭——没有干活的能力，又要每天吃饭的病患在家庭中确实不受待见。家里有个身患重病的孩子，也是一件不光彩的事。对内，孩子是贫困生活的累赘；对外，村民内心普遍恐惧身患重病的患者，害怕接触沾染患者身上的不幸！身患重病的孩子活着，容易遭受其他邻居的嫌弃，影响其他健康兄弟姐妹正常的婚配。甚至于，家里有好姑娘的人家，听说某个家庭里有个身患重病的孩子，他们担心女儿嫁过去生出的孩子不健康，便杜绝跟那个家庭联姻。

那对父母为了给其他健康孩子营造一个美好的婚配不遭人嫌弃的未来，便采用迷信的方法，在中元节举行诅咒仪式，恳求祖先在天有灵尽早带走孩子的生命。在我们的家乡，流传着农历七月初一，家家户户迎接祖先回家过中元节，每天早晚两次给祖先烧香的传统习俗。据说这样可以接新去世的亲人回家过中元节。那对父母在接祖先回家过中元节，给祖先烧香缅怀之际，就给生病还活着的孩子也烧香。他们给孩子烧香的同时，在祖先灵位前一遍又一遍念叨孩子的名字，期望祖先在天有灵，早日带走生病阻碍家庭发展的孩子，给家里其他健康的兄弟姐妹减轻负担。那对父母在祖先面前给生病的孩子烧香念叨名字的做法，等于用迷信的方式诅咒孩子快点死去。据说他们连续在祖先面前，给生病的孩子烧了三年的香之后，生病的孩子果真去世了。我想这应该是个巧合吧！

但这个故事听得我毛骨悚然，感觉后背发凉。我万万没想到自己不幸身患重病活得那么痛苦，在毫不相干的邻居眼里，竟是犯了十恶不赦的死罪，该早点死才好。我很气愤，很无助，很委屈。我不只一次跟妈妈和其他亲戚强调说："我也不想生病啊！我也想跟哥哥一样身体健康去读书，在学海无涯中追求一个美好的人生，生病我是无辜的啊！"我好想去质问给妈妈提建议的邻居，我哪里招你惹你了吗？为什么你要在背后跟我的妈妈提那么缺德、那么恶毒的建议？我顿时被邻居的建议气得牙根痒痒的。

这是我生病以来第一次生这么大的气。我的心里好害怕，万一妈妈被邻居说的话戳到了痛处，认同了邻居的说法，认为我的存在对哥哥的人生是个障碍怎么办？即便妈妈不学那对狠心的父母，不屑做对我不利的事，但哪怕妈妈稍微看我不顺眼，改变了她照顾我生活的态度，对我的人生来说都是一个灾难。我的生命是活在天堂，或是瞬间掉落到地狱——完全取决于爸妈的一念之间。哪怕我明知道，妈妈不会放弃我，但我更害怕人言可畏呀！尤其在思想落后的农村，各种难听的话都有人说。

但妈妈深明大义，她后来对我说，她不会受邻居蛊惑的话影响，坚决拿我当自己的心脏般疼爱，我恐惧不安的心情才逐渐从受惊中安定下来。妈妈说，邻居建议她以迷信的方式，送走自己身患重病孩子的说法，也是出于好心，她并没有跟邻居生气，而是心平气和地和邻居说话。她对邻居说，不论这个世界上有没有神明的存在，不论给活着的孩子烧香的方法能不能把孩子送走，但为人父母的，都不能对自己的孩子做那么残忍的事。

妈妈说，每个孩子都是母亲心头上掉下来的肉，其他的母亲能不能做到不伤害自己的孩子，她管不着，她是永远不会动伤害自己孩子的念头的。在她的心里，两个孩子手心手背都是肉，她宁可接受小儿子的病情，拖累大儿子打一辈子的光棍，也绝不愿意听从任何人的建议，以任何方式伤害生病的小儿子。

妈妈用自己坚定的母爱，抚平了我心里对邻居的愤怒。我很清楚，无论别人如何看待我的病情，对我抱有怜悯之心也好，认为我的存在对哥哥的人生是个祸害也罢，只要爸妈坚定地、无微不至地照顾我的生活，别人怎么看、怎么说，都与我无关。妈妈没有按照邻居的建议去做，或许反而得到了福报，我的哥哥长大之后，不仅找到了对象结婚，而且嫂子的脾气性格跟妈妈一样好。自从嫂子跟哥哥谈恋爱来到我们家，她就和妈妈一样无微不至地照顾我，我们叔嫂的感情亲如姐弟。我们家并没有像邻居担忧的那样，哥哥因为弟弟的病情遭人嫌弃！我想这也是妈妈经常说的因果循环，妈妈选择了善良仁慈的一面，得到了正面的因果，获得了无与伦比的幸福。

倘若妈妈听信邻居“为你好”的蛊惑，真为了哥哥的人生放弃了我，作为妈妈，她在两个孩子之间，权衡利弊的做法固然能理解，但也残忍地展现了人性的私心。哥哥结婚遇到的对象，大概率也是带有私心的人。古人云：不是一家人，不进一家门。能相处到一块的一家人，名利上的门当户对确实重要，更重要的是脾气性格上的半斤八两。我们自己是怎样的人，是善良还是心胸狭隘，遇到同类结合的概率非常大。妈妈选择了温柔对待我，同样形成了良善的家风气场，吸引、获得了同样善良的嫂子的青睐！

作为一个身患重病，依靠家庭悉心照顾生存的病人，我在对邻居说的那对父母对孩子的所作所为感到愤慨的同时，也对他们的做法表示深深的理解。毕竟对于为人父母，生下的孩子手心手背都是肉。他们放弃身患重病的孩子，成就健康的孩子过上更好生活的做法，虽然残忍倒也是人之常情。没有照顾过身患重病的孩子，我们永远体会不到其父母活得有多辛苦。像我这样生病生活不能自理的病患，遇上从不放弃的父母是福气，摊上权衡利弊的家庭也只能自认倒霉。直到长大成人，最让我感动的，依然是妈妈坚硬如铁地回复邻居的话。每次想起妈妈的表态，我的心里都是暖暖的。可以说，我的妈妈不仅给了我生命，带我来到眼前美好的世界，无微不至地照顾了我 32 年，而且一次又一次，在“坚持”还是“放弃”中坚定不移地保全了我的生命，给我创造了幸福生活的环境。多年以后，妈妈好几次在闲暇时跟我说起，当初邻居给她提的建议，妈妈的话语中对自己的坚持没有一丝懊悔，有的全是骄傲，妈妈坚信自己的坚持是对的。

四

我被迫辍学在家四年多，爸妈通过艰苦奋斗攒了两三万块钱，准备送我去医疗条件较好的州医院看病，给我的病情做一次全面性诊断。看我患的到底是什么病，以当时的医疗水平能不能治疗得好？若是我的病情能治疗，爸妈做好为我倾家荡产医治的准备；若是治不好，作为爸妈，他们将会尽力照顾我，剩下的只能听天由命。

去州医院看病，也令我心情矛盾，倘若身上的病情能治疗，我将迎来漫长的康复期，预示着家里刚起色的经济条件，再次会被我的病情拖入贫穷的深渊。因为从小受到贫穷压迫，我真不想家庭因为治疗自己的疾病一贫如洗。

或者我的病已经错过了最佳治疗期，我们去州医院看病，也许等于直接去拿宣判我人生死亡的判决书。我明白发病致死，只是时间早晚的事。对于眼前的世界，从我休学在家开始，我的生命体就已经脱离了世界，能记住我存活的人寥寥无几。我活着跟死了没什么区别，这对于一个十几岁的少年太残忍了。可无论结果怎样，我们都不得不走一趟州医院，检查清楚我患的到底是怎样可怕的疾病：是什么阻断了我身体的发育，无论我吃什么，身上的肌肉自始至终像个漏气的皮球只萎缩不生长。发病更是疼得我的膝关节挛缩伸不直，后背脊柱严重侧弯。如若检查不出病因，我身上等于背了一个大大的问号，连死都不知道自己因何而死，这未免也太莫名其妙了吧！

哪怕被疾病折磨死，我也要死一个明白，这是是我当时鼓起勇气接受爸妈带我去看病的原因。尽管以我的身体情况，大概率是凶多吉少；即使侥幸能治疗，我的身体也恢复不到健康的状态。但我们还是抱着渺茫而侥幸的期许，在老友爹的陪同下，于 2006 年冬季踏上了去州医院看病的路。

去州医院看病，是我十几岁的人生第一次出远门。为了这一天，爸妈已经辛苦奋斗了四年多。

记得我们去州医院的那天，天还没亮就从家里起床出发了。当时我的双脚已经使不出力气。除了哥哥在读书，带我看病这么大的事，爸妈谁都不愿缺席，都想和我一起面对困扰我们多年的结果。我们一家三口去了州医院，也不知道这次去检查会耽误几天，只能委托二叔和舅舅来帮我们放牧，照看家庭。二叔和舅舅知道爸妈带我看病的事很重要，欣然答应帮我们这个忙。他们让我们放心去看病，无论我们去多少天，他们都能帮我们把家庭照顾得妥妥当当。我们摸黑去县城的路上，爸爸背了我一程背累了，想换妈妈来背我一程。可我们都穿着新衣服，不能坐地上，怕弄脏衣服，爸爸只好把我放到旁边一家人砌起的一米多高的猪圈的石头外墙上。哪承想发生了惊险的一幕：爸爸刚把我放上猪圈外墙，我因为双脚无力，掌控不了身体的平衡，差点头朝下栽下去，吓得我浑身颤抖，好在旁边的妈妈眼疾手快伸手拉住了我。

我们从家里步行了一个半小时，七点多天蒙蒙亮就赶到县城跟老友爹汇合。老友爹已经在我们前面等候，我们来不及吃早点，就随着老友爹的直奔停车站，购买直达的班车车票。之所以委托老友爹和我们一起去，是因为爸妈的见识有限，且从小到大生活在农村围绕四季耕种，他们对外面世界的发展一无所知。爸妈的人生和我一样，从未涉足过州医院。爸妈别说办事看病了，他们很多字都不认识。若是没有人帮忙指引，爸妈很难依靠自己完成带我去医院看病的任务。综合实际情况，为确保看病流程顺利进行，爸妈恳求见多识广的老友爹放下手头的工作陪我们走一趟。老友爹念及他和爸妈的交情，爽快地答应了爸妈的请求，抽时间陪我们去州医院。

我们买了八点的班车。当时我的身体还能像平常人一样坐立，我和爸妈、老友爹一起坐在班车最后一排，看了一路车窗外的风景。这是我第一次坐班车，我对车厢里的一切充满好奇。因为没有坐过班车，班车刚开动瞬间，我的大脑里恍惚有飘飘欲仙的感觉，感觉我的身体随着班车开动在空中飘浮了起来。原本我还担心自己的反应是晕车的征兆，我担心自己真晕车呕吐就糟糕了。好在是我想多了，班车开出一段路程，我的大脑很快适应了车速，脑海中浮现的飘浮感逐渐消失了。我并没有晕车，这是我不堪的身体给我为数不多的优点：无论我坐什么车，一次坐车多长时间，我都没有晕过车。

送我去州医院看病，妈妈特意给我购买了一套价值 70 块钱的西服新装。这是我十几岁来，第一次穿上这么贵的衣服。后来我瘫痪在床，穿不上外衣了，妈妈就把我穿过的西服外衣，送给我曾给过零花钱的表弟穿。虽说我的病情很严重，但表弟、舅舅他们不嫌弃我穿过的衣服。表弟拿我穿过的衣服穿，舅舅他们不仅不嫌弃，还表示表弟穿我穿过的衣服，沾了我的喜气，着实让我很感动。瘫痪躺着的我还能穿裤子，西服的裤子我就留着穿。因为那条裤子穿着轻巧舒服，而街上却很难买到符合我个子的裤子穿。这条裤子我从 14 岁多买来穿到而立之年，直到买了更轻巧舒服的裤子我才舍得扔掉！这条裤子，我总共穿了 15 年左右。在现在，一条裤子穿 15 年极为罕见，这也残酷地说明，我发病严重的身体，在这十多年的光阴中停止了发育，从未生长过一分一厘。

我们当时去州医院，路上没有高速公路，小县城去州医院，我们弯弯绕绕坐了五个小时班车才到。我们到州医院所在的下关时，时间已经是下午一点多了；我们还没有吃午饭，当天直奔州医院看医生是来不及了，我们只能就近找一家餐馆先吃午饭。记得我们点了好几盘菜，但我们连坐了五小时的班车累了，大家没有胃口，点的菜没吃几口我们就吃不下了。那顿饭是我生命中吃过最浪费的一顿，搁家里的话我们早狼吞虎咽地吃完了。吃了午饭，我们找了家临近州医院的旅馆休息。我们在旅馆开了两间房，一间押金一百，住一宿三十块钱。我和爸妈住一间，老友爹住一间。我们住进房间，在人生地不熟的城市无聊了，想打开房间里的电视看一会，结果发现电视机坏了没法播放。

在我们不知所措之际，同行的老友爹迅速叫服务员来给我们换一台电视机。老友爹在旅馆发现问题时，下意识叫服务员来处理，让我们觉得不好意思叫人的乡下人眼前一亮。这也是多出去外面世界看看的重要性啊！而旅馆带给我的触动不止这些，服务员一会儿就给我们拿来新电视，我们的门半开着，服务员透过门看见我们坐在床上很方便，但他进门之前还是先礼貌性地敲门，带着温和的笑容提醒我们，他来给我们换电视机了。服务员敲门的小细节，让我感受到大城市跟农村最大的不同在哪里。在农村，我们大大咧咧习惯了，根本没有进门前敲门的习惯。仿佛在我们有事直接嗓子喊的生活里，从来没有过这样的礼貌。进门前先敲门，我以前只在电视上看过，而电视上看过和自己亲身经历的感觉有天壤之别！

晚上我们出去餐厅吃晚饭，我第一次坐在餐厅的板凳上，转头看向旁边的快车道。看着络绎不绝的车流从眼前经过，我才感受到外面的世界有多大，城市有多繁华，住在城市中的人有多密集。我验证了电视剧中车水马龙的喧嚣场景，在现实世界中是真实存在的。我们一行人在旅馆住了一宿，第二天天蒙蒙亮，爸妈便叫我起床洗漱赶往医院。老友爹在州医院认识一个老乡，我们先一步去医院找了他。他看我们是家乡来的老乡，对我们很热情，径直带我们去专家医生的诊室门前候着。因为住的旅社离医院近，在我们前面排队看病的病人没几个。我们大概排队等了半个小时，诊室的医生就提醒轮到我们了。

记得给我就诊的医生是一位目测六十几岁的专家女医生。爸妈和老友爹和我一起进入诊室，都迫不及待地想听医生讲解，我身患的到底是什么可怕的疾病。爸爸抱我进了诊室门，医生吩咐把我放到旁边的床上躺下，而我因为背部侧弯，脖子僵硬无法移动，膝关节、髋关节挛缩严重无法平躺在床上，像躺在凹凸不平的地上一样感觉很难受。

医生直接拿双手用力拧动我的头部，看我的脖子能不能转得动。随后用力按我的身体其他的部位，检测我的反应。检查完身体，医生把她的手递给我，让我握紧手使劲捏，测试我手上的力道。我因为长年待在家里，除了爸妈没接触过别人，在家里和爸妈说的都是白族话。尽管我读到小学四年级，看过几年电视剧，对书本上学到的普通话掌握得很娴熟，我还是对医生带口音的普通话似懂非懂。我很多话都听不明白，笨笨地按照听得懂的跟着医生做。当我听不懂医生说的话时，我的心情就特别紧张，急得我没出息地想哭出来。

我们看病的过程中，听老友爹他们说，给我诊断的专家医生是州医院里医术精湛，拥有丰富的看病经验的出了名的专家医生。原本这位医生已经到了退休的年龄退休了，但医院舍不得让她的医术退休，于是再度聘请她回来坐诊，给患者看病。医生的检查一气呵成，避免了我持续受折腾。同时，也是因为我的病情发展明显，医生没有脱掉我的一件衣服，没用一台医疗器械为我做化验，仅凭双手触摸我的身体，结合自己几十年看病积累的经验，给我看了十几分钟，就对我的病情作出了诊断。医生介绍说，我身患的是肌肉萎缩疾病，她采用了许多医学术语作解释，奈何我们对医学一窍不通，我也精神紧张，记不清病情具体的名称。只记得医生说是肌肉萎缩。医生随后给我们写了诊断报告，写的都是发病症状，但字迹潦草得我们根本看不懂。

诊断完我的病情，向来经验丰富的专家医生也犯起了嘀咕。她也不知道该怎么治疗我的病情才好。医生说我的病情因为致病原因尚不明确，全世界没有任何药物能治疗，是无药可救疾病当中最棘手的一种。看医生表情凝重，吐出一句“无药可救”，尽管我们去时已经做好准备接受不乐观的结果，但真直面残酷的结果时，我们仍然感觉像遭遇了一场突如其来的晴天霹雳。那种感觉让人太难以接受，我和爸妈被这个毁灭性的诊断结果惊得不知所措！我的心里顿时受了刺激，感觉呼吸急促，快喘不过气来。受惊的灵魂仿佛吓得脱离了身体，我不敢接受自己的人生彻底被疾病摧毁了的事实。

在我们被诊断结果吓得惊慌失措，缓不过神来接受现实之际，给我诊断的专家医生，仍在绞尽脑汁地帮我想办法。医生先是建议：我们回家之后煮一锅舒筋活血的中草药洗敷双脚，洗完后不间断按摩双脚上的肌肉，自主做些康复训练试试。这种康复训练疗法，肯定是治不好我身上的病的，但或许可以起到减缓病情的作用。医生前后说了很多，我不熟悉医生的口音，听得懂的很少。只记得医生给我们比划在大腿上用双手上下滑动的按摩方法。医生跟我们说完这个法子，她认真想了一会再给我们开了一个单子，建议我们去骨科医生那里问问，看骨科医生有没有办法。我们拿上单子去了骨科，给相关的医生看了专家医生开的单子，骨科医生目测了一眼我的身体情况，若有所思看完我们拿来的单子，果断排除了做手术能改变我病症的可能性！

医生告诉爸妈和老友爹，我的病情已经蔓延到了全身，这种情况是无法做手术的。倘若我的身体只有两三处部位发病变形，做手术治疗还有可能性。我现在身体多处关节出现挛缩变形，医院已没法给我做手术。骨科医生排除了给我做手术的可能，我们上州医院看病之旅到此为止。我们准备了几年，带了一万多块钱，爸妈说不够再回家变卖牲口找亲戚借，结果我们只在医院挂号用了十几块钱，其他的一分没有用就看完了病。以前我们尝到很多有心无力贫穷的痛苦，那一天我们感受到有钱也治不好病的悲哀！世人说钱是万能的，没有钱解决不了的事，但真患上可怕的、无药可救的疾病时，我们才知道，钱在疾病的面前有多渺小。

我们带着沉重心情离开了州医院。老友爹安慰我们说，事到如今我们只能接受现实，等会他带我们去吃顿好的，吃完我们下午就买车票回去。我们径直走到菜市场逛了一会，买了几斤县城吃不到的鱼去饭店加工。在我们等着饭店老板加工鱼时，忽然有一个衣装陈旧、手里拿着一些零钱的老太太，进入饭店朝我们走过来，双手摆出在庙里烧香的手势给我们作了个揖，低声下气跟我们讨要钱。我和爸妈没有见过这种场面，陷入不知是拒绝老还是给钱好的境地，还好旁边坐着见多识广的老友爹，他开口毫不客气地指着我对讨钱的老太太说，他也很困难，要不你也给他拿一些钱？

老太太听了老友爹的话转过头看了我一眼，不好意思地离开了。老太太走后，老友爹不紧不慢跟我们解释说，出来外面不要轻易同情心泛滥，给那些讨钱的人拿钱。那些人多数是懒惰想不劳而获的人。而且他们不只单独一个人，背后还有一群同伴，你若起了同情心给他们拿钱，他立马叫其他同伴过来伸手跟你要钱，不想招惹不必要的麻烦，就要果断拒绝他们。听完老友爹的陈述，我们豁然开朗，心里想着原来如此。

吃了饭，我们径直朝着车站的方向走去，购买回小县城的车票。路上爸妈问我要不要买一个礼物带回去？我因为一时接受不了自己的病情无药可救的现实，沉浸在难过之中，没有心思买礼物。我就告诉爸妈不想买。随后看到街上到处摆满了手机，我特别想给哥哥买一部手机做礼物。那时整个村子没有几部手机，我觉得这个礼物很稀奇。但一部手机价格上千块，对于我们来说太贵了，我就放弃了购买的念头。

我们去州医院看病之旅，算是来也匆匆去也匆匆，因为检查结果太残酷，我们都没有逛一逛的心思。我们最终购买到下午两点的车票踏上回家之路。我人生第一次出远门，最终以狼狈的方式回家。与来时带着渺茫的希望，一路上心情愉悦观赏风景不同，只过了一天，我们回家的心情就变得异常沉重。

回去坐班车的五个小时，我和爸妈各自沉浸在难过中沉默不语，谁都害怕开口说话引发伤痛。我当时的心情因为害怕特别地复杂。我不敢想象自己将面临怎样可怕的未来，比起担心遥远的未来，我更害怕爸妈因为自己无药可救的疾病，转而把注意力倾注到哥哥的身上，减少对我的疼爱。我犯起小孩不成熟的脾气，自卑地认为生病好不起来的自己，从此不配得到爸妈的疼爱——毕竟哥哥是爸妈及家庭的希望，我已经彻底沦落成一个不会干活赚钱，只会吃饭的拖油瓶。

相比去的路上坐长途班车的身体累，回来时我们多了一层心累。但我们回到自己熟悉的县城，吹着熟悉的风，闻着熟悉的乡愁味道，我们在州医院受到的惊吓逐渐被稀释。经过一路上的沉默，我们心里逐渐接受了残酷的事实，也没有那么难过了。毕竟我们没有失去什么，我生病这么多年，我们的心理承受能力早就锻炼出来了。日子还要一天天地过下去，我们家的天显然还没塌下来。我们只是回到了过去几年熟悉的生活状态。只要我们打心底接受了治不好的现实，也没有什么过不去的事。我们回到小县城，已经是晚上七点多，天黑了。

我们带着老友爹一起去饭店吃了顿晚饭，答谢老友爹百忙之中抽时间帮忙。吃晚饭时老友爹叫着我的名字，对着我意味深长说了几句话。老友爹叫我回去不要多想，要积极配合爸妈给我做康复治疗，他相信我们的一切都会好起来的。老友爹的话我听了特别地感动。吃完饭老友爹送了我们一段路，爸妈背着我告别了老友爹，我们吹着晚风，顶着皎洁的月光，在皓月下大踏步回家。路上的风吹散了我们内心的忧愁，皎洁的月色清除了我们脑海中的胡思乱想，我们把残酷的结果遗失在了寂静的夜色中，慢慢地接受了心里早就预知的答案。

我们回到家里，时间已经来到晚上十点多。在家帮忙照看的舅舅和二叔还在看电视，因为我们没有手机联系，他们不知道我们今晚回来。我们这么快回来，出乎他们的意料。他们简单打听了我检查的结果，陪我们聊了一会，把家完好无损地交还给我们，然后两人结伴回家去了。

我们回到家也没有多说什么，就去睡觉了。回家第二天的一大清早，妈妈天还没亮就起床去地里忙了一会儿。太阳出来了，我还在睡觉，妈妈已经回来给我煮了一大锅舒筋活血的中草药，听从专家医生的建议，叫我起床给我做康复锻炼。妈妈先用煮好的中草药给我洗敷双脚，药洗冷了就用干活留下的满是老茧的双手，为我双腿的肌肉进行按摩。妈妈给我按摩了一会儿，又会用力拉伸一下我挛缩了的膝关节。妈妈从此无论刮风下雨，忙或不忙，每天早上都会按时为我煮上一锅舒筋活血的中草药洗敷双腿。当时我的上半身发病还不严重，妈妈主要帮我挛缩的关节、肌肉严重萎缩的双腿做康复锻炼。妈妈天天不间断地煮中草药，帮我洗上好几次，这种滋味并不好受。而且妈妈每帮我按摩一会儿肌肉，要用力拉伸一下我挛缩的膝关节，疼得我浑身直哆嗦。妈妈天天给我做康复锻炼，疼得我苦不堪言。我坚持不到一个星期，产生了放弃的念头。但看着妈妈为了我，每天不辞辛苦地耽误时间为我洗敷双脚、按摩肌肉，我就觉得自己没有说放弃的资格！我咬紧牙关继续接受妈妈每天给我做康复锻炼。那段时间，如果家里有事非得需要妈妈去解决，妈妈担心停下一天，前面付出的努力会浪费掉，她就叫外婆来帮我洗敷按摩。

妈妈为我的病特别地执着，不想放弃最后一丝改变病情的机会，洗得我的双脚脱了几层皮。如果问我见过世界上最执着的是什么，我会坚定地认为是妈妈愿意为生病孩子付出的母爱。怎奈我身上的病情油盐不进，无论妈妈再怎么愿意为我花时间做康复锻炼，我的病情一点没有被母亲为孩子的坚持感动放缓的迹象。妈妈给我煮舒筋活血的中草药洗双脚、按摩，效果除了让我双腿的肌肉变得柔软之外，挛缩的膝关节和萎缩的肌肉全都没有舒展的意思。妈妈辛苦地为我付出，但在顽固的疾病面前似乎毫无意义。转眼间妈妈为我做康复锻炼过去了一个月，我的病情仍然没有半点改善。妈妈牵强地找理由说，一个月的时间太短，看不到成效说明不了什么问题。坚持做三个月康复锻炼再说。妈妈说完继续日复一日围绕着我，每天帮我煮一锅舒筋活血的中草药，洗冷了又反复温热给我洗敷双脚按摩。在妈妈坚持不懈中，三个月时间很快就过去了，我的身子依旧，萎缩的肌肉丝毫没有增长，挛缩的膝关节并没有停下萎缩的脚步，双脚仍然没有恢复一点力气。

妈妈整天围绕在我的身边，做着乏味且没有效果的康复锻炼，地里的农活落后街坊邻居一大截。我们的生活渐渐地因为缺少一个劳动力劳作，变得困难了起来。一边是地里的活没人干，长此以往生活将维持不下去；一边是为我付出了时间和精力，我的病情依旧纹丝不动。从爸爸到亲朋好友，看了妈妈给我做了三个月康复锻炼的结果，觉得继续给我做康复锻炼结果也是徒劳无功，劝我们还是接受现实。我也因为受不了每天洗敷双脚按摩的痛苦，心里打起了退堂鼓，告诉妈妈实在没有效果就算了。可是执着不愿轻易放弃的妈妈，仍然没有要放弃的意思。妈妈继续默默有条不紊地，重复着煮一锅舒筋活血的中草药帮我洗敷按摩双脚的工作。

妈妈搜刮完亲朋好友家放置的中草药后，从街上购买最多东西也是中草药，洗得家里到处弥漫着一股中草药的味道！妈妈为我做了这么多，我的病情依旧丝毫没有逆转，妈妈脸上的神情，也从刚开始时的轻松变得凝重起来。直到为我坚持了半年之后，我的病情仍然没有减缓的迹象，妈妈才不得不接受现实，放弃了为我做康复锻炼。从那之后妈妈心里憋着一股劲去地里拼命地干活，收拾农副产品去县城售卖也十分卖力。用妈妈的话说，既然她无法帮我减缓身上的疾病，他们只能退而求其次，努力劳作，为我创造舒适的生活条件。让我活着时舒服地过好每一天，是他们为人父母为孩子所做的最后一件事。

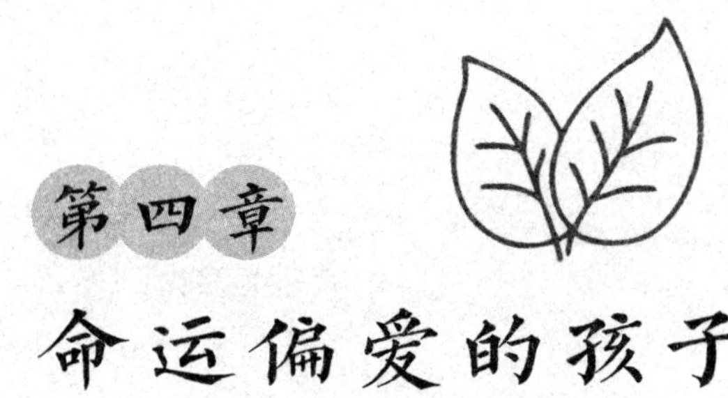

第四章

命运偏爱的孩子

我憎恨命运给了我们家生与死考验的劫难，我又感激命运，最终允许我的妈妈存活下来照顾我的人生。我真心地认为，我虽然身患重疾不能自理，但因为有妈妈无微不至的母爱包裹，我仍然是一个被命运眷顾偏爱的孩子。

一

从我 8 岁到 13 岁的 5 年间，爸妈频繁的争吵让我感受到生活的残酷和命运对自己偏爱的一面。爸妈夫妻间的矛盾争吵，百分之八十的原因来自爸爸滥赌成性，夜不归宿。我 6 岁生病，生活处处需要爸妈形影不离的照顾，11 岁病情恶化休学在家，目睹了不少次爸妈夫妻吵闹的过程，这给我的心里留下抹不去的阴影。在这期间，妈妈不幸生了一场大病，卧病在床，养活家庭的责任全部落到爸爸一个人的身上。但爸爸那些年却因为生活压力、心理压力等等原因，染上了赌博的恶习。

爸爸在妈妈生病期间不负责任的行为，害卧病在床的妈妈对生活绝望，走上悬梁自尽的绝路，差点因此失去宝贵的生命。我长大了回想起这段往事心里仍然心有余悸，我不敢想象，倘若妈妈在自己小时候就此寻了短见，我却病情恶化瘫痪在床，没有妈妈在身边照顾，我的人生该怎么办？每次想到这些，我的内心就会不由自主地泛起一阵阵绞痛，痛得我要窒息。与此同时，我又为妈妈被爸爸及时发现救活回来感到庆幸。我憎恨命运给了我们家生与死考验的劫难，我又感激命运，最终允许我的妈妈存活下来照顾我的人生。我真心地认为，我虽然身患重疾不能自理，但有妈妈无微不至的母爱包裹，我仍然是一个被命运偏爱的孩子。

这段往事得从我 8 岁多说起。我 6 岁时双脚突然犯了不知名的疾病。我只感觉站起来走路时，大腿内侧的软组织层就传来撕裂的疼痛感。我从此走路一年比一年困难。我当时还小，不懂得生病对自己刚起步的人生意味着什么。我只知道听从年幼的天性，每天慢悠悠走去找同龄的小朋友玩耍，沉浸在童年的欢乐中。

到了我 7 岁那年，爸妈有先见之明，知道读书识字对一个孩子的人生有多重要。爸妈送我去隔壁社区学校读书，让年龄大我 1 岁半的哥哥留级一年，以便贴身照顾我在学校读书的生活。

我刚进入学校那两年，我们家忙着盖房子，爸妈每天团结一致为盖好房子奔波。我们贫穷的家庭，在爸妈夫妻齐心协力下建设得越来越好。爸妈之所以忙着盖房子，是因为爸爸家里有爸爸、大姑、二叔、小姑四个兄弟姐妹。大姑长大后嫁出去了，但爸妈结婚之后，爷爷奶奶有着偏心二叔、小姑的思想。但凡家里有值钱的东西，爷爷奶奶无一例外偏向二叔和小姑，指名道姓把家里最好的东西给他们兄妹俩。爸妈当时 20 多岁，也是血气方刚的年轻人，难免对爷爷奶奶的偏心产生怨言。长此以往，爸妈和爷爷奶奶之间互相不对付，激发了很多家庭矛盾。所以，爸妈在我们兄弟俩三四岁时，索性向爷爷奶奶提出分家，在征得爷爷奶奶的同意后，他们随即叫来了家族中德高望重的亲戚做见证，正式把家里的田地一分为二，二叔和爸爸兄弟俩作为家里的男丁，各拿一份。

不承想，大姑在爸妈和爷爷奶奶分家时，横插一杠，大闹分家的家庭会议。要求家族德高望重的亲戚主持公道，也要给她分一片肥沃的土地。大姑的意思是，爷爷奶奶给儿子分家，她婆家也在社区，距离爷爷奶奶家不远。如若爷爷奶奶给儿子分家，不给她分一片田地，她很难在婆家立足。关于大姑的诉求，我曾听妈妈说过：奶奶在大姑结婚前，曾答应过大姑，只要大姑嫁人嫁在娘家附近，等将来家里分家定会给她分一份田地。这才有了大姑索要田地的事。而许诺给大姑分田地的奶奶，出于重男轻女的私心，现在并没有要履行给大姑分田地的意思，反而将许诺分给大姑的土地，转手分给了爸妈。根据当时农村的传统习俗，嫁出去的女儿泼出去的水，大姑是没有资格回娘家要求分家产的。因此，做中间人分家的那位亲戚也就一口驳回了大姑试图参分地的要求。

大姑兴致勃勃跑回娘家分田地，结果却看奶奶把答应分给她的田地给了爸妈，大姑耿耿于怀，将矛头指向爸妈，怒不可遏指责爸妈抢走了原本属于她的田地，进而利用一切机会对爸妈进行报复，为亲情破裂埋下了伏笔。

后来妈妈生了场重病，大姑趁机找妈妈麻烦，伙同奶奶闹上门打了卧病在床的妈妈。妈妈幸得外婆的庇护才得以逃过一劫。至此，妈妈和大姑之间老死不相往来。以至于妈妈和大姑之间，近 30 年时间没有说一句话。爷爷在我们家弥留之际，大姑来我们家，妈妈也没有跟她说一句话。这让大姑恼羞成怒，以至于爷爷去世后都没有来我们家，也没有在爷爷出殡日这一天来送一程。就连安葬了爷爷一个月后，我们按照传统习俗给爷爷上满月坟时，大姑都没有来给爷爷上一炷香。

当时我们的小家庭，只有两房一厅。爷爷是上门女婿，是出了名的耙耳朵。他在家里没有半句话语权。霸道的奶奶牢牢地把控着爷爷。从爸妈带我们兄弟俩分家出来后，爷爷奶奶就没有帮爸妈照看过我们一天，他们缺席了我们兄弟俩的整个童年成长期。更可恶的是，后来妈妈病倒了，奶奶不帮爸妈的忙就算了，奶奶还经不住大姑挑唆，跟她一起上门打了妈妈。幸亏妈妈和大姑一样嫁得近，婆家和娘家距离只有几百米远。奶奶和大姑闹上门打妈妈那天，外婆和三姨及时来帮忙，妈妈这才没吃大亏。

爸妈着急盖房子的原因，主要是眼看我们兄弟俩一天天长大，所以也想给我们兄弟留点房产。那几年爸妈身上充满干劲，夫妻俩一心为了我们的家庭发展奋斗，感情很融洽。有妈妈跟着干活，爸爸也勤勤恳恳，挑起自己作为家庭顶梁柱的责任，我们家的生活一天天朝着好的方向发展。

怎奈天有不测风云，人有旦夕祸福。我们谁都不知道明天和疾病哪个先来。时间在爸妈忙碌中转眼过了两年，等我们家的房子盖得差不多了时，可能是妈妈性子急，忙得凶，劳累过度，于是在我发病两年多后，妈妈在毫无预兆下也生了一场大病，让本来幸福的家庭蒙上了一层阴云。

自从我发病开始，家里最为我着急的无疑是慈爱的妈妈。我 11 岁读完小学四年级，因病情恶化休学在家，跟爸妈相依为命。爸爸经常赶马去帮邻居驮货，留我和妈妈在家。妈妈常常担心我，她会不由自主地去想，若是我的病情继续发展下去，我的人生该怎么办？她和爸爸再疼爱我，也陪伴、照顾不了我一辈子呀！

虽说我有哥哥可依靠，但我哥哥身体健康，他长大了也要娶媳妇，组建自己的小家。万一哥哥娶的媳妇嫌弃我、不愿意照顾我，我该依靠谁？当他们不在人世了，我又该怎么活下去？每次想到这些，她的心里就感觉像针扎一样特别难受。她在家里看到我消瘦的身体就忍不住想哭，但她知道我生病也非自己所愿，她害怕在我面前哭，只好趁着一个人去地里干活的间隙，偷偷地躲在地里哭泣。

与此同时，因为我的病情不断加重，社区里有看热闹不嫌事大的邻居，残忍地拿我生病的事做文章，在背后对我们家冷嘲热讽。有的邻居直接把我生病的原因归咎到爸妈的身上，说是我爸妈在上辈子作了孽，我作为他们的孩子，才会生不知名的疾病。妈妈听了邻居说的话，更加心如刀割。她忍不住去怀疑，她和我爸爸在上辈子是不是真的做了什么孽？不然为什么别人家的孩子好端端地，就她的儿子患上了不知名的恶疾？妈妈不只一次哭着跟我说，若是她和爸爸在前世作了孽，命运要他们这辈子来承担责任，那么请命运把降临在我身上的疾苦，转移到他们的身上去。不要再那么残忍地折磨她的儿子。

妈妈为我担忧，哭的次数多了，难免哭花了她年轻的眼睛，这让她在 40 来岁时，下雨天在家缝补衣服，就因为眼力劲不好无法自己穿针引线。我在旁边看着妈妈焦急穿不上针线，我的心里就感到自责。

妈妈跟我说了爸爸有一段时间沉迷于赌博的事。那时候，爸爸出门就缩在邻居家几天几夜不回家，忘了自己还有家庭需要照料。直到一起赌博的人散伙，或是把手里的钱输完，向邻居借不到钱继续赌，爸爸才不甘心地起身回家。这导致爸妈夫妻间的感情走向破裂边缘。无论妈妈再怎么劝诫爸爸，结果爸爸每次在家答应得好好的，但是爸爸一旦出门去邻居家，晚上吃饭喝上酒他就把答应妈妈的事抛到九霄云外去了。爸爸喝了酒，他就控制不住自己的酒量敞开喝。爸爸平时在家吃饭时喝一碗四两的白酒，在邻居家吃饭，爸爸喝酒就没了节制。爸爸喝多了，赌瘾就如凶猛的决堤洪水，一发不可收拾。在喝醉了的时候赌博，脑子丧失了正常的反应和判断能力，爸爸因此逢赌必输。结果就陷入越输越想赢回来，越想赢回来输得就越多的恶性循环。

爸爸把自己赶马赚来的辛苦钱全部输在了赌场，导致我们的家庭经济条件恶化。妈妈眼看爸爸屡教不改，在滥赌中越陷越深，心里对爸爸很失望，萌生了逃离家庭、摆脱爸爸远走他乡的念头。

当时农村的思想处于封闭阶段，夫妻间除了闹出人命，否则很少有人鼓起勇气去对抗世俗，提出离婚。一对夫妻离婚不仅自己的名声不好听，还要连累家人被人嘲笑，因此很少有人采用离婚的方式结束不幸的婚姻。女方觉得实在跟男方过不下去了，就会借助亲戚的掩护悄悄地远走他乡，去到一个男方找不到自己的地方重新开始生活。妈妈心里受不了爸爸不负责任的委屈，早早地也做着同样的打算。可是她的心里舍不得丢下我们兄弟俩，她也做不到把我们兄弟俩一起带着离开。我身上的病无形中成了牵绊妈妈离去脚步的绳索。

为了我们兄弟俩，妈妈决心忍气吞声跟爸爸过下去。可是妈妈始终是个年轻的女性，她的心也经不起一次次的伤害。

妈妈决定要走的那天晚上，我因为发病难受，去不了学校，不得不在家休息几天。爸爸一如既往白天赶马去给隔壁邻居家驮货，到了晚饭跟人喝了点酒脑子一热，再度陷入赌博，夜不归宿。那时候，我们社区的电压极其不稳定，晚上经常没有电，照明只能用油灯。社区一到晚上就像被黑暗吞噬在肚子里，除了零星的狗叫声，毫无生机。我们晚上走出大门，就感觉空气中弥漫着一股阴森的味道，让人心里感觉瘆得慌。哥哥上学不在家，我睡一个房间害怕，只好跑去爸妈房间跟妈妈一起睡。

我不知道妈妈看见我时，喜笑颜开的外表下，埋藏了一颗怎样的对爸爸极度失望的内心。我年纪尚幼不知大人的苦恼，觉察不到妈妈心里已经做好永远离开我们的准备。有妈妈陪伴在旁边，我的心里感觉很踏实，我无忧无虑闭上眼睛很快就睡着了。妈妈因为爸爸再次说话不算数气得睡不着觉，眼看半夜了爸爸仍然没有回家，她的心里就越憋屈得难受。可能是想太多失去了理智，妈妈顾不上我睡在她的身边，干脆就想趁着天黑没人劝阻时悄悄地永远离开这个家。她一旦走出这个家门，从此就不用再守候在让自己失望的家庭，不用再面对不负责任的男人了。

于是妈妈立即付诸行动，趁着我熟睡之际，拿起家里唯一用来照明的手电筒，克服半夜独自出门的害怕心理，其他什么东西都不带，起床穿上衣服鞋子，径直走出我们家的院子，朝着西方，头也不回地走了。妈妈在凌晨一两点走绝对遇不到其他人，只要她走得足够远，不想让我们找到，我们兄弟俩这辈子就再也见不到妈妈了。若是那天晚上，爸爸早点回家，妈妈也不至于带着悔恨义无反顾地离开。遗憾的是，爸爸眼里只有酒和赌博，无视妈妈的感受。所以，即便是妈妈真走了不回了，我也不会怪妈妈狠心丢下自己。

妈妈后来跟我说，平常她天黑了走夜路会害怕，那天凌晨她的心里始终有一股狠劲，无所畏惧地支撑着她离开。她不知自己哪里来的勇气，哪怕她走出了家门，感觉空气中弥漫着阴森恐怖的气息，她也丝毫没有胆怯。放在以前她是想都不敢想的。她坚定不移离家走出了很长一段距离，走到了我们家对面埋葬社区邻居祖先坟墓的山头。只要翻过这座山头走下去，哪怕转过头她也看不到我们家的房子了。她看不到家里的房子，心里就不会再有任何阻碍她离开的顾虑。

然而，在她就要翻过山头彻底离开我们家范围的时候，她的心突然猛地抽搐了一下：若是真这样突然在大晚上消失，家里床上的儿子睡醒了，想撒尿叫妈妈点亮油灯陪着去时，他会发现自己唯一能依赖得上的妈妈，不在身边答应自己了，他独自在漆黑的大晚上会怎么办？自己就真忍心放任孩子一个人在家里不管吗？

出于母爱和责任心，妈妈终究过不了心里的坎。她从胡思乱想和对爸爸的气愤中一下子清醒过来，恢复了平常的理智。妈妈果断放弃了远走他乡的想法，转身拼命朝着我们家跑回来。回到那个生病需要妈妈照顾的孩子身边。而我因为睡得太沉，不知道过去几个小时，在妈妈身上发生了这么多的事。也不知道自己差一点在睡醒后喊妈妈再也听不到回应。若是妈妈在那个晚上没有回头，我不敢想象接下来我的人生会变成什么样子！

妈妈疼爱我，让她宁可自己受委屈也不愿我变成没有母爱的孩子。从那以后，妈妈像是变了一个人，变得非常地凶悍。她在与爸爸的家庭矛盾争吵中寸步不让。但无论和爸爸吵闹得有多凶，妈妈也再没动过狠心扔下我离家出走的念头。

我只记得，妈妈走了又回来的那天早上，我一觉醒来睁开眼睛，发现平常起床忙着去地里干活的妈妈，那天出奇地拿来板凳坐在我的床头，守在我的身边直勾勾地看着我，没有像往常一样去地里干活。我的心里觉得今天的妈妈很奇怪，又说不出奇怪在哪里。我被妈妈不合常规的举动吓了一跳。妈妈脸上有一丝不好意思的表情，笑着用柔和的语气跟我说话。等我起床了妈妈就去厨房给我做饭吃。直到我长大了，回想起妈妈那天的反常，我才知道妈妈那是在对我表达歉意——抱歉她不应该起抛弃我们兄弟的念头，大半夜留我一个人独自在家里。妈妈走了后又义无反顾地跑回来，把支撑我生命活下去的母爱留在我身边，是命运赠送给我的第一份偏爱。

后来妈妈含着泪跟我说起这件事，把我感动得泪流满面。无论我的年龄多大，身体里的病情恶化到哪种程度，我每次想起妈妈对爸爸失望离开，又为了我吞下委屈的苦果折返回来这件事，我的心里顿时感觉暖暖的，眼眶也不由自主地湿润了。

二

在我生病两年之后，妈妈不幸步了我的后尘。亲身体验了一把病魔的折磨！

可能我遗传了妈妈身上某种致病的基因，我们母子俩的命运，仿佛被某种神秘的力量紧紧地捆绑在一起。拿生病来说，我们母子俩生病的部位，以及在环境中锻造出的脾气性格，还有生活的观念都高度相似。这让我感觉我不是妈妈肚子里生出来的孩子，而是从妈妈的基因里分化刻印出来的一部分。

因为病情来得迅猛，妈妈病倒了之后接连去县医院住院治疗了两次，花去了家里爸妈勤奋积攒的大半积蓄。治疗下来的结果仍然不理想。

妈妈住院期间，我们兄弟俩在社区学校读书，没能陪在妈妈身边。况且我们还年幼，连自己的生活都照顾不好。我们家里还养了牲口，需要每天有人拿草料喂，爸爸得留在家里照看，不然我们家的经济立马会崩溃。照顾妈妈住院的活无奈只能交给外婆来做。外婆知道我们家遭遇的困境，二话不说放下他们家里的活，尽心竭力去医院一边带孙子，一边守在妈妈的身边照顾。在外婆伸出援手的情况下，我们的家庭运转才不至于陷入瘫痪。

按理说，外婆竭尽所能帮我们做到这个程度，我们理应感激她，用好好生活的方式回报她。这些才是外婆想看到的结果。可爸爸反而因为妈妈没在身边约束，彻底地放飞自我。妈妈生病住院不在家，爸爸就像一匹脱缰的野马，更加沉迷于赌博。

赶马驮货赚取搬运费，是我们家除去种地外最重要的经济收入来源。以前爸爸赌博把大部分运费输掉，起码拿小部分回家给我们交学费，给家里买米吃。自从妈妈生病卧病在床，爸爸不仅把他赶马赚来的运费输个精光，还顺手把邻居经他转手的人工费给输掉。给本就捉襟见肘的家庭经济带来大额负债，经常遭到怒火中烧的邻居上门要债。

据妈妈统计，在我们读书一星期吃一块钱早餐费的那两年，爸爸赌博前后输了上万块。我知道妈妈没有冤枉爸爸半句。妈妈说的爸爸赌博夜不归宿，我有过多次切身感受。我清楚地记得其中有一次，哥哥在读高中，爸爸很久没接到赶马运货的活，他只好跟着邻居一起去社区石场开采石料。爸爸在石场忙活一个月，开采出价值一千多块钱的石料。哥哥开学前夕，家里的钱凑不齐哥哥所需的学费，妈妈就让爸爸去收一千块石料钱。

结果爸爸拿到钱后没有急着回家，而是打了一个通宵的麻将。直到第二天早上，太阳出来后，他才不紧不慢地赶回家，然后从兜里掏出了八百块钱给妈妈做哥哥的学费。

爸爸去不差钱的农家准备拿一千块，去了一个晚上只拿回八百。明眼人一看就知道这事有猫腻。爸爸对此解释说，他在拿钱的时候好说歹说，人家也只给他拿八百块。鉴于爸爸有太多滥赌撒谎成性的前科，妈妈自然不相信爸爸的鬼话。妈妈不客气地问爸爸，昨天晚上为什么没有回家，是不是又跑去哪里赌博了？爸爸解释说，他拿到钱吃饭后就在别人家睡了。因为妈妈看没有抓住爸爸赌博的证据，也不好追问下去，被爸爸成功地糊弄过去。

过了几天妈妈去县城赶集留我和爸爸在家。爸爸才老实告诉我，他那天从农家确实拿了一千块钱。对不上的两百块钱，让他在晚上去村公所打麻将给输了。我知道爸爸赌博输了很多钱，心里早就麻木了。当爸爸跟我说起这件事，我的心里一点也不觉得意外！爸爸跟我坦白说这事显然是不安好心，他担心妈妈赶集遇到拿钱的农家，顺口问农家他去拿走多少钱，他赌博输钱的事就穿帮了。爸爸知道妈妈一旦掌握他赌博的证据，肯定免不了跟他大吵一架。爸爸也知道，我不想看到妈妈和他吵架。他主动跟我说赌博输两百的意思，是想叫我从手里掌握的家里的钱里面，悄悄地给他拿两百块钱补上。等妈妈回来他就把两百块钱拿出来，说他确实拿来一千块钱，他留在手里两百块，只是想买一部手机。只要爸爸拿钱出来，妈妈就不会再追究爸爸有没有赌博。

在妈妈病倒后，我们家少了个青壮劳动力干活，收入锐减。妈妈想继续看医生，治好身上的病，需要花很多钱。爸爸在妈妈需要他承担责任时，做的那些不负责任的事，无形中摧毁了妈妈对生活的信心。

我和妈妈相继病倒，爸爸背负的精神压力肯定很大，但这也不是他置家里卧病在床老婆的死活不管的理由。

妈妈生病时，我还在读书，虽然开始发病，但还能走路。我和哥哥知道妈妈生病起不了床，但我们还小，只知道沉浸在自己的小世界里，意识不到妈妈生的病有多重。我清晰地记得，我周末回家看妈妈整天躺在床上，不像前几年那样起床给我们做饭洗衣服。周末哥哥跟堂哥他们去山上放牧，我在家无聊就走出大门旁水缸边玩水。妈妈每过几个小时就“万春，万春”叫我的名字，叫我去她卧病的房间一次。我听见妈妈的叫声不敢懈怠，立即起身拖着生病的双腿，慢悠悠地走去妈妈的旁边。

还没等我开口问妈妈叫我来做什么，妈妈就赶忙开口吩咐我，叫我帮她把推进床底下的装有排泄物的便盆拿出来，将盆里装的排泄物倒掉。

我按照妈妈的吩咐，把盆里的排泄物倒掉，然后把盆冲洗干净拿回来放在床底。我当时的年龄虽然还小，但我听得出，妈妈每次叫我帮忙倒排泄物，话语里满是无可奈何的难为情。而我因为手里端着便盆，闻到排泄物发出的臭味，不懂得体谅妈妈卧病在床的痛苦，心里竟然不可理喻地埋怨起妈妈，怎么不像我们一样起床去外面上厕所。直到几年后，我自己身上的病情恶化到瘫痪在床，吃喝拉撒擦屁股，洗澡换衣服事事要妈妈亲力亲为地照顾，我才真正感受到身体瘫痪动不了，对一个拥有自主意识的人来说有多难为情。我开始为自己小时候帮妈妈倒排泄物时嫌妈妈排泄物臭的行为自责。但这记忆也让我开心，因为帮生病妈妈倒大小便排泄物，是我人生中唯一照顾过妈妈，为妈妈做过的有意义的事。

我比较懊悔的是，我当时因为年龄小不懂事，不知道照顾妈妈对自己的人生有多重要。我贪玩总想着去找表妹她们玩，对照顾妈妈这事一点也不上心。

三

妈妈最终在一个夜深人静的晚上，跟赌博晚归的爸爸大吵一架过后，带着满腔的悲愤迈出了绝望自杀的一步。

那天晚上，妈妈彻底失去了理智，绝望的情绪激发出了她直面死亡的决绝，她用一根绳子拴在卧室的房梁上，准备用上吊的方式结束自己的生命。

妈妈要用自杀的方式报复，让爸爸一辈子活在悔恨中。

那天晚上，我们兄弟俩的作息时间跟往常一样，在村小学住校读书，我们睡得很香，对妈妈身上正在发生的一切毫不知情。如果那时那刻，让我们从睡梦中惊醒，知道家里正在发生的事情。无论我们再怎么胆小，再

怎么恐惧黑暗中牛鬼蛇神的出没，我们兄弟俩都会勇敢地跑回家，哭求妈妈不要走绝路。记得妈妈从小就教我们唱“世上只有妈妈好，有妈的孩子像个宝，离开妈妈的怀抱，幸福哪里找”，我柔弱的内心对这几句歌词的感触太深了。妈妈每次教我唱的时候，我就莫名地会感受到一股忧伤涌上心头，让我的眼泪夺眶而出。我不敢想象自己的人生没有妈妈该怎么办。

那天晚上，爸爸半夜输钱回家，面对妈妈不依不饶地质问，他就嫌妈妈太烦，对妈妈爱答不理的，然后转身去我们兄弟俩的房间睡觉，这让妈妈的心情更加悲痛，同时也就给了妈妈自杀的机会。

实话实说，爸爸只是沉迷于酗酒、赌博，一旦喝起来、赌起来就能把一切事情抛到九霄云外，但他从来没想过要害死妈妈。爸爸的心里很清楚，有我们兄弟俩在，若是妈妈因为他的不负责任自杀了，他的这辈子就毁了。他承担不起这个后果。

那天晚上，爸爸躺在床上听到妈妈“死给你看”的哭诉声，起初他以为妈妈是像平常一样在吓唬他，绝对不敢自杀。可是，前一秒钟布满妈妈哀怨哭泣声的房间，下一秒钟突然陷入寂静，仿佛有人给妈妈发出的哀怨声按了暂停键。爸爸才猛然觉得今天的情况有点不对劲，他清醒地意识到，妈妈今天的情绪反应跟往常不太一样。可能是命运偏爱我生病的人生，让我不能没有妈妈照顾，所以，在妈妈游走在死亡边缘千钧一发之际，爸爸警醒地从床上起来，他想看下妈妈怎么忽然停止了吵闹——毕竟爸爸理亏在先，他只有出门看个究竟，知道妈妈没事他才能安心地接着睡觉。

爸爸走出我们的房间，就看到了妈妈在门框上吊挂着的一幕。目睹这一幕，爸爸犹如遭遇晴天霹雳，吓得失声痛哭，浑身瘫软。而这时妈妈已经停止了本能的挣扎，爸爸鼓足力量，本能地冲上去抱住妈妈的身体往上一撑，将妈妈抱下来放平到地上。爸爸在这一刻体会到生死的可怕，他打心底里害怕了。他边叫唤着妈妈的名字，边求妈妈千万不能有事，期望妈妈能听到他叫唤的声音醒过来。随后，爸爸赶紧给平放在地上、呼吸和意识都已经很衰弱的妈妈做人工呼吸。紧接着，他像个做错事无助的大孩子，大声地呼叫住在旁边的舅舅他们的名字，哀求他们赶紧来帮忙。爸爸顾不上外婆来了会怎么收拾自己，他已经被妈妈上吊的举动吓得六神无主了，他此时太需要有人来宽慰了。

爸爸的警觉，最终救回了妈妈一命。爸爸虽然对生病的妈妈照顾得并不周到，但他从未想过要害死妈妈。

万幸的是，因为爸爸发现并抢救得及时，呼吸意识都已经衰弱的妈妈，在爸爸的施救下，逐渐恢复了呼吸和意识，活了过来。

救回妈妈算是爸爸对自己犯的过错做了救赎。但在我的眼里，这次的幸运，应该是上天可怜我身患重疾，赠送给我的又一份偏爱。

外婆他们在睡梦中被爸爸惊恐的喊声惊醒，听到妈妈上吊了，他们被突如其来的噩耗吓得不知所措。外婆连忙起床穿衣服，叫上舅舅一起朝着我们家飞奔了过来。让外婆庆幸的是，来到我家后，看到的是妈妈在爸爸的抢救下醒过来的情形，这让外婆吁了一口气，放下了一直悬吊着的心。

放下心来的外婆也没用过多指责爸爸，只要求他不要再伤害自己的女儿。外婆知道，在这个时候，比起急眼跟爸爸算账，更重要的是劝解活过来的妈妈。妈妈刚经历生死从阎罗殿回来，她的情绪很不好，精神还很脆弱，她需要家人的温暖关爱、开导和陪伴才能走出情绪阴霾。

经历过一次生与死的考验死了一回，妈妈意识到自己对孩子的责任。从此妈妈像是变了个人，意志力变得非常坚强。而爸爸经历了这次事情后，也意识到如若自己再继续沉迷赌博的后果有多严重。

从那以后，因为忌惮妈妈再次寻死，爸爸开始克制自己的赌性，虽然他还没有根除这个毛病，但总体上他还是收敛了很多——从那以后，爸爸就很少出现夜不归宿的情况了。

这件事，妈妈从没跟我说起过，我是从爸爸那里听说来的。那年冬天，我病情恶化失去了行走的能力后就一直待在了家里。有一天，我和爸爸去隔壁社区亲戚家吃杀猪饭。爸爸晚上背我回家的路上，跟我说起了这件事。爸爸虽然告诉我妈妈上吊的事，但他没有跟我坦白妈妈上吊的原因。爸爸说要不是他及时救下妈妈，恐怕我们现在已经没有妈妈了。爸爸跟我说起这件事时，边说边抹眼泪。我能感受到爸爸的眼泪流露着真情和忏悔。爸爸说完还不忘叮嘱我，以后在家顺着妈妈点，不要不听话惹妈妈生气。

我觉得，从某个角度说，我生病在家，其实在一定程度上缓和了爸妈夫妻间的关系。

后来爸妈一争吵，妈妈就翻旧账破口大骂爸爸是个没良心的。爸爸本来就不善言辞，再被妈妈拿捏住把柄，就更显得理亏了。他们父亲一争吵，爸爸就常常像个做错事的孩子，被凶悍的妈妈怼得哑口无言。当然，这主要还是因为夫妻争吵时，爸爸明白的大部分原因在自己，所以做贼心虚，找不到反击妈妈的话语。

这件事无疑是妈妈心底永远的痛。但俗话说“大难不死必有后福”，这句话在妈妈的身上得到了验证。妈妈上吊被爸爸救过来不久，病情就迎来了转机。

自从妈妈生病住院两次无果，她只能卧病在家养病。除了偶尔抓几副草药煎服，基本上已经放弃治疗了。如若妈妈想要继续治疗，需要去外面大医院花费很多钱。我们家因为妈妈生病、爸爸赌博，经济早就捉襟见肘，拿不出多少钱了。况且，我们也不敢肯定：大医院就一定能检查出病因，治好妈妈身上得的疾病吗？贫穷让妈妈没有试错的资本。

四

一个偶然的机会，一位邻居告诉我们：妈妈得的病，已经有新的特效药上市了。

好心的邻居向爸妈介绍了这款新药，但是新药刚研发上市不久，我们小县城买不到。邻居就提供了购买新药的地址，要爸妈自己托人上州市的大型药店去购买。爸妈听说了此事心里很高兴，可是没钱购买新药的难题，再次摆在了他们的面前。爸妈愁容满面地想了很多，除了去向有钱的邻居家借别无他法。问题是那会儿有钱的邻居不多，借钱给别人也非常谨慎。像我们家，爸爸赌博，孩子读书，妈妈生病干不了活，偿还债务的能力有限，有钱的邻居对我们避之不及，没有几户邻居愿意承担风险借钱给爸妈。

幸亏好心给爸妈介绍新药的邻居，绝对是我们这个不幸家庭遇到的贵人。他了解到爸妈经济条件不好，短时间拿不出上千块钱去买药，干脆好人做到底，只要我们家嫁去那个社区的大姨给爸妈做担保，他们就愿意把钱借给爸妈，但爸妈要给他们支付一点利息。对于当时深陷泥潭的爸妈来说，有好心邻居愿意在这个时候伸出援手帮助自己，实属不易，给他们支付利息合情合理，爸妈也能接受。其实，妈妈的病情好转，赚了钱拿了利息和本金还给好心的邻居时，他也只收了本金，没有收利息。这件事情让我坚信，这个世界上的好心人有很多。

使用了新药治疗半个月后，神奇的一幕发生了：妈妈犯病疼得动不了的关节，疼痛感明显没有那么强了。妈妈无法移动的双腿，也在以肉眼可见的速度恢复。

但是，妈妈的病情虽然好转，但她想要恢复到像平常人一样重新站起来走路去干活，却没有我们想象的那么简单。想重新站起来，妈妈得像个刚学习走路的小孩子，忍住走路拉伸膝关节软组织引发的剧烈疼痛，熬过一段漫长的康复锻炼期。

康复锻炼需要耐心，特别考验患者的意志力。妈妈吃够了身体不能自主的苦，激发出她不惧疼痛的勇气，她强制自己做高强度的康复锻炼。做康复锻炼需要用拐杖，我们家里没有拐杖，妈妈就找一根长度到胸口的棍子当拐杖锻炼。配合下床做康复锻炼，妈妈因病柔弱的身体越练越好了。而对于生活，妈妈的心里也重新燃起希望的火苗。一扫先前看不到希望的阴霾。这时期的妈妈，如同被关进笼子里了很久、心系森林中孩子的鸟妈妈，想要振动翅膀飞回海阔天空的森林，去抚育自己的孩子。

妈妈每天抱着尽快锻炼好身体融入生活，回到我们兄弟俩身边给我们洗衣做饭，承担起她做妈妈肩负责任的信念。妈妈不惧康复锻炼引发的剧痛，哪怕猛地一下站起来拉到关节的软组织，因腿脚无力夹杂撕裂的疼痛，重重地摔倒在地疼得眼泪夺眶而出，妈妈也会坐地上调整一会，再含着泪水坚韧不拔地接着锻炼。时间很快过了两个月，妈妈能做到顶着拐杖站起来，在家里随意进进出出地走路了。但这距离妈妈理想的拿起锄头下地干活、背起背篓上田间地头背东西回家的状态依旧很遥远。

在街坊邻居的眼里看来，妈妈生病能恢复走路已经很幸运。亲戚来我们家，看妈妈着急走路，他们也劝她在身体完全康复之前，千万不要急着去地里干活，免得操之过急反而损伤身体。

即便如此，妈妈每天进出家门，亲眼看到她卧病在床期间，家里留了很多没人干的活，妈妈的心里仍然觉得自己康复的速度太慢了。妈妈顾不上干活会不会伤害自己正在康复的身体，她早上起床就拄着拐杖一瘸一拐去地里，以干活的方式替代康复锻炼。以前她一次能背七八十斤的东西，即便现在光背个背篓走路都摇摇晃晃，妈妈也不遗余力地去做。妈妈坚信用劳作能够替代康复锻炼，一天努力做一点，就会多恢复一点干活的能力。她一直相信，用不了多长时间，她的身体就能恢复得像以前一样。妈妈用干活替代康复锻炼带来的康复效果非常明显，但我知道，在那段时间里，她干活时膝关节引发的疼痛感也会更加强烈。

但是，为了卧病在床的儿子，为了我们这个家庭能正常运转，这一切的苦痛，妈妈都毫不犹豫地承担下来了。

但无论如何，妈妈能治好病，站起来干活，强制管控住爸爸的滥赌，抚养我们兄弟俩长大，照顾好我瘫痪的生活，对于我们深陷疾病泥潭的家庭来说是个奇迹。妈妈的病情得到恢复，受益最多的人无疑是我。妈妈恢复一半的健康后，就摆脱拐杖去地里干活，她像以前一样收拾地里生长的农副产品，去县城售卖补贴家用给我们买衣服。妈妈把家里的经济大权，牢牢地掌握在自己的手里，爸爸偶尔瞒着妈妈赌博输一点，也不影响家庭经济的发展。经历过寸步难行的痛苦，妈妈更加地珍惜和热爱生活。

妈妈的身体恢复后，开始严格控制爸爸赌瘾，干活也比以前更加努力。有亲戚看妈妈干活很辛苦，便心疼地问她，你这样做不辛苦吗？妈妈坚定地说："我有两个儿子，大儿子的身体健康，我不用为他做过多的担心。我的小儿子生病了，他不能没有健康妈妈的照顾。"妈妈说，只要能锻炼好身体去照顾小儿子的成长，她忍受再多的疼都值得。妈妈患了重病，还能恢复健康，重新为需要照顾的儿子干活，这是上天赠送给我的又一份份偏爱。

但是，随着妈妈恢复了下地干活的能力，爸爸心里赌瘾又在蠢蠢欲动。

有时候，帮亲戚干活看有人赌博，爸爸依旧会控制不住自己坐下赌一会，他心里的赌性有死灰复燃的迹象。但是，妈妈经历过一次生死的考验，已经今非昔比，妈妈在强硬地管控爸爸的同时，从心里不再过度依赖爸爸。赶马驮货、赶牛下地耕田，甚至于拿起铁锤去打石头，这些活计妈妈都在做。男人干不了的针线活妈妈能干，男人干的赶马、耕地、打石头的重活，妈妈一样能干。这让我们社区的不少男性汗颜。妈妈诠释了什么叫当爹又当妈。恢复身体后的妈妈，坚强而又自信，为了两个儿子着想，妈妈决定再也不做伤害自己的傻事了。

这个时期的爸爸给我的感觉是，他的身体里像住着两个截然不同的灵魂。他如果一直待在家，不接触赌博酗酒的邻居时，是个和蔼可亲、任劳任怨，为家庭发展竭尽所能的好男人，他也能像其他的爸爸一样伟大，对我们掏心掏肺，是个负责任的好爸爸；但是，只要出门去吃酒席，遇到聚众赌博的人，他就像变了个人一样，又开始滥赌。判若两人的爸爸让我们又爱又恨。

妈妈强势地管控着爸爸，妈妈知道爸爸今天帮哪家邻居干活，等到晚上爸爸不回家，妈妈就会直接找去邻居家，当着邻居家赌博所有人的面，指着爸爸的鼻子臭骂，一点余地不留地连夜把爸爸逮回家。妈妈就是故意要让爸爸在邻居眼前出丑，让爸爸无颜去邻居家赌博。而爸爸因为自己有错在先，哪怕妈妈当着邻居的面让他丑态百出，他也怪不得妈妈。爸妈夫妻间，每次在家发生激烈的争吵，妈妈都气不过动手打爸，但爸爸从来没有下狠手打过妈妈一次，顶多受不了妈妈用指甲挠他，爸爸会反手随手拍妈妈两巴掌，其他的就任由妈妈处置。这也是爸爸比较可取的一方面吧！

记得在我 12 岁那年，因为爸爸赌博再次夜不归宿，爸妈夫妻间又爆发了一场轩然大波。在这场风波中爸爸犯了错还当了逃兵，反过来要死不活地威胁妈妈，差点导致爸妈的婚姻走向破裂，让我瘫痪人生失去完整家庭的依靠。

我清楚地记得，发生风波的那天是星期六。爸爸像往常一样受隔壁邻居邀请赶马帮忙，爸爸早上从家里赶马去社区的石场，帮隔壁邻居把定制建造坟墓的石料从石场驮去他们家的祖坟地。当时妈妈的身体已经恢复了六七成，因为第二天就是县城雷打不动的周末赶集日。妈妈早早地打算，先去豌豆地里掐豌豆尖，周末赶集日背豌豆尖去县城售卖，补贴家用。碍于身体还没有完全康复，妈妈一次能背得走的东西重量有限，想多掐豌豆尖卖点钱，她就需要爸爸帮忙把掐好的豌豆尖，在凌晨四点钟起床背送去县城。

然后妈妈留在县城售卖，爸爸回家照顾家庭。爸妈多年来一直延续着这个习惯，为我们家庭的经济发展添砖加瓦。当时的豌豆尖价格是一块钱三把或是一块钱四五把，对于贫困的我家，这些钱足够起到改善生活的作用。妈妈那些年去县城售卖农产品，都是凌晨四点从家里出发，晚上七点天黑了才回家，她用自己的辛苦劳动，支撑起我们家的半边天。

鉴于对爸爸的不放心，妈妈在爸爸早上从家赶马出发时，就三令五申地要求爸爸，晚上吃完饭快点回家。妈妈还强调，若是无法准时背豌豆尖去县城售卖，掐来的豌豆尖就蔫了，失去食用的价值。妈妈把事情的严重性告诉爸爸，告诫爸爸一定要把这件事放心上，千万不能再赌博耽误事。爸爸看妈妈一脸严肃地要求自己，便笑呵呵地再三向妈妈保证，他一定干完活吃完晚饭后就早点回来睡觉，不会耽误背豌豆尖去县城售卖的事情。

结果呢！爸爸像往常一样说话不算话。爸爸赶马帮隔壁邻居驮了一天的石头，到了晚上吃饭，喝了一大碗酒之后，爸爸就控制不住自己了。别人吃完晚饭，吆喝着一起打麻将时，爸爸脑子一热，就把他早上答应妈妈早点回家睡觉、背豌豆尖送妈妈去县城的事抛之脑后，兴奋地坐下来打起了麻将。

妈妈在家苦等等不到爸爸回家，当时又没有电话呼叫爸爸，妈妈只能看着自己辛苦了一天掐来的豌豆尖着急。妈妈束手无策焦急地等着，期望爸爸能快一点回家。妈妈等呀等，等到了晚上十一点多，爸爸仍然没有回家的迹象。妈妈只能生着闷气去睡觉，希望她一觉睡醒时爸爸已经回到家里。因为担心豌豆尖坏掉，妈妈根本睡不着，她继续在床上等呀等。随着夜晚的时间一分一秒地流逝，很快来到了凌晨一点多，快要到妈妈起床收拾东西赶去县城的时间了，爸爸仍然没有回家，妈妈意识到，期望爸爸自己回来不现实了，再等下去她辛苦掐了一天的豌豆尖就要浪费了。妈妈觉得自己有必要采取一些行动——她觉得当务之急就是先跑一趟隔壁社区，去逮赌博的爸爸回来。

可是当时已经是凌晨一点多，社区虽然被皎洁的月光照亮，水潭边的小溪流，沾有露水的树木叶子迎着柔和的月色，折射出晶莹剔透的光亮，但立在山头的坟墓，不时有阵阵阴风吹过。加上虫蚁爬动树叶弄出的响动，也让夜晚透露出一丝阴森森的感觉。妈妈不敢独自在深夜连续走过几处埋葬祖先的地方。情急之下，妈妈便想到恳求外婆帮忙，叫外婆做伴，去把正在赌博的爸爸抓回来。

我当时因为病情恶化，身边离不开人照顾，妈妈决定先我送去交给外婆家。

外婆给妈妈开了门，她还没问妈妈这么晚来叫门有什么事情，妈妈就带着委屈的情绪跟外婆说了原委。外婆开始担心妈妈找到爸爸后夫妻间又要吵闹，便劝妈妈忍一忍，说深更半夜闹到邻居家不好，怎么着也要给邻居和爸爸一点面子。

但妈妈愤愤不平，她对外婆说，如果外婆不肯做伴，她一个人也要去把爸爸逮回来。说完不等外婆表态，妈妈转身就出了门。外婆知道妈妈现在气在头上，也只好跟着出了门。

外婆出门时对我说，舅舅他们就在房间睡觉，叫我不要怕。外婆跟我交代完，立刻拿着手电筒出了门，急匆匆追着妈妈的身影而去。

结果不出妈妈的意料，外婆和妈妈在那户邻居家，当场抓住正在赌博的爸爸。碍于在邻居家不能闹事，她们好言相劝把我爸爸叫出来，告诉他该回家背豌豆尖去县城了。爸爸看她们这么晚了找过来，不情愿地放下手里的麻将，走出来给马匹套上马鞍跟着回家。一走出邻居家的门，妈妈就控制不住心里的怨气，严厉地责骂爸爸，她还随手在路边捡了一根树枝，抽打了我爸爸的后背几下。爸爸本来就不善争吵，又因为心虚，压根骂不过妈妈。妈妈看爸爸不说话，也就停下了打骂，叫爸爸赶着马一起回家。

五

哪承想让妈妈和外婆难以置信的一幕出现了，爸爸不但不思悔改，还觉得自己被妈妈教训很委屈，正走着路时，他突然借着夜色掩护，趁妈妈和外婆不注意，猛地一个转身，从路边的岔路口拼命往下跑，然后迅速消失在了绵延的黑夜中。

爸爸此举把妈妈她们看傻眼了。妈妈她们怎么也没有想到爸爸会逃跑，她们想追爸爸也不知道往哪里追。而且，即便是追上了爸爸，以妈妈她们的体力，又能把爸爸拉回来吗？

眼看时间已经到了凌晨三点，距离回家背豌豆尖去县城的时间要到了。经过衡量，妈妈她们没有追爸爸，而是决定由外婆帮忙背豌豆尖送妈妈去县城，这样即便是爸爸逃跑了，妈妈也能把卖豌豆尖卖了购买生活用品。

经过这事，妈妈心里再度对爸爸感到失望。她下午从县城卖完豌豆尖回来，依旧伤心不已。妈妈在背我回家的路上，抹着泪跟我说爸爸逃跑的事。妈妈，不知道爸爸跑去了哪里，也不知道爸爸会不会在逃跑途中想不开。她心里只想着如何照顾好家庭。妈妈表示，她不想去找爸爸了，只想抚养我们兄弟俩平安长大。妈妈说，爸爸过几天如果想开了自己回来，就接着过日子，不想回来就随他去。

时间在我们母子相依为命中过了十天。我们这时才知道，爸爸逃跑的那天晚上，他跑去了一个亲戚家躲藏。在亲戚家，爸爸不但不反思自己因赌博造成的过错，反而歪曲事实以受害者自居，他向亲戚哭诉，指责妈妈和外婆大半夜打骂他，不留余地地将他往死里逼。

那十天，爸爸在亲戚家吃了睡，睡了吃，他品尝到了寄人篱下的滋味，开始意识到这样逃避下去也不是办法。

时间淡化了爸爸心里因挨妈妈打产生的不愉快，随后他就感觉到了良心的谴责。爸爸明白了亲戚再好，说的话再偏袒自己，他们终归是外人。何况当时的生活条件艰难，农村从来不养无关紧要的闲人。亲戚不可能永远收留爸爸在他们家白吃白喝。亲戚和爸爸心里都很清楚这一点。如若爸爸再执迷不悟躲藏在亲戚家不走，恐怕他们就要给爸爸脸色看了。爸爸闹腾了许多天，摆在他面前的只有回家一条路。所以爸爸在妈妈没有去接劝的情况下，他自己就想通灰溜溜地回家了。

爸爸回来后性情有了大转变，仿佛大彻大悟了一般。尽管在后面的多年时间里，爸爸偶尔会做出赌博夜不归宿的事，但有妈妈强硬地管控着，爸爸把次数控制到一年顶多出现两三次。爸爸心里对家庭的责任感明显加强了。不像以前那样，出门后就像单身汉一样无拘无束。抛开以前的是非对错不说，这些年爸爸给了我合格的父爱。我们家很穷吃不起肉，爸爸经常帮社区邻居干活，晚饭有肉吃，他都记得背着我和他一起去吃饭。家里十天半个月煮一顿猪肉吃，爸爸也把瘦肉片尽量夹给我吃。

我吃完饭看碗里剩几片，肥肉多于瘦肉的大肉片，爸爸看我馋涎欲滴还想吃瘦肉，他会心领神会把肉片夹起吃掉肥肉，把瘦肉递给我。这时的爸爸，变得和蔼可亲，是个有责任担当的好丈夫，好爸爸。而这一切要归功到强硬又柔情的妈妈身上。妈妈恢复健康，强硬管控住爸爸滥赌成性的毛病；在一次次被爸爸伤心过后，又柔情地原谅爸爸，最终引导爸爸浪子回头。

这，也算得上是命运赠送给我的又一份沉甸甸的偏爱。

再到后来，爸妈不年轻了，爸爸有个睡觉打呼噜的缺点。他打呼噜像巨大石头从山上滚下来，发出震耳欲聋的声音，吵得睡在身边的妈妈无法入睡。为此，妈妈一度安排爸爸到隔壁的房间分开睡。

这样大概过了三四年，妈妈接触到智能手机学着年轻人刷抖音，偶然刷到了一个夫妻分房睡的故事，改变了她和爸爸分房睡的想法。故事里的夫妻因为闹矛盾分房睡，老婆上班没看到老公的身影出来，她也不管不问。到了晚上，老婆仍然没看到老公出来，她意识到不对劲，打开老公睡觉的房门看，才发现老公犯病去世，身体已经凉透了。

看着故事里的妻子流下悔恨的泪水，妈妈感觉到了后怕，她害怕她跟

爸爸分开睡，照顾不到爸爸。妈妈当即放弃了分房睡的想法，立即叫爸爸回到她的身边睡，好让爸爸有个踏实的依靠互相照料。

都说少年夫妻老来伴，上了年纪的妈妈，更加善良也更加宽容了，这举动也表明——妈妈已经真心原谅了曾经有很多恶习的爸爸了。

第五章 病情发展中期

我们为自己轻率相信土郎中，不甘认命付出了沉重的代价。不过要实事求是地说，虽然土郎中给我配的药，对我的病情起到了催化的作用，但即便没有他的迷之自信为我开药，我的病情发展到瘫痪在床也是迟早的事。

一

我丧失行走能力还能出门的那几年，最喜欢借助爸妈的后背，去社区参加亲戚家办酒席。因为我一个人在家独处时间长了，忍不住向往热闹非凡的生活，而农村举办酒席，无疑是最吸引我的。原本我想去参加很多邻居家举办酒席，怎奈我的病情过于严重，许多邻居虽然表面上不说，跟爸妈换工时也欢迎我去吃晚饭，但到了办酒席这种家庭大事上，他们碍于传统条条框框的思想，会介意我的病情。爸妈从小对我的教育，做人要有骨气，除了血脉相连的亲戚家，不能随意给其他人添麻烦。因此我能参加的只有为数不多的亲戚办酒席，他们明确告诉爸妈，不嫌弃我的病况，欢迎爸妈带我去参加，爸妈才放心背我去。

我喜欢看农村建造住房、修建大门举办的“破五方”仪式。我喜欢参加农村朴实无华的婚礼；喜欢听婚礼上充满民族风味的唢呐声；喜欢看成群结队的接亲者，扛着新娘子娘家给的嫁妆：电器、家具、床上用品，赶着头戴小红花的牛羊牲口；喜欢一群人前拥后堵围绕新娘子，在鞭炮齐鸣声中大踏步进入新郎官家的门。在农村的传统习俗看来，农家修建大门和建造主屋同等重要。主屋提供一家人的居住地方，是一个温暖家庭的象征，而大门则树立了一道进出院子的屏障，大门保护一家人安全的同时，把家里散养的鸡鸭鹅和放养的猪牛羊阻挡在院门外，院子里没有了禽类、牲口随地拉粪便，卫生等级和生活质量均提升了一个档次，房间里的灰尘也能大幅度减少。

因此，农村修建大门和建造主屋，都要举办农村最高规格的礼节。搭好房屋框架那天，主人家早早地挑选一个黄道吉日，邀请街坊邻居来家里帮忙做厨大办酒席。修建主屋、大门的重头戏，在良辰吉日的“破五方”。何为“破五方”？简单明了地说：主人家专门定制了许多的小馒头、小粑粑，换来一堆一分、两分、五分钱的硬币，由主持“破五方”仪式的师傅，叫人帮忙托上新建主屋的屋顶，在吉时将托盘里的东西依次抓起来往下扔，供一群做客的客人哄抢。办酒席的黄道吉日，主人家再细挑一个吉时，将建造房屋大门的最后一根主梁，绑在用颜料染红的绳索上，快速拉伸到屋顶安上去。为图一个吉利，主人家事先准备五谷杂粮，用红布包裹，找个瓶子，接一瓶河水，再用代表大吉大利的红色布条，将五谷杂粮和水瓶，牢牢地绑定在主屋的主梁上，预兆五谷丰登，搭建框架步骤就此完成。

建造主屋、大门，对于农村家庭来说是件大喜事；为表自己建造房屋的喜悦之情，活跃气氛，主人家会遵从传统，安排一场热闹的“破五方”仪式。建造房子也成为农村地区，社交礼仪人情练达的一部分。到了吉时，主人家聘请搭建房屋框架、画卯榫结构的师傅，会站出来以鲁班的徒弟自居。他先摆好自己做木匠的全套工具，准备好搭建房屋最后的一根主梁，以及分别在工具、主梁上贴上祭拜用的红纸，再抓来一只如凤凰般雄壮的大公鸡，就开始举办升主梁“破五方”仪式。

主人家将提前准备“破五方”的东西装入上菜用的托盘端出来，放到师傅摆设的堂口。主人家再递烟叫来两名年轻力壮、身手敏捷的后生协助师傅“破五方”，将主人家准备好的东西托上屋顶。主人家准备的“破五方”东西，包括一托盘幼童拳头般大结实的馒头、一托盘幼童巴掌大的粑粑、一大瓶专从湍急河里接来的河水、两个硕大结实的馒头，然后还有一堆一分、两分、五分、一毛钱的硬币，外加几张五元、十元、二十元的喜气零钱，以及五六包香烟。“破五方”用的结实馒头，跟街上小贩售卖的蓬松馒头不同，是专门为“破五方”量身定做的，要求馒头结实有弹性。这种馒头的口感，比街上小贩售卖的蓬松馒头差很多，但当时的生活条件普遍贫穷，大家不挑剔，结实的馒头仍然吸引了大家的兴趣，让人愿意哄抢它。

做客的街坊邻居，听闻主人家举办“破五方”仪式，知道待会儿有馒头、粑粑、硬币抢，都踊跃等着吉时快来，铆足了劲势必要抢些小馒头、粑粑、硬币回去作礼物给家里的小孩。

每到“破五方”的吉时到了，喧哗的客人便自觉安静下来，集中注意力观赏仪式，蓄势待发准备参加稍后的哄抢游戏。师傅先拿自己做木工活的工具，用力敲击最后一根主梁，敲出响亮的声音，预示着仪式正式开始。心领神会的主人家快速将关在笼子里的大公鸡抓来交到师傅的手上，师傅接过大公鸡，双手做出作揖的手势，嘴里念起“破五方”的专用语：我是鲁班的徒弟，鲁班叫我来开光；鸡是什么鸡？旁边的人群起哄附和着师傅说：鸡是凤凰鸡。后面还有一大串有意思的话语，怎奈我当时的年龄还小，记不清师傅具体都说了什么。只记得师傅念得朗朗上口，节奏感极强，特别好听。师傅念了一半，招手示意主人家安排两名助手，将“破五方”的东西托上屋顶安放好。师傅随后边念词语，边通过搭起的梯子爬上去。师傅爬到放置最后一根主梁的位置，然后念叨着吉祥语。这时来参加酒席的客人知道师傅扔馒头、粑粑、硬币的时间已到，连厨房帮忙做厨的人都不约而同放下手里的活，像一群虔诚的信徒聚集在屋顶下。站在屋顶的师傅仿佛化身为得道高僧，给站底下的信徒们授课。不一会，放置最后一根主梁的吉时已到，师傅让助手拉动两根绑住主梁的绳子，有人配合点燃系在主梁上的鞭炮，鞭炮一响上面的人就以最快的速度把主梁拉上去，将主梁放进对应的位置。师傅再手拿工具使劲地敲打主梁，确保主梁安得结结实实。

随后，师傅一边念着“破五方”词语，一边抓一把东西，以东南西北中五方为次序扔下去。抢到东西的人把东西快速揣兜里，继续向师傅撒东西的方向追赶着。哄抢的场上混作一团，没有性别年龄之分，有的只有一群像孩子一样的成年人，互不相让疯狂地哄抢，谁都不甘落后抢的比其他人少。师傅转换东南西北中方位扔东西，底下的人群跟着撒下的东西，东南西北中乐此不疲地奔跑。

师傅扔完小馒头，小粑粑，便抓起硬币往下撒。调皮的师傅撒了一把硬币，随手拿起准备好的水瓶拧开瓶盖，往底下密集的人群身上浇去，将"破五方"仪式推上了高潮。底下的人为争抢几枚硬币，愣是会被师傅浇的水淋了一身。但没有人会因此生气。大伙的注意力全集中在硬币上，一边哄抢硬币，一边闪躲泼下的水，个个兴奋得哄堂大笑。眼疾手快的最多能抢一两块，反应慢的一个硬币都抢不到。师傅扔完所有的东西，托盘里只剩两个大馒头、几包烟和几张喜气零钱。

"破五方"也就快落幕了，两个大馒头，则由主人家派出两个大人接，一般派出的是主人家当家的两个大人；也有老人宠溺孙儿，让孙儿替代自己去接。接大馒头的人，来到师傅下面伸手准备迎接，师傅瞅准了人扔下去，主人家的人伸手接住大馒头，"破五方"仪式就正式结束了！主人家在大家羡慕的眼神中接过大馒头，脸上露出羞涩的表情让人看着就开心。孙儿接过大馒头，像刚获得了荣誉的勋章，抬手将大馒头举过头顶向其他人示意，展示自己人生的高光时刻。主人家接的不仅是大馒头，更是一种建造完房子的喜悦。剩下的几包烟和几十块喜气零钱，师傅揣两包烟进兜里，给旁边的两名助手一人分两包作为协助的回报，然后师傅数一数喜气零钱，和两名助手平均分，一起沾主人家建造房子成功的喜气。

对于许多家里没有小孩的大人来说，哄抢"破五方"的东西，纯粹是重在参与，玩一场令人热血沸腾的成人游戏。他们前脚抢完，后脚就把自己哄抢到的东西送给亲戚家的小孩。主人家虽说准备了两托盘东西，在众多客人的哄抢下，每人抢到的东西并不多。抢来的硬币也买不了什么东西。但大伙在参与哄抢的过程中，获得了钱买不到的快乐！我想这也是"破五方"习俗，能够在贫穷的农村地区经久不衰流传的原因。这是属于当时农村人建造主屋及大门的浪漫仪式，也是乡里乡亲之间欢聚一堂重温儿时游戏的最佳时机。没有哪个喜欢凑热闹的成年人，能拒绝参与"破五方"带来的欢乐！

对于我来说，生病导致身体不灵活，我在这些方面留下了诸多的遗憾！

好比新娘子吉时进门，在农村传统嫁娶的规矩里，有太多的讲究，新娘子进门，生肖和新娘子相冲的亲属暂时回避不能看；当年失去亲人，身上带孝的邻居自觉躲开不能看；像我一样身患重病的病人，防止把霉运带给新娘子新婚的生活，也不能挡在新娘子面前围观。我每次参加亲戚举办婚礼或哥哥结婚，新娘子进门前，我都被爸妈藏得严严实实不能看。我只听见大门的位置鞭炮齐鸣，听到一群人蜂拥而入发出的嘈杂喧嚣声。我喜欢看新娘子进门却只能躲着不能看。我从骨子里喜欢“破五方”，每次看到师傅举办仪式，街坊邻居追着扔的东西奔跑哄抢，我就看得热血沸腾。迫不及待想跑过去跟大人一起抢。爸妈都以我生病身体不灵活为由阻止我去参与。我只能躲在远处的安全地带默默地注视着。我知道爸妈不允许我参与哄抢的做法是对的。街坊邻居哄抢起来，手脚上不知轻重，万一收不住撞到我，我的身体是根本承受不住如此撞击的，躲得远远地观看——这对其他人，对我来说，都是明智的选择。

而快乐的日子总是过得飞快，我不记得自己最后一次参加亲戚举办酒席在什么时候，我只记得我们从州医院看病回来大概过了一年左右，我们做出了一个魔怔的决策，接受了开中草药的郎中给我治疗。我的病情再次被推到恶化的风口浪尖。在这个时间节点展望我的人生，从我六岁多忽然发病算起，我的命运每四五年将迎来一轮周期变动。按照五六年一个周期计算，我 15 岁多正好迎来了病情第三次恶化的周期。我的病情此次恶化的原因，是偏听偏信决策失误的人祸所致，也仿佛是冥冥之中注定的，它让我们在某个时间关口失去正常的理智，鬼使神差般站到错误的风口做出错误的决定，收获了可怕的结果。我因此病情再度恶化，彻底丧失了靠手脚并用爬行的能力。

回想我们去州医院看病，专家医生有理有据告诉我们，我的病情发病原因尚不明确，全世界都没有治疗的药物。回家后妈妈听从医生的建议，不辞辛苦帮我做了半年的康复锻炼，试图缓解我的病情。怎奈我身上顽固的病情油盐不进，无论妈妈再怎么努力帮我做康复锻炼，病情也丝毫没有减缓的迹象。我们心里清楚我的病情这辈子是医不好了，从而打心里放弃去医院看病治疗的念头。经历多年发病痛苦的折磨，我也意识到自己的病情好不了了，比起瞎折腾乱吃药，宁可乖乖地吃止痛药力求病情稳定，多活几年比什么都重要，反正我休学在家待着也习惯了，在家里听天由命过完这一生也不错。

可是在妈妈帮我做康复锻炼无果，我们接受最坏的结果后不久，有人突然给我们介绍了一个隔壁村专门给人开中草药吃的郎中，人人都传说他很神奇，治好了不少疑难杂症。

贫穷的农村里，到处遍布着认识几味中草药的土郎中。他们仗着认识几味中草药，随意拿有病乱投医的病患当试验品。大部分土郎中开药，说到底是在博取对症下药的概率，侥幸蒙对了，开出的草药对上患者的病情，治好了，土郎中立即获取妙手回春的头衔名利双收，吸引更多人找他开药。

药不对症医坏了，病人也认为是自身病情的问题自认倒霉，不会找土郎中索赔承担责任。土郎中不需要为自己乱开药承担责任，他就会不停地借着几个成功的案例，去给别的病人开药。土郎中曾治好一些人的疑难杂症是真的，但他手里其实还有太多医不好、医坏了的人。

回想我刚休学在家那几年，我们也没少病急乱投医。看土郎中抓中药，吃得我对中草药萌生了一层心理阴影，闻到中草药味我就想吐。可是当听到这位郎中各种传说后，我们竟然心动了。我们中了魔怔一般，忘记了专家医生说的话，也忘记了妈妈做的无效康复锻炼。我们抱着侥幸心理，想着试一试也无妨，反正我们也不用付出多少金钱的代价。万一我们这次运气好了，瞎猫碰上死耗子，那个土郎中的药真能治疗好我身上连医院都束手无策的顽疾呢？我自己也不知怎么了，内心渴望得到治疗，不懂得拒绝，稀里糊涂接受了爸妈的安排，配合着吃上了土郎中开的中药。

可是我吃了土郎中的药，除了第一次吃了拉肚子，无论我怎么强迫自己闭上眼睛吞咽，我的病情仍然没有好转。我还因为吃土郎中开的草药，停止了吃好几年的止痛药，我的身体积累的病情越发地沉重。在这个过程中爸妈还是太善良了，他们不但不怀疑土郎中的药，而且看土郎中过几天给我拿一次药，想着他上山找草药也不容易，还给了他一百多块钱辛苦费。拿了钱的土郎中看我的病情越发严重，疼得我起不了床了，他还是没有觉察情况不对，继续变着法给我开药。爸妈也走火入魔眼睁睁看着我疼得起不了床，依旧不想及时止损给我停药，继续按时给我服用土郎中带来的草药。

结果我的病情被不对症的草药彻底激怒，再次进入引发剧痛的恶化期。我的身体在剧痛的撕咬中，关节迅速挛缩。由于长时间起不来床躺着，我丧失了掌控身体坐起来的力气。我的身体进而僵硬得像一根不会弯曲的棍子，宣告了我的人生从此彻底瘫痪在床。我痛苦地沦为了土郎中失败的试验品。虽说土郎中最终没有从我们手里拿走多少钱，但他开的药破坏了我体内疾病的平衡。吃中草药期间我没有吃止痛药抑制病情发展，等于直接放弃了抵抗，任由病情在身体里如脱缰的野马狂奔。在双重作用的激化下，我还能爬行的身子一下子就被疾病拖垮了。土郎中看我的病情恶化，超出了他所能治疗的范围，他脸上的表情、说话的语调也从刚开始时的自信满满，变成支支吾吾了。然后，他逐渐退出我们的生活，不敢再主动上门给我带新药了。

我们为自己轻率相信土郎中，不甘认命付出了沉重的代价。不过实事求是地说，土郎中给我配的药，可能对我的病情起到了催化的作用，但即便没有他的迷之自信为我开药，我的病情发展到瘫痪在床也是迟早的事。

刚瘫痪那两年，我的双手除了肌肉萎缩，其他方面丝毫感受不到病情蔓延的迹象。吃饭时爸妈给我盛一碗饭，我把碗放在胸口，能自己拿调羹舀饭递到嘴里吃。我因为身体僵硬，每天只能保持躺着这一个姿势。我房间里的时光从此按下了暂停键，窗外的四季轮回，我只能凭借自己身上盖的被子薄厚来判断。来到第三、四年，我原先发病剧痛的双腿关节已经完全僵硬，双脚关节动弹不了了。随后，我的双手在没有感受到疼痛袭扰的情况下，肘关节缓慢地挛缩起来。双手刚开始挛缩那几年，我感受不到疼痛，我还以为病情转好转了。没想到，双手逐渐挛缩，能伸展的弧角越来越小，发病时剧痛宛如疾风骤雨，无情地敲击着我双手关节上的神经系统。病情通过肘关节迅速蔓延到手腕和手指头。俗话说“十指连心”，手指头每一次发病疼得我痛不欲生。手指头上每一处细小关节发病都带来剧烈的疼痛感，感觉关节里生了一盆火，就要将关节烧断成两节，疼得关节肿胀变形。我双手的十根手指头发病没过几年，所有关节无一例外被病痛折磨得严重变形。

而手指头发病带来十指连心的剧痛，对于我来说，仍然不是最痛苦的。生病让我最痛苦、最难以接受的莫过于嘴巴萎缩，无法张开嘴巴吃饭，吃水果。自从我十几岁脖子僵硬移动不了之后，我吃饭的嘴巴，如同双脚关节挛缩僵硬一般，一点点萎缩，紧闭了起来。嘴巴年复一年地萎缩，我能张开咬吃的东西的位置越来越窄小。我面临着嘴巴彻底张不开，吃不了饭被活活饿死的境况。我自己爬行做饭那几年，虽然嘴巴还能张得开，但下颚骨张合处特别疼，发病时吃口饭感觉都会拉伤下颚的肌肉，疼得我的眼泪夺眶而出。自那时起我吃饭就是一件痛苦的事。不幸中万幸的是，我的门牙掉了，让开了通往食道的路，算是给我打开了一条维持生命的通道。

二

随着时间推移，我的双手及嘴巴萎缩僵硬得越来越严重。随着双手的萎缩，右手无法从胸口舀饭到嘴边，我只好把碗直接放到嘴边，碗的外面用东西顶着，碗的一角贴合着我的嘴角，方便用调羹把饭扒进嘴里，然后通过门牙掉落开辟的生命通道，将饭菜送进嘴巴里，然后在不咀嚼的情况下把饭菜咽下去。而门牙掉落的口不大，不像平常人张开嘴巴那么大，所以我吃饭的速度特别慢。常人几分钟吃完的一碗饭，我没有半小时吃不完。我每次吃饭吃到最后饭菜都吃冷了。我吃饭慢，嘴巴咀嚼不了食物，躺着吃饭缺乏运动促消化，给负责消化饭菜的肠胃带来了严峻的考验。我十多岁时肠胃消化力顽强，无论我吃饭如何地慢，吞咽下去的米饭如何生硬，吃多少冷饭，肠胃丝毫没有不舒服感。到了二十几岁，躺着吃饭十几年，我的肠胃开始出现不良反应，稍微吃几顿硬点的米饭，肠胃立马不舒服起来。一年到头总会引发几次肠胃炎，消化不良，肚子胀气，胃疼得特别厉害，吃不下饭，接连几天连喝口水都要吐出去，对身体造成了严重的损害，要输几瓶液才能好转。

吃饭慢可以慢慢地吃，我有的是时间耽误。我最害怕遇上感冒发烧，恶心想吐时对于我张不开的嘴巴绝对是个噩梦。因为发烧想吐，胃里沉积的东西猛烈地涌上来，又由于嘴巴张不开吐不出去，让人非常难受。

因为双手伸展范围逐渐缩小，吃饭把碗贴到嘴边，有一个很大的好处：嘴巴张不开，无法一口把用调羹舀来的饭菜塞进嘴巴，需要靠灵活的嘴唇一点点将饭菜，从门牙掉落的缝隙里鼓捣进去。舀一调羹饭菜至少有一半掉回碗里。吃饭不方便的时间长了，由于吃菜麻烦，我变得不喜欢吃蔬菜，就喜欢吃肉。嘴巴张不开，咬不动水果，除了芒果，橘子，我不再喜欢吃其他的水果。我的身体是动不了，但对蛋白质的需求极高。每次吃肉，为方便我把肉吃进嘴巴里，妈妈及家人都极有耐心地帮我把肉撕碎。我吃饭成了一件麻烦事，好在家人足够爱我，帮我撕肉，给我的身体补充足够多的能量，让我始终保有信心年复一年对抗病魔的步步紧逼。

从我 11 岁丧失行走能力休学在家，到 15 岁多瘫痪在床；这四五年间，我大部分时间独自一个人在家不曾接触社会的历练，我不仅学识停滞不前，就连我的内心成长也停留在了 11 岁。我满身都是孩子气。瘫痪之后，我更是走不出房间门，见到的人更少。我的学识和为人处世的人生经验还可以从爸妈身上和电视上学，但心理成长依然原地踏步。我的年龄再大，病情再恶化，我的内心世界依旧很单纯。尽管爸妈疼爱我，我也只能守着电视机，过着一成不变的生活，如同富人养在鱼缸里的鱼、农家养来看家护院的狗狗、栽种在盆里的花，家人每天对我进行投喂之后，便将我晾在一旁自由生长，自生自灭。我的生命看似顽强地存在，又好像从来没有存在过。记得我的人寥寥无几。

瘫痪躺着的时光是单调的、乏味的、无聊的、漫长的、痛苦的。尽管为了方便照顾我看电视，爸妈将家里唯一的一台电视机，安放在我的房间，允许我想怎么看就怎么看，我每天睁开眼睛就能看电视。但每次关掉电视机，我仍然感受到形单影只的落寞感。雨季遭遇雷雨天气，冬春两季偶尔感受到地壳运动发生地震，我明知道危险来临需要起身跑出屋外躲避，却因为身体动弹不得被吓得瑟瑟发抖。我躺着，耳朵贴着床，对地震的感知非常敏感，即便发生小小的地震，我都有深深的无路可逃的无助感。因为我的病，我们家在农村永远是特别的存在。邻居的电视机无一例外摆放在客厅，一家人晚上一起在客厅看电视，看完电视各自回房间睡觉，来客人在客厅招待也相当方便。而我们的电视机因为我走不到客厅，爸妈只能放在我的房间。我的房间因此成了家里的客厅，家里来客人聊天，看电视都在我的身边进行。爸妈每天晚上，在我身边看几个小时的电视，我们边看电视边交流，很大程度上缓解了我的孤单。

我每天重复着同样的事，上午看两个小时动画片，下午看一会电视剧，晚上和爸妈追三个小时的连续剧；其他时间要么吃饭，要么闭上眼睛睡觉，要么和爸妈聊天，记账藏私房钱。我的人生，年复一年在无所事事中度过，缺乏时间概念，像在睡梦中进入了 18 岁成年人的阶段。在年龄上我无法抗拒地成为一个成年人；在心里，我依然是一个善良幼稚的孩子。我根本就没有准备好，也不知道该怎样才能当一个合格的成年人。我成年的生活和以前一样，简单，平淡，波澜不惊，憧憬着美好。原本我天真地认为，我的人生将在简单的环境中度过，直到病情最终恶化带走我年轻的生命。可命运似乎没有轻易放过我的意思。当我进入成年人的行列时，无论我愿不愿意，上天都给我安排了成年人该有的挫折和烦恼。

首先是我的精神寄托没有了。我从小到大无话不谈的朋友、伴随了我的精神成长的哥哥在我成年的这一年放弃考大学，选择参军入伍。在这之前，我习惯了哥哥带给我的精神陪伴，我的精神不由自主寄托在哥哥的身上，听他跟我分享外面世界的变化。我的心里也习惯了每周或每半个月见到哥哥一次。而哥哥参军入伍，预示着他至少跨省离家几千公里，在祖国遥远的边陲服役两年。这两年我完全见不到哥哥一面。在这之前，我特别依赖哥哥，将哥哥视作自己看世界的眼睛，听世界发展的耳朵，我享受着这种感觉。我从来没有想过哥哥有一天竟会离开，这对我幼稚的心灵来说，是不可接受的。

记得从 2009 年秋季，哥哥决定报名参军那一刻起，我的心情忽然间十分地失落，心头涌上一股强烈的不舍感，我害怕见不到哥哥。我好想请求哥哥不要去报名，万一真选上了怎么办？但哥哥的人生和我的人生截然不同，他有权力踏着轻盈的步伐，追逐自己喜欢的人生目标，他没有责任为了我的精神寄托放弃走向世界的机会。我无力阻止哥哥插上翅膀远走高飞。哥哥报名参军，最终通过体检，如愿实现了入伍的梦想，穿上军装奔赴千里之外。在 18 岁之前，我的内心清澈得像一面镜子，如同一汪波澜不惊的水。哥哥选择当兵入伍，我平静如水的内心第一次有了波澜，感受到前所未有的挫折感。

随着哥哥坚定地远走他乡，我依赖的精神寄托瞬间塌陷。我在内心的惶恐不安中，给自己的人生定了第一个长远的目标——倒计时两年，等待哥哥回来。从哥哥参军走出家门那一刻起，我便拿出计算器，算出两年共有多少天，多少分钟，多少秒。我每天活在等着哥哥回来的倒计时中。我过一天就在日历上用记账的笔画一个勾。我憧憬着两年后哥哥回家，我就能把自己的精神重新寄托到他的身上。除此之外，我每天期盼的只有过年过节，哪天有肉吃。虽然哥哥在部队这两年，他周末会打电话回家问候家人。爸妈很忙，哥哥每次打电话来，我们兄弟俩能在电话的两头聊很久。但我对军旅生活一窍不通，兄弟俩之间的遥远距离，也让我无法释放自己的感情，我依旧呼唤着哥哥快点回来。

哥哥去当兵，我整整倒计时等了两年，可见我这两年过得有多迷惘，多无聊。我天真地认为，我倒计时满两年迎接哥哥回来，我们兄弟俩的感情依旧如初，哥哥可以继续做我的精神寄托。在我盼星星盼月亮中，两年时间转瞬即逝，我翘首以盼的哥哥终于要回来了。听到哥哥要回来的消息，我的精神仿佛在迷茫中找到了熟悉的宿主。我开心得像一个孩子，难掩自己的兴奋之情。可是等哥哥回到家两天，虽然我们兄弟俩坐一块说了不少话，但我惊奇地发现，眼前的哥哥不再是两年前离家的他。哥哥接受部队锻炼成长了两年，而我活在了倒计时中原地踏步。我们兄弟俩之间血浓于水的亲情不变，情感上依然亲切，但在认知、交流和眼界上，我们不再是同一个世界里的人。我们兄弟俩的精神追求，已经不在同一个水平上。

比起我满嘴都是从爸妈那里听来的家长里短，哥哥更喜欢跟身体健康的堂哥和表弟，聊他们在外面世界的所见所闻。他们说的这些新鲜事，认识了哪些有趣的朋友，都是我的人生所不具备的经历。我感受到了哥哥的改变，第一次残忍地感受到沉重的挫败感。我和哥哥的认知之间，从此有了无法跨越的鸿沟。哥哥的精神冷落也让我意识到，哥哥再好，他都无法做我一辈子的精神寄托。我意识到自己是时候该追求精神独立了，我不能再试图在精神依附任何人，毕竟依靠自己精神的独立，掌控好自己的情绪才是最重要的。

哥哥 2011 年年底退伍回来，我们家当即进入危房改造工程。家里土木结构的房子，因为地基不稳下沉，墙体严重开裂已经好几年了。只是前面家里供哥哥读高中，家庭的经济条件不足以支撑改造，才迟迟没有动手改造房子，而现在房子实在太危险，已经到了不改造不行的地步了。与此同时，国家出台帮扶农村危房改造政策，我们搭上了政策的便车，改造危房能拿到 1 万块的补贴。对于农村家庭来说，改造房子花费三四万，能拿到 1 万块补贴已经不少了。我们下定决心将危房的土墙推倒，用粗壮的木头顶起房子的框架，将地基重新加固。听爸妈说，我们住的主屋建好时，我刚好出生。20 世纪 90 年代，农村经济条件落后，他们建造房子，打房子地基时没有用水泥加固，才导致房子的地基那么脆弱。我们这次危房改造加入了水泥，希望在接下来的几十年内，房子不会再出现状况。不然生活真的没法过了。重新加固打好房子的地基后，爸妈经过商议决定不再砌土墙，干脆多投入一些资金，雇佣几个师傅砌红砖墙。

家里危房改造的那几个月，是我瘫痪以来过得最开心、最充实的日子。虽然我依旧坐不起来，身体僵硬得越来越严重，但我内心依然向往着外面世界的喧嚣。我每天叫爸妈把我连同躺着的椅子，一并抬到他们施工的地方，我要亲眼看着他们一点点把危房拆了。拿掉屋顶的瓦片，撬掉开裂的土墙，再把倒伏的土墙装手推车一车车地推走。拆完墙体打好地基，再看着他们用红砖块一块块往上垒，砌成严丝合缝的墙体。最后再把拿掉的瓦片擦干净盖回屋顶，找来师傅给焕然一新的房子安装电路，再在墙上粉刷上一层纯白色。爸妈理解我喜欢凑热闹的心情，无论他们再怎么忙，他们都愿意为我腾出时间：早上两人齐心协力，一人抬我的头部，一人抬我的脚部，然后连同我躺着的椅子小床一起抬出去，让我看他们干活。

等太阳落山了，爸妈再合力把我抬回房间看电视睡觉。那几个月，我每天晒着冬天里暖暖的太阳，悠闲地当着监工，“监督”爸妈以及来帮忙的亲戚干活，日子过得很十分充实。

改造房子期间，表哥来帮我们干活，看爸妈每天坚持把我抬去外面，近距离观看他们忙碌改造房子。表哥还好心地在一旁悄悄地跟妈妈说：不要再把我抬到他们的身边观看，免得我看到大家在眼前走来走去，开着我插不上嘴的玩笑话，独自一人孤零零地躺在旁边，我的心里接受不了这个现实会很难受。妈妈听完跟表哥解释说，他们没有勉强我，是我自己叫着要出去的，作为爸妈他们只好尽力满足我。

表哥听了还不太相信。事后妈妈把这件事告诉了我，我心里很感动，表哥是第一个知道关心我心里的人，也为表哥不懂得我的追求而哭笑不得。倘若爸妈在外面忙，我躺着只听其声干活不闻其人走动，我会一整天如坐针毡浑身难受。通过这件事，反映出我的心里住着个长不大的小孩。我的身体是瘫痪了，但我健康的心里向往着美好。看着家里危房摇身一变，变成了红砖瓦房，刷上一层白色的灰，装上地板砖，钉上天花板，家里顿时感觉高档了许多，我非常开心，我睡在里面也不用再为墙体开裂和轻微的地震提心吊胆了。

改造完房子，哥哥还没有谈女朋友结婚，农村的女孩都出去外面打工了。为了找一个媳妇回家结婚，哥哥毅然出门打工。经介绍，哥哥去了隔壁县城的山上矿洞当保安。我感受到自己和哥哥当兵回来的差距，断绝了自己拿哥哥作精神寄托的念头，真正做到了精神独立。我学会用自己的眼睛去看世界，求人不如依靠自己。我在家里继续过着封闭的，与世隔绝的生活。每天大部分时间一个人待在家里。然而我们怎么也想不到，无形中有一场我被人嫌弃的事件，正在朝着我们家袭来。而我们却对此无能为力。这是我整个人生当中，被人嫌弃得最厉害的一次。

事情的起因是，哥哥去了矿洞上班几个月后，他谈了一个在昆明读大专的女朋友，于是他跟着女朋友去了昆明打工。从此他每个月的打工收入，全部花在女孩身上，不够了再跟我们要。他们青春期的两个恋人干柴烈火走到一起，在昆明过上了你侬我侬的生活。几个月后女孩突然就怀孕了。知道女孩怀孕，哥哥他们经历了一场思想斗争，两人最终舍不得打掉腹中的孩子，商量哥哥放弃打工，女孩放弃读大专，从昆明回家奉子成婚。作为家人，我生病瘫痪在床，家里唯一能指望得上的只有哥哥一个人。哥哥找到女朋友，女朋友还怀孕了，我们听了心里很高兴。家里谁都没有责备他们一句，接纳了他们回来结婚的事实。

父母还积极主动地去接触女孩的父母，筹钱给他们装修新房，购买家具以及他们的婚房用品、定亲和结婚穿的衣服，还给女孩父母拿彩礼。面对女孩，我的妈妈作为母亲，她明确告知她，我们家里有一个生病瘫痪的弟弟，她能不能做到完全接受？作为母亲，她对儿媳唯一的请求就是——打心里接纳弟弟，不能嫌弃弟弟。女孩听了妈妈说的话，坚定地向妈妈表示她能接受。她说他们谈恋爱开始，我哥哥就告诉她，家里有生病弟弟，她心里已经做好了接受的准备。

有了女孩的接纳，一切似乎朝着好的方向发展。哥哥他们准备结婚，我们家不仅娶到了儿媳妇，几个月后还能抱上孙子，亲戚朋友听说了纷纷认同这是一件大喜事。

哥哥和女孩从昆明回来的那一天，他们事先和女孩的母亲打电话，她带着儿子和我的妈妈一同去县城的车站接哥哥他们。女孩母亲一上来，就摆出一副愤怒脸色，指责哥哥破坏她女儿读大学，断送她女儿光明前途。但是，事已至此，她也只能让哥哥他们结婚。

结婚前，女孩就住进了我们家，平时帮母亲干一点活。过了两三个月，不知出了什么原因，女孩的肚子忽然特别地疼——这导致的后果是，她肚里的孩子没了。六个月育龄的孩子，住院没两天就流产了。妈妈知道哥哥和女孩心里不好受，便尽力照顾着女孩的生活。可女孩的母亲像疯了一样，不依不饶在医院大动肝火，咒骂哥哥。女孩肚子里的孩子没有了，我妈妈心平气和跟她说，你的妈妈骂得那么凶，现在后悔不结婚还来得及。女孩坚定不移地回答说，他们结婚的请帖都发给同学朋友了，如期举办婚礼，她绝不后悔。

哥哥他们在孩子流产几个月后，依照农村的习俗举办了婚礼。

三

结婚后，女孩负责在家里做饭，白天给我做吃晌午饭，我们有了很多相处的时光，但每天除了她问我想吃什么给我做，我吃完她给我做的饭，叫她帮我把碗拿出去，除此之外我们再也没有说过其他一句话。但我能感受得到，她是一个性格单纯为人还不错的女孩。若是没有她的母亲从中作梗，相信我们慢慢地会相处到一块去。遗憾的是，她的母亲强势霸道且控制欲极强，她又没有主见，习惯听她妈妈的话。

女孩妈妈来我们家的次数一多，她便很嫌弃我，便叫她女儿告诉我的哥哥，他们吃饭时把我抬远一点，不要让我待在他们身边吃饭。她还要求我哥把我吃饭用的碗和调羹单独放出去，不要跟家里其他人的碗筷放一块。女孩的性格老实不懂得变通，她在妈妈那里听到这些，回来不加思考一字不漏地告诉了哥哥，说她妈妈教她这样做有道理，我们要听她妈妈的话。女孩妈妈在背后教女儿的话，可以说在赤裸裸地嫌弃我了。我的人生成长到二十几岁，第一次感受到被人嫌弃的滋味！无论是爸妈，还是哥哥，他们的思想意识里从未产生嫌弃我的念头。别人嫌弃我，作为家人他们会极力维护我。哥哥听完女孩的陈述，当即受不了骂了她几句。他们夫妻俩吵起来，我们才从争吵中听出女孩的妈妈在背后教了她些什么。

那天晚上，我听了女孩妈妈的嫌弃，我的心如刀绞忍不住哭得很厉害。这是我的人生中，第一次被人欺负得这么厉害。嫌弃来得太突然，我一点心理准备都没有。我的心里太难过了。

其实，这些事情，妈妈也早就想过。妈妈说，我用的东西在他们没有生孩子之前，不用单独分开放，我得的不是什么传染病。若是以后哥哥他们有了小孩，小孩的抵抗力不如大人，我使用的餐具就隔开放，不要触碰到孩子用的东西。其实，这我们也没有什么不能接受的。

争吵过后，女孩也没有听她妈妈的话，硬要将我的餐具隔离出去，但这件事还是为哥哥婚姻破裂埋下了伏笔。

这段时间让我开心的是，我接触到了手机，知道了什么叫手机，怎么用手机打电话；听说了什么是网络，怎么做才能上网，网络能给我们的生活带来哪些便捷。我通过手机，第一次接触到了与世隔绝十多年的外面世界。

我刚从哥哥那里接触到的手机，是功能简单的键盘机。价格高昂的智能手机，离我们的生活还有很长一段距离。我只能拿哥哥他们不要了的手机听听音乐，玩一玩简单的消消乐游戏。

我的双手萎缩严重，拿不起手机，我只能物尽其用借助外力帮忙。首先，我让妈妈帮忙从针线盒中取出一根长长的线，拿来用了一半中间空心的卫生纸筒，然后用线将手机牢牢地捆绑在卫生纸上，放到距离我眼睛四十厘米远的茶几上。

然而茶几比我躺的椅子低，手机放上去比我的视线低了很多，眼睛看着非常地不舒服。我瞄了一眼妈妈的针线盒，让妈妈把它拿来垫在我的手机下面。这样我就能舒服地看到手机的屏幕。手机固定好了，我用抓在手里十几年的棍子去点击键盘，实现了操控手机的目标！

那段时间，家里正处农忙的季节，女孩的妈妈很少来我们家，哥哥他们的婚姻难得进入平静期。我们一家人分工明确，相互包容，互相体谅。爸妈去地里干活，哥哥到山上放牧，女孩在家给我们做饭；我玩手机消磨时间，一片岁月静好。

我接触玩手机前几个月，每天沉迷在消消乐游戏中；今天创造个最高分纪录，明天再想着如何打破它。当时的农村只有 2G 网络，上网的速度特别慢，流量费用特别贵，30 块钱才有 500M 流量。在高昂的流量费面前，我对近在眼前的网络世界望而却步。我满足于简单地消消乐消磨时间。我玩了几个月消消乐游戏逐渐玩腻了，我才开始猎奇，学习上网，下载自己喜欢的歌曲听。可是我用的手机，是哥哥他们淘汰的旧手机，功能单一，无法下载酷狗音乐，只能在一个落后的不能下载流行歌曲的音乐软件上练手。

2014 年，几百块钱一部的智能手机快速涌入农村。这个价格，是我们家庭能承担得起的。我因此动心了，我也想和哥哥他们一样拥有一部属于自己的智能手机，用它遨游网络世界。我立即向妈妈提出，想要购买一部智能手机的要求。妈妈看哥哥他们有智能手机玩，心疼我没有，便爽快答应让哥哥他们给我买一部智能手机。哥哥他们挑选后，给我买了一部 499 元的金立智能手机。从此我丢掉了键盘机，正式进入翘首以盼的智能新世界。

令我万万没想到的是，智能手机的使用方法跟键盘手机完全不同。键盘手机用坚硬的棍子点击键盘能使用；智能手机则需要用手触碰，屏幕感应到人的皮肤温度才有反应。我习惯了用棍子点击手机屏幕，智能手机屏幕根本不买账。哥哥他们在周日给我买回智能手机，我拿到手机立马叫妈妈帮我，套用玩键盘机的方法，将智能手机绑在空心的卫生纸筒上放到一旁，我拿起棍子就点击屏幕。结果，无论我怎么旋转棍子点击，手机屏幕都丝毫没有反应，可把我给急坏了。

哥哥仔细看了我玩智能手机的方法，若有所思想了想说：玩智能手机需要皮肤接触才能使用，像你这样用棍子戳的方式当然不行。听哥哥说完，我瞬间感觉自己蒙了。我使用不了智能手机，意味着我的未来仍然处在与世隔绝的黑暗中。这让我一个看过光明，迫切追求精神自由的瘫痪病人来说，根本无法接受。在气馁中，我很快就意识到自己想玩智能机，必须想方设法将手机弄到眼前，然后抬手用手指头去点击屏幕才可以。

我在锲而不舍地想了许多种方法之后，终于找到了可行的方法——利用手里仅有的工具，换个方法就能轻松实现目标！首先，我让妈妈帮忙把绑在卫生纸筒上的手机，直接拿过来串在我手里的棍子上。卫生纸筒的中间空心，我的棍子正好穿插进去。棍子没有卫生纸筒中间粗固定不了手机，我便拿一块手巾塞进去。这样就能把棍子不够的空隙塞得严严实实。手机固定在棍子上，我举起棍子，手机自然随着棍子举到我的眼睛前面。我再抬起右手就能用手指头点击手机屏幕。刚开始妈妈听了我的说法，觉得行不通，但妈妈还是不厌其烦按照我说的做，一步步帮我把手机摆弄好。结果如我想的一样，我成功了。

解决了玩手机的问题，我注册了属于自己的 QQ 号、微信号，学着添加微信好友、发朋友圈。不久后，我发现微信没有 QQ 好玩，我就将注意力主要投入到QQ。我每天忙着在QQ空间写自己的认知，加陌生人为好友，和他们互相访问点赞空间。我每天至少写两条说说，写了几百条写够了，我再通过朋友的邀请，摸索进入QQ群玩抢红包。没过多久，我熟悉了QQ群的功能混得如鱼得水，享受着精神自由带来的快乐！在QQ群，我单纯的性格得到了许多70后的喜爱，他们自发地给我发了很多红包。

我在网络享受精神自由的这段时间，哥哥他们传来了好消息，女孩再次怀孕了。因为之前流产了一个孩子，我们为这个孩子的到来感到兴奋。让我们万万没想到的是，这个孩子的到来，成了哥哥他们婚姻走向破裂的导火索。

记得那段时间我白天在家里，看到他们母女俩坐一块，接连多日低声细语商量说着我听不清的话。女孩坐月子的一个月，哥哥每天饭点在家照顾她的生活，不让她触碰任何东西，伺候得妥妥帖帖，可还是无法打动她受妈妈蛊惑的心。

孩子顺利出生后，女孩说要带着孩子回几天娘家，但我们没想到的是，女孩带孩子回娘家时，说最多二十多天就回来，结果随着她们这次回去，哥哥的婚姻正式走向了破碎。

四

随后哥哥为了孩子，放下男人的自尊心多次上门去接她们，均被女孩的妈妈臭骂一顿，只能连夜赶回家。

哥哥为了孩子做了很多让步，得到的全是臭骂。哥哥丢失所有的尊严后渐渐地死心。她们过了几个月仍然没有回来的意思，哥哥问她们到底想怎么样？她们当即提出了离婚，哥哥看孩子还小不同意离，她们就威胁上法院起诉。她们在不久后果真写好离婚起诉书，去法院上诉提出要跟哥哥离婚。而他们起诉离婚的缘由，只是简单的“夫妻之间的感情不和”。

我因为生病瘫痪在床，我的命运和哥哥的命运连接在一块，形成了命运共同体。哥哥遭遇婚姻不幸，演变成我们全家的痛苦！我身在其中，因为被女孩的妈妈嫌弃，成为哥哥婚姻不幸的一部分。我为此难过了很久，我是如此地无能为力。我曾多次跟着哥哥和妈妈一起难过地哭。我的心里经常忍不住设想，若是没有我的存在，哥哥的婚姻是不是就不会出现那么多的波折了？我面对哥哥，除了心疼他婚姻破裂，失去女儿；我也为自己连累到哥哥，感到深深地难过和抱歉。可是事实已经发生，我们也无力挽回，日子总是要一天天地过下去。哥哥离婚后，我们在精神压抑中开始新的生活。或许是命运心疼我们家过得不如意，不久后又悄悄地给哥哥重新安排了一段美好的姻缘，赐给了我一个不会嫌弃我的好嫂子。

哥哥离婚后，我愧疚难过了一阵子后，又继续专心致志投入网络中，享受精神自由的快乐！我在网络游荡的时间长了，逐渐认识结交了几个在现实生活无法交到的好朋友。

我 2013 年接触手机，2014 年进入智能世界，那几年短视频尚未出现，占据人们时间的是 QQ 群。我在 QQ 红包群、70 后聊天群玩了三年，玩得不亦乐乎！尽管如此，我的内心依旧天真，单纯得像个孩子。简单，没有烦恼，整天没心没肺地穷开心，是我畅游网络世界体现出的心态。我做聊天群的管理员期间，因为群主姐姐和其他管理员大多数时间上班工作忙，我负责每天巡视管理群里的一百多号人。我在群里建立了自己的威信，在短时间内见识了形形色色的群友。通过管理聊天群，我积攒了无数的阅人经验，快速填补增加了我欠缺的人生阅历。

幸运的是，正当我的人生拐到十字路口，我在 QQ 遇到了生命中另一个改变我命运的女孩。她的网名叫“小公举”，我亲切地称她为“小公主”。她是一名因脑瘫致肢体残疾，坐轮椅打乒乓球的运动员。那时她 17 岁，已经拿到了全国乒乓球的冠军。她的出现，彻底改变了我的人生走向。我在小公主讲述亲身的经历和孜孜不倦的鼓励引导下，树立了自己的人生目标——成为一名作家，为此，我每天投入大量的时间，准备耗尽剩下的生命力去实现它。

我和小公主从认识的第一天起，就敞开心扉坦诚相待，建立了深度的互信，成了无话不谈的好朋友。我们刚认识不到一个小时，我就迫不及待地介绍了自己生病，因病瘫痪在床的人生遭遇。给小公主看了我被病痛折磨得狼狈不堪的模样。而小公主，从未对我的狼狈表现出一丝一毫的嫌弃，她反而钦佩我在病痛中展现出的自强不息的意志，一个劲地给我加油鼓劲。

小公主纯洁得像天使，像一股不期而遇的暖流，流淌进我的世界。我们认识的当天晚上，小公主就跟我讲起她的故事：她是如何从一个先天性脑瘫致肢体残疾、不会走路的农村残疾女孩，在好心人的帮助下接触到乒乓球运动，凭借着一股不服输、不认命的劲，努力拼搏抓住机会，刻苦训练，靠自己的双手走出大山的。哪怕在训练中，她的双手因长时间握球拍，击打乒乓球磨得起泡，或是掌控不了轮椅摔得遍体鳞伤，她依然勇往直前拼命地去训练，她希望通过努力能改变命运。她在巨大的困难中坚持下来，拿到市级乃至全国同类型残疾项目的乒乓球冠军。我们经常聊到凌晨两三点，我波澜不惊的内心，听着小公主的励志人生，像是看了一场惊心动魄的电影。

我时而为她在勇往直前的努力过程中，遭遇到的困难捏一把汗，时而钦佩她在困难中激发出的斗志。我为她艰苦奋斗，取得卓越的成绩，改变命运走出大山而激动。我听小公主讲述的时候，我的心里激发了强烈的斗志，无形中我的内心已经被她的能量感染。我二十几岁的人生，从未感受过那种感觉。

我羡慕小公主在拼搏中取得的成就，惭愧自己二十几岁的人生一事无成。正所谓，没有对比就没有羞愧，我感觉在小公主面前抬不起头。小公主为了激励我，她告诉我等她以后有能力了就到云南来看我。我很高兴能交到小公主这样优秀的朋友。同时小公主是那样的优秀，再看看我的身体如此的糟糕，我配得上做小公主的朋友，让她相隔千里来看我吗？我的内心若有所思，变得复杂了起来。

小公主的出现，如同一道耀眼的光芒照进我迷惘的世界，给我的人生带来了希望。介绍完自己的人生成长，小公主如同一个智者，语重心长告诉我，每个人都应该有属于自己的人生梦想，要为了实现梦想奋斗终生——“有梦想谁都了不起”。小公主说的“有梦想谁都了不起”这句话，深深地振奋了我。在小公主循序渐进的引导中，我下意识地开始思考，我破烂的人生，也能像小公主一样拥有光明的梦想吗？能的话，以我寸步难行的身体，又该建立什么梦想才好？

当我再次陷入不知所措之际，小公主综合评估了我的能力，了解到我曾读书到小学四年级，会写一些简单的文字，于是她果断地建议我，尝试建立对文学的梦想，追求成为一名作家。小公主因为身体从小就不方便，她没能去学校读过一天的书。在她看来，我认识基础的汉字，能把自己的想法通过文字书写出来，我就已经很厉害了。我的认字能力让她望尘莫及。小公主给我指出一条切实可行的道路，我眼前豁然开朗起来。为了配得上做小公主的好朋友，迎接她有朝一日来现实世界看我，我决心认真考虑小公主的建议，认真地对待自己荒废的人生。

我在小公主的启发鼓励下，坚定不移地建立了作家梦想。虽然我只有小学四年级的文化，在此之前也缺乏写作的经验，但我有着天生喜欢写文字的热情，我就有了持续的动力。我刚进入网络世界时，在 QQ 写说说，为了获取一些点赞，增加空间的访客量，我每天至少写两条说说。虽说我写的只是一些简单的人生见解，文字功底极差，写出来的文字不是很美，但我可以滔滔流水一样地写出自己想抒怀的文字，从未出现过卡壳，想写却写不出憋得难受的状况。我打心里喜欢文学，热爱通过文学表达内心。我接触网络重新捡起了文字学习，所以写作于我从来不是一件困难的事。我在小公主的引导鼓励下，将自己荒废在 QQ 空间写说说的能力再次用了起来。

我建立了作家梦想，可我仍然没有勇气动笔。因为彼时，我从未在网络写过作，没有一个读者。我写出来的文字该发哪里，给谁看？对我来说这些都是大问题。没人看，我写出来又有什么意义？小公主在这个时候，站出来告诉我：她可以当我的第一个读者。我写出来的文字可以在她有空的时候发给她看。小公主彻底打消了我的顾虑，让我意识到我写作是有意义的。我当即迈出写作的第一步，小公主不是心疼、尊重我的疼痛吗？我写作的第一段内容，就是具体介绍写自己身上的病痛是怎么痛的。我写的第一篇作品看似写自身的疼痛，实则专门写给小公主——我的第一个读者看的。

我认真写了几百个字，写了又认真地修改。我确定修改好了才兴高采烈地拿去给小公主查看。小公主看完给予我充分的肯定，为我鼓掌点赞。小公主看得见我的病情，尊重我的疼痛，这些都给了我褒奖。我因文字第一次被人夸赞，感受到了内心的成就感。从那以后我有了写作的方向，我要从自己熟悉的人生经历写起。

为了更好地实现梦想，我当即告别了 QQ 聊天群，断绝过去三年自己在群里建立的人脉圈，每天沉浸在文字海洋中。尽管如此，我当时还是不敢相信，自己有天真能实现作家梦想。在我的想象中，我有幸能实现梦想也不是几年时间的事。我下定决心，准备用 10 至 20 年的时间，或穷极一生去追求作家梦想。我在小公主帮忙下建立作家梦想，糟糕的人生有了初步的希望，而与此同时，我在现实中的生活，也迎来了一个重大利好的消息，改变了我们家庭的命运。

第六章

温暖家庭助力梦想起航

因为我的自信，建立在精神富足，运用文字追逐梦想上，我唯有写好作品，实现人生的价值，我的精神才会从贫瘠中脱贫。

一

哥哥离婚两年多，重新谈了个女朋友，不久后便带回家了。或许不是一家人不进一家门的缘故，哥哥第一次带女朋友回家，她就给了我们一种亲切感。我们相处聊天聊得都很好。但是我们有了哥哥第一次婚姻失败的教训，对哥哥这次谈女朋友更加慎重，哥哥也跟女朋友再三强调家里有个瘫痪在床的弟弟需要照顾，而且要求女朋友心里要做好一直接纳弟弟的准备。

哥哥给女朋友足够的时间深思熟虑，她能完全做到这些再谈结婚不迟。爸妈对哥哥交女朋友的态度，一如既往只要求人品好，不嫌弃瘫痪弟弟，其他的什么都不重要。而哥哥交的女朋友，她也曾经历过一段失败的婚姻。哥哥找的这个女朋友，十多岁时就没了母亲，留下爸爸和兄妹俩相依为命。她的爸爸有爱喝酒的毛病，对孩子的照顾也不够周到，因而她成年后早早地嫁了人，没承想她遇人不淑，婚后夫妻的性格、感情不和，受到了婆家的排挤。结婚一年多有了孩子，她就从婆家搬离出去，独自打工养活孩子。他们的婚姻在分居中拖了三四年，婆家始终没有拿出挽回的态度，任由她流落在外抚养孩子。他们的婚姻名存实亡，她在分居中逐渐对婆家死心，不再抱有破镜重圆的希望，随即提出了离婚。

她对哥哥的要求很简单，只要我们对她好，她接受照顾瘫痪在床的弟弟不成问题。哥哥的女朋友回家给我们留下的第一印象：说话轻言轻语，心地善良；做事张弛有度，大方得体，相处起来总能让人身心愉悦！从言谈举止中看得出，她是一个善解人意的好姑娘。她对我们的家庭情况，以及展现出的和谐舒适的氛围均很满意。她给我们留下了好感，我们也对她初来乍到的表现很满意，认定她各方面符合我们这个特殊家庭的期望。

我们添加了QQ和微信好友，有时间就在QQ和微信敞开心扉聊一聊，增进彼此之间的了解。我们聊天一段时间，我给哥哥的女朋友留下了善解人意的好弟弟的形象。从此哥哥他们之间有什么开心的和不开心的事她都会跟我说一说。而我灵活运用换位思考的能力开导她，她的心情很快就好多了。我因此和哥哥的女朋友聊得投缘，还认她做姐姐，相处得很融洽。我们通过聊天相处，看见各自身上的优缺点，她认可了我的存在，觉得我能给家庭带来融洽一家人感情的能量，而不是像哥哥以前那个女朋友嫌我是个拖油瓶。

哥哥他们有走到一起共度余生的意愿，两人很快进入谈婚论嫁的阶段。全家人心里都很高兴。我们请了个媒人，购买娶媳妇专用的礼物，去了她家三次就定下了婚期。哥哥他们登记结婚后，他的女朋友正式成了我的嫂子。在家里我一直尊称她为姐姐。嫂子从此开始和妈妈一起，无微不至地照顾我的生活，在感情上我们像亲姐弟一样亲。嫂子从未对我有过丝毫的嫌弃！在嫂子的悉心照顾中，我感受到了我的存在，我感觉到了被接纳的幸福感，我再也不用像以前一样，小心翼翼地说话，担心说错话被人嫌弃。这对于我的人生太重要了。

哥哥嫂子结婚时，我们再次在家里举办酒席。家里一如既往迎来了几十个帮忙做厨的邻居，以及几百个碍于人情世故来做客送份子钱的亲朋好友。我再次面对一群平常遗忘了我、来我们家做客看到我时却不停唉声叹气的街坊邻居。

这次，我不再害怕邻居投来的目光，因为我的心里有了自信，有了从容不迫应对这些场面的能量。我不仅不害怕街坊邻居的注视，也不再抗拒他们嘴角上扬发出的低低叹息声。我还想热情地举手主动去跟他们打招呼。我好想跟他们聊聊天，介绍自己这些年是怎么过来的。我想问问没见面的这些年，他们的生活过得还顺利吗？历经5年多的时间，在同样的地方见到了同样的一批人，经历了两场不同的婚礼；我惊奇地发现自己自卑的心理悄然消失不见了。而这一切，归功于帮我建立人生梦想的小公主。我没有建立梦想之前，我只是一个瘫痪在床，人生没有任何纪念价值，被人嫌弃到家的病人。我除了用痛苦博取同情可怜，依偎在爸妈无微不至照顾的羽翼下苟且偷生，我的人生没有其他拿得出手的成绩。

精神贫瘠，身体一塌糊涂，但我也是要面子的，这让我一度无颜面见认识过的街坊邻居。可是自从我拥有了人生梦想，我就有了自信，相信自己和其他人的精神是平等的。我只是没有常人健康的身体，但我有健康的心灵，我也能做很多常人做不到的事。我相信“有梦想谁都了不起”，我也是一个不畏艰险，砥砺前行的梦想家。

我不再害怕与熟悉的人接触和交流。即使面对陌生人，我也可从容不迫迎接对方投来的不可思议的眼神。自从我的内心感受到自信心的存在，我仿佛一下子就长大了。我在自己文字的字里行间看到了自己光明的未来，强化了我坚定追求人生梦想的决心。

与此同时，我在现实中的生活，因为嫂子的融入发生了天翻地覆的变化。让我对我们家的未来充满了期待。我的嫂子叫杨桥花，是一个比我还小几个月的90后，和我们住同一个小县城。说起我的嫂子，十里八乡的街坊邻居都会为她竖起大拇指，称赞她无微不至照顾瘫在床生活无法自理的残疾人弟弟，撑起了一个家庭的幸福！嫂子和哥哥于2017年11月16日登记结婚，算上婚前和哥哥来往时给予我的照顾，我写下这本书时，嫂子已然照顾了我的生活7年。嫂子来之前，我的生活节奏与围绕着四季耕种、每天奔波在地里忙碌的爸妈同频，极其不规律。我常常因为爸妈去地里干活忙碌起来忘了时间，太晚回家做饭，而饿得病情发作，虚脱到喘不过气来。

爸妈常年的生活习惯是中午十二点做中午饭，晚上七点多做晚饭。我因为丧失了生活自理的能力，没法像以前那样四肢并用爬去给自己做饭吃。

像面条、饵丝、米线、饵块等容易消化的副食品，爸妈没时间也没习惯做给我吃。爸妈顶多每个星期买来十块钱的糕点，早上给我拿两块垫肚子。自从嫂子嫁入我们家之后，她如当初所说的那样，肩负起和妈妈一样照顾我生活的责任。家里每次摆碗筷吃饭，嫂子都首先拿给我吃。家里吃肉，偶尔杀只鸡改善伙食，嫂子会像妈妈一样耐心地帮我把肉片撕成细条。嫂子给我碗里夹肉的分量，远比其他家人的多。嫂子的意思是吃肉时宁可让我吃不完，也不想我吃不够。从此我的生活规律起来，食物的种类也丰富了。

嫂子早上八九点给爸妈做吃早饭，我刚睡醒没胃口吃饭。嫂子便让我等一会，等爸妈吃完去忙了，她再给我开小灶。我想吃什么饭说一声，嫂子都会按照我的意愿马上做好给我端来。每次给我拿饭菜，嫂子都小心翼翼放到我的嘴边，生怕一不小心烫到我。其次，嫂子跟哥哥相识结婚之前，曾在饭店打工单独抚养了孩子几年，她的厨艺特别好。我非常喜欢吃嫂子做的干净卫生又好吃的饭菜。我曾经想吃却吃不上的面条、饵丝、米线、饵块等副食品，嫂子换着花样做给我吃。这些东西有容易消化的特点，对我瘫痪躺着的身体来说再合适不过了。在嫂子的悉心照顾下，我的身体和肠胃比以前更好了。

为提高我的生活水平，嫂子去县城赶集，会不间断给我买猪肉吃。考虑到我的嘴巴萎缩吃不下大肉块，嫂子买回猪肉，会耐心地帮我把肉块剁成肉泥。嫂子细心照顾好我的生活，给了我踏实的心情，使我在网络上创作时更加自信了。我带着满怀感恩的心情书写生活，向网络上遇到的每个人炫耀，我有一个好嫂子。

嫂子几年如一日照顾我生活。上午十点嫂子给我做吃早餐，中午十二点嫂子做好午饭，爸妈忙了一会回来吃午饭。我因为刚吃完早餐不久吃不下午饭。嫂子便对我说：“吃不下没关系，我在家带孩子，喂养牲口，下午三四点饿了说一声，我再给你做晌午饭。”吃水果，我只喜欢吃容易塞进嘴巴里的芒果、香蕉。由于双手萎缩的缘故，我做不到把水果拿手里吃，嫂子了解到我吃水果的困难，她便主动帮我把水果剥皮切成小块，放到我吃饭用的碗里再拿给我。无论生活多难，嫂子的脸上永远洋溢着笑容，身上散发着一股热爱生活、积极向上的能量，让人看了心情很愉悦！

虽然嫂子婚后多数时间待在家里，但她为家庭默默作出的贡献，辛苦操持家务的程度，丝毫不亚于去地里干农活的爸妈。嫂子每天在家带孩子，做好一家人吃的饭，喂好家里饲养的七八头牛和一群猪之外，还要挤出时间去菜地里种菜浇水。等爸妈从地里忙完回来，洗了手就能吃上热气腾腾的饭菜。喂养牲口时，需要左右手同时各提一桶二十多斤的食物，给饲养的牛和猪吃。喂完牛和猪还要拿铁锹铲掉粪便，是件又脏又累的活。

有邻居曾问过嫂子："在家忙得团团转，还要照顾瘫痪弟弟的生活，苦不苦？"嫂子笑着回答："这就是农村的生活，倘若家庭因为自己的付出变得更好，再苦再累都是值得的。"有了嫂子坚定的回答，无论邻居的问话有心或无意，从那之后再也没有邻居问过嫂子类似的问题。嫂子看爸妈身上穿的衣服穿脏了，她就让爸妈把衣服换了，她在家洗干净。嫂子在家里最喜欢说的一句话："只要我们一家人齐心协力，心往一处想，劲往一处使，无论家庭经济条件如何，在精神上我们都是幸福快乐的。"

自从嫂子嫁入我们家，我们家很快形成嫂子主内，哥哥主外——去市场买卖牛羊维持家庭生计，爸妈则负责种地放牧。他们互相体谅，各司其职，营造了良性循环的家庭环境！农忙时节，嫂子好几天不去县城买东西，家里买的早餐食物，比如面条、米线少了，嫂子不舍得吃也要留给我吃。去亲戚家帮忙，吃饭前嫂子会先想到我，养成了先给我留一份饭菜，她才吃得安心的习惯。嫂子他们从亲戚家吃完饭回来，带给我的饭菜凉了，嫂子担心我吃凉了的饭菜把肚子给吃坏，就把饭菜热好了再拿给我。

我享受着嫂子体贴入微的照顾，想到嫂子年龄比自己还小几个月，我的心里更确信，嫂子能为我做到这些真心不容易。而且嫂子不仅照顾我的生活，她还顾及我的心灵成长。比如她去县城赶集或是去别的地方走亲访友，遇到新鲜好玩的事，嫂子在有空时会带着兴奋的心情，第一时间打电话将新鲜好玩的事分享给我和妈妈听。因此，嫂子出家门等同于带上了我看世界的眼睛，听街坊邻居唠家长里短的耳朵，以及感受多彩生活的触角。我因瘫痪触摸不到的生活，经过嫂子的详细叙述，鲜活且有趣地摆在了我的眼前。我和嫂子白天一同在家里，嫂子习惯性照顾我的感受：她经常借助坐下来做事的间隙，边做事边和我探讨人生，聊生活里的琐碎事。在我们交谈甚欢的时候，嫂子引导我建言献策，一起展望并谈论家庭经济未来的发展。我通过在网上获取的信息，分析并提出自己的意见，嫂子也会认真地参考。

我瘫痪在床，除了动动脑子，动动嘴皮子，其他我做不了什么。但嫂子就是愿意听我说，给了我参与建设家庭的存在感。这跟爸妈在我 11 岁时将家里的经济管理权交给我保管如出一辙。在精神上，嫂子给我的存在感，甚至比爸妈委托我管理经济时更强烈。在家里，嫂子待我如此，何况是哥哥和爸妈呢！我们家的家庭氛围经济条件在其乐融融中稳定提升。随着嫂子的融入，我们家渐渐地活成其他人羡慕的对象。而且，嫂子还极细心，通过相处，她对我生活习性非常了解，还悄悄地把我的兴趣爱好，平常喜欢吃什么东西记在心上。家人去县城赶集问我想吃什么？我因为被嫂子照顾得很知足，一时间都想不出想要吃什么的时候，而嫂子总能按照她对我生活习惯的了解，给我买回喜欢吃的东西，给了我受宠若惊的幸福感。

对于大多数家庭，媳妇娶进家门，一家人朝夕相处，时间长了难免滋生不可调解的婆媳矛盾。婆媳仿佛是天敌，很难在一起心平气和地过日子。而我们的家庭因为嫂子的善解人意，就没有这个问题。嫂子知道，若是她和妈妈爆发婆媳矛盾，我和哥哥势必会夹在中间难受。顾虑到我们的感受，嫂子和妈妈打心里信奉以和为贵，达成了齐心协力照顾我生活的协议；在可大可小的家庭矛盾上，嫂子和妈妈均以家庭和谐为重，愿各退一步，家和万事兴。遇到一时解不开的家庭琐碎事，嫂子从不急着和妈妈争长短。等待事件平息了，嫂子再跟妈妈讨论细节，把有可能发生的矛盾消灭在忍让中。

嫂子刚进门那两年，和我家处于磨合期，嫂子在一些小事情上，体现年轻人的不成熟，偶尔会耍脾气给妈妈脸色看，妈妈想到嫂子尽心尽力照顾我的生活，心里不满的情绪一下子就自动消除了。妈妈理解嫂子耍的小性子，嫂子说到底是年轻人，身上不可避免地有年轻人的不成熟。妈妈将心比心给予嫂子包容、关心和疼爱，给予嫂子时间，允许她犯错，时间长了也换回了嫂子的真心。我的瘫痪在床，无形中成了家庭和睦的润滑剂！嫂子乖巧懂事，妈妈也深明大义一切以家庭为先。嫂子和妈妈之间，逐渐

建立起互相分享话题的习惯。转眼间，嫂子嫁到我们家 7 年了，却从未和妈妈针尖对麦芒争吵过一次。

嫂子来之前，爸妈勤俭节约了一辈子，一年到头舍不得花钱给自己买几件新衣服。妈妈总说，衣服能穿就好，不用买贵的。他们习惯了节俭的生活，贵的衣服穿着难受。妈妈给自己和爸爸买的衣服、鞋子都是价格在二三十块到五六十块的地摊货。嫂子来了之后，她每次去街上买衣服，爸妈和我都有份。妈妈出于节约的想法，跟嫂子说不用给他们买那么多的新衣服。嫂子对此坚定地表示，买新衣服没有爸妈的份，她穿着也不安心。因为有嫂子主动购买，爸妈穿的衣服，价格比以前贵了很多。在家里嫂子既是爸妈的儿媳，也是爸妈贴心的好女儿。后来网络购物迅速进入农村，嫂子与时俱进开始在网上购买家庭所需的物品。但凡我们需要，只要跟嫂子说一声，再小的东西她都能给我们购买回来。

以前我瘫痪在床，因为家庭条件困难，家人都缺乏给我改善居住环境的意识。我别无选择地躺在双人座的座椅上，这一躺就是十几年。这十几年里除了妈妈有空帮我洗澡时，将我抱离小床，抱到村里送的普通轮椅上，我忍着难受硬挺着坐上个把小时洗澡外，我离不开小床半步。

我睡的小床仿佛成为囚困住我身体的牢笼。自从嫂子开始在网上购买东西，了解到我渴望脱离小床出去大门外看看的心情，嫂子便在网购选择商品时，有意无意间为我查找能让我出去坐几个小时的器材。嫂子有了这份心意之后，没过多久她就发现了升降轮椅。她认为升降轮椅的升降功能可以降到半躺，或许能解决我身体僵硬坐不直的问题。嫂子立即表示要给我买一个试试。说到底，我之所以十几年，单独一次离不开小床几个小时，是因为我的身体笔直僵硬，只允许我躺着，做不到像常人一样坐起来。而升降轮椅巧妙的升降功能，正好解决我的问题。抱着试试看的心态，嫂子在网上给我买来了一部三百多块钱的升降轮椅。

自从嫂子跟我讲解了升降轮椅的功能后，我对升降轮椅充满了期待。这是我瘫痪十几年以来，第一次迫不及待想借助器具出去外面看看。在这之前，我知道自己的身体情况，对此想都不敢想。嫂子特意给我买的升降轮椅 一个星期就到了。看到哥嫂把轮椅拿回家，我急不可耐地让爸妈帮忙，把轮椅包装拆开组装起来，抱我上去坐一会试试。爸妈组装轮椅时，我抑制不住兴奋的心情，如同身上爬满了蚂蚁。我的身体动弹不得，但我的心早已飞到轮椅上。我想看看自己躺上去到底能不能承受得住，坐几个小时会不会难受。爸妈看出我焦急的心情，告诉我十几年都躺过来了，不差这一会。他们慢慢组装，让我放松心情等待。爸妈话是说得没错，我十几年的时间躺过来了，不差这一会儿，可我浑身兴奋的情绪就是等不了这一时半会。

爸妈在我的催促中，用了半个小时，终于把我望眼欲穿的升降轮椅组装好。我第一时间让爸爸把我抱上去体验。将轮椅调成半躺模式，我躺上去并没有感觉到血脉不通畅、身体强烈的酸痛感。按照身体反馈给我的感受，我知道自己可以在轮椅上连续躺七八个小时。然后，出去大门外吹吹风，度过完整的一天绝对没问题。有了升降轮椅的辅助，我的世界从此多了一种选择。我可以在爸妈不忙的时候，经常让他们把我抱离小床出去外面晒晒太阳，感受大门外的世界，以及自己十多年不曾目睹过的“春夏秋冬”的变化。坐上升降轮椅，我有了一种恍如隔世、重获新生的幸运感。

我的过去仿佛早已消逝，埋葬在无尽的瘫痪时光中。如今的我坐上了升降轮椅，如同重新学会走路的孩子，看到了走向繁华世界的希望。我拥有了多一份的选择，像在希望的火苗中浴火重生。其中，升降轮椅带给我最大的好处是，我能借助轮椅离开小床，如愿去了十多年不曾去过的县城，并找到残联帮忙追梦。爸妈有空时，我也能叫他们腾出时间带我去县城逛一天。我的活动范围，因为坐上了升降轮椅扩大了无数倍。这些都是嫂子来以前，我做梦都不敢想的事。

轮椅带给我希望的同时，也带给了我残酷的冲击，考验着我心灵的承受能力。最让我意难平的莫过于，爸妈带我去曾经读书的学校旁边，看了我读书时经常走路去烧香求平安的庙宇。我在那里留下了走路、独坐的身影，布满了少年欢乐的时光。时过境迁，当我躺在轮椅上，再次停靠到读书时坐过的地方时，我的内心感慨万千，忍不住与过去会走路的自己进行了一场时空对话。用悲伤的心情跟过去的自己打声招呼，为没能照顾好现在的自己遗憾，向沦落到身体僵硬瘫痪在床无法直立和坐起来的自己说一声抱歉。与过去对完话，我也为自己的将来留下了一个念想。我希望在多年以后自己还能存在，等我实现梦想时，如果身体还能支撑我出门，我还要来到同一个地方，再次与自己进行时空对话。比起现在跟自己说对不起，我更希望将来能为自己的骄傲。

记得我第一次坐上升降轮椅出门，像一个被迫流落他乡多年的流浪汉，一朝回到小时候熟悉的地方，我拼命地对眼前的家乡和记忆中十几岁熟悉的家乡作对比，我希望通过对比找到熟悉的感觉。可是无论我再怎么对比，我都感受不到熟悉感觉。我到这一刻才意识到，我从小到大不曾离开过的家乡，在我卧病房间十多年后，对自己已是如此的陌生。正如我再也回不到十几岁的年龄，我也丢失了曾经熟悉的一切。家乡在我的感知中变成了异乡。我的内心忍不住感叹，好一次“再见已是人是物非”！

二

放眼望去，这十多年家乡的变化实在太大了。比起十多年前的贫穷落后，如今的家乡通了公路，居住的房子从老旧破房，焕然一新改成抹了一层白灰的新房，曾经茂密的山林如今也变了模样！村里流传的互帮互助换工的习惯，不知道从什么时候起已经成为过去。街坊邻居的生活习惯全部变味了。我瘫痪在家的十几年，犹如跨越了一个世纪。家乡的少年，早已长大成人流落他乡；家乡新出生的幼童和年少的少年与我素未谋面；家乡的中年人已经两鬓斑白，悄然老去。

我第一次出现在人潮拥挤，车水马龙的小县城，因为身体被病情折腾成畸形，我竟沦落成市民眼中的稀奇人物。自打我在爸妈的帮助下坐上升降轮椅，进入小县城的一瞬间，我迅速成了万众瞩目的焦点。经我旁边走过的一百个市民，有九十个下意识对我转过头，抛来了疑惑的“注目礼”。我了解市民们的注目礼，是因为自己的身体畸形原因所致。换作是我，在同样的场景看到异于常人的人，我也会抛出同样的注目礼。庆幸的是，我的内心因为有追逐梦想建立的自信，我丝毫不惧怕一群陌生人投射的注目礼。我悠然自得地享受着小县城带给的视觉、嗅觉感知上的冲击。小县城之旅，验证了我自信心的强大。我对自己追求的梦想多了几分自信。

说回到我和嫂子相处的时光。随着国力继续提升，国家对残疾人的生活越来越重视。像我一样瘫痪在床的普通农家残疾人，国家给予了最低保障和残疾人护理补贴。嫂子知道我每个月能拿几百块钱的补贴，她尊重我的支配权，让我把钱拿在自己手里并告诉我，我出不了门在网上喜欢什么东西就买。若是钱不够，她和哥哥再给我拿。我享受着嫂子关怀备至的照顾，我能为嫂子做的，就是在自己没有赚钱能力时，将国家照顾的低保款存起来。我看到嫂子用的手机陈旧，实在用不了了，她又舍不得换，我就用低保款给她买一部新手机。

我知道无论什么关系，本质上离不开“相互”两个字。嫂子为我们付出，我们更要尊重珍惜嫂子，嫂子才会更加愿意照顾我这个瘫痪在床，只会动嘴皮子说说话的弟弟。我们家里到了年底卖牲口得来的钱，嫂子让哥哥放在我的身边保管，觉得这样很安全。嫂子此举放大了我在家庭当中存在感，我的心里特别地感激嫂子。家里其他的零用钱嫂子从不藏着掖着，她放房间的哪里都让爸妈知道，也允许爸妈需要花钱时自己进去拿。我们家建立深度的互信，从来没有为花钱产生过矛盾。

一个瘫痪病人的生活，无非吃饱喝足，环境卫生干净，躺着舒服。嫂子嫁入我们家之前，爸妈时常去地里，干高强度的农活，过于劳累的他们回家后，只想在茶余饭后跷起二郎腿，打开电视机看看连续剧，偷得浮生半日闲。爸妈没精力也没习惯隔三岔五给我躺着的房间收拾一遍，以至于我的房间在很多年里像一个老鼠窝。而我也习惯了房间的凌乱，将注意力投放在网络手机上。房间里的杂乱环境，并未给我带来不舒适感。后来哥哥结婚，家里装修，安上地板砖，拖地爸妈也是一两个月才拿起拖把象征性拖一拖。我理解爸妈的辛苦，知道这不能怪爸妈，为了生活过得去，爸妈确实太拼了。他们在家想安逸一下，多休息一会，缺乏打扫卫生的习惯可以理解。再者，我们生活在农村，从艰苦的条件走出来，农村历来风大灰尘多，我们早就习惯了不矫情。

嫂子来了以后，她喜欢干净舒适的环境，开始频繁帮我打扫房间里的卫生。每过一两天，看我房间有生活垃圾或是地板上出现了污渍，嫂子忙完手里的活，就会拿起拖把就来帮我把房子打扫干净。嫂子说，经常帮我把房间的卫生打扫干净，我躺着转动眼睛，环顾四周的墙壁时，看到清洁的房间，想必心情会舒畅很多。嫂子不说之前，我习惯了房间的杂乱不堪，爸妈在我身边放置了很多生活用品。嫂子说了之后，我真切感受到房间清洁带来的舒适感有多舒服。清洁的房间宽敞了，飘荡着一股清新的空气。尽管我的身体动不了，我早上睡醒了还是习惯性转动眼睛将房间扫一遍，看到房间干净整洁，我一天的心情自然不会差。我直到这时才发现，原来我也喜欢干净卫生的环境。只是以前，我理解爸妈的不容易，没能要求他们为我培养起打扫卫生的习惯！

嫂子最让我感动的地方是将我当平常人一样考虑。在很多人，包括爸妈和我自己的印象里，我是一个瘫痪在床的病人。我们的心里知道，我的病情很严重，这辈子都治不好了，无论我的病情如何发作，这些都是正常的现象。我沉重的病情，给我们的意识营造了一种“我是病人，我不会再生其他的病，不需要进医院治疗”的假象。其次，我的瘫痪导致身体僵硬，上医院看病也特别地困难。我即使生其他的病，在我们的主观认知上，也打消了去医院看病的念头。我得了一种治不好的病，附带就是我得什么病都不用治疗。这在条件艰苦、人们思想普遍固化的农村，是很正常的事。

在一年一度缴纳医疗保险的时候，爸妈也曾言之凿凿地说，我的病情治不好，我们不指望去医院治疗了，医疗保险一人一年几百块，我的那一份就不用缴纳了。其他街坊邻居听爸妈这么说，都觉得爸妈说得有道理。每次听爸妈这么说，街坊邻居盲目地附和，我都会着急地告诉他们，我万一生其他的病呢？我生了一种治不好的病，就已经很痛苦了，我不想再被其他的疾病折磨得半死不活。没有医疗保险做保障，我生其他的病时拿什么去治疗？爸妈听了我的话，沉默了一会，没有正面回答我的问题。

随后到了缴纳医疗保险时，爸妈没有再提不用为我缴纳的事。事实证明，爸妈并非不愿意为我缴纳医疗保险，也不是不想送我去医院治疗，可出现的其他疾病。只是我的病情太顽固，让爸妈看不到希望。送我去医院很困难，爸妈才下意识认为，我不需要治疗。既然意识上不需要治疗，那么该节省的钱就要节省。几百块钱的医疗保险，我们能买大米一百斤吃一阵子，这符合爸妈勤俭节约的人生观。有了爸妈的精打细算，才有了我富足的瘫痪生活。不仅是我的爸妈曾这样认为，农村很多家有身患重病的患者或是家里有上了年纪的父母的家庭，家人都普遍认为，送他们去医院治疗浪费钱，人固然有一死，不如在家听天由命。这就是农村的条件下的思想认知。农村居民没有底气像城市居民那样生病就去医院，除非实在熬不住了，才不得不去医院看看。

但我们都忘了，除了身体的老毛病，我也会像其他人一样感冒发烧，闹肠胃炎或生其他的疾病。真实情况亦是如此，如同前面我说到，我的嘴巴和身体一样萎缩僵硬，致使我张不开嘴巴吃饭，依靠门牙掉落的位置，勉强打开了一条吃饭维持生命的通道。我的肠胃每年会生几次病，疼得我几天几夜吃喝不下，喝口水都要吐。因为很难送我去医院看病，妈妈看到我疼得难受，她在身边急得手足无措，嘴里念叨着把我身上的病痛，转移到她的身上该有多好。嫂子来了之后，了解到我也会生其他的病。开始时，每当我肠胃炎发作，忍不住疼痛发出痛苦的叫声时，嫂子听到我的呻吟声，她也在一旁急得坐立不安。但嫂子比妈妈更有主见，当妈妈还在为我的病痛束手无策的时候，嫂子果断站出来，确认无法轻易将我送去医院看病，嫂子立即另辟蹊径为我四处打电话想办法。

嫂子先打电话恳求在县城生活的亲戚，通过亲戚打电话给诊所医生，说明我生病的症状，开出治疗肠胃炎的药液，再联系能帮我输液的医生。联系好愿意帮我输液的医生，嫂子再打电话找接送医生来我们家的车子。前后不到半个小时，嫂子在家里就帮我解决难去医院治疗的问题。每次给我购买药液的钱，全是嫂子默默地支出。在嫂子的帮助下，我很快打上了专治肠胃炎的药液。随着药液通过管子，源源不断注入我的血管，我的痛苦很快得到了缓解。我因为忍受了无尽的病痛，特别害怕遭受疼痛的折磨。我不敢想象，倘若没有嫂子当机立断帮我想办法，解决就医困难的问题，该怎么办？目睹嫂子忙前忙后为我做了这么多，无论我的身体被疾病折腾得多难受，我的心里始终都是暖暖的。

而嫂子不仅对我们一家人好，她在和亲戚朋友的交往中也能面面俱到。在我们家的亲戚朋友圈中，就没有一个人不喜欢嫂子坦荡的为人。随着嫂子嫁来我们家的年头增长，她渐渐地融入社区的生活，社区接触到嫂子的邻居，都被嫂子展现出的做事积极认真的态度和说话大方得体的气质折服。街坊邻居都在口口相传，说我们家娶了一个让人羡慕的好儿媳。每次听到街坊邻居夸奖嫂子的好，我们的心里顿时无比自豪。认识到嫂子的好之后，很多因各种事疏远了的亲戚重新愿意来我们家走动。家里有好吃的，我们忘了叫跟舅舅住一块的外婆来吃饭，嫂子也忘不了慈祥的外婆，她一边做饭，一边拿出手机拨打外婆的电话，叫外婆一会来和我们一起吃顿好的。外婆因此也非常喜欢嫂子。只要接到嫂子叫吃饭的电话，外婆会尽快做好家里的饭之后，赶来和我们吃一顿。除此之外，嫂子每年还会给外婆拿几次钱。我们在和外婆的聊天中，提及嫂子，外婆脸上和我们一样挂满了自豪。

面对嫂子带给我的照顾，我的心里更多的是感恩和感激。感恩嫂子给予我如同妈妈般呵护，照顾我瘫痪的生活，提升了我的生活质量，改善我的居住的卫生条件，让我化不能出门为可出门，助力我的梦想追求。我感激命运垂怜，赐我们这么一个体贴入微的好嫂子。俗话说：“长兄为父，长嫂为母。”我以为按照现代化的价值观，在我们的生活中很难出现长嫂为母的事。不承想，在嫂子身体力行的照顾中，我切实感受到长嫂如母的幸福！嫂子无微不至地照顾我，随着时间的推移，我相信我们叔嫂及整个家庭的感情只会越来越好。为了更方便帮我实现去看世界的愿望，嫂子勇敢地去报考驾照。嫂子表示，只要将来家庭有能力，我想去哪里她都会开车带着我去。我相信嫂子会说到做到。嫂子给予我的照顾，成了我面向世界炫耀的名片，比赚取多少钱都珍贵。我因此养成了喜欢跟别人分享我有一个好嫂子的习惯！

有嫂子的照顾，我没有了生活的烦恼，便能在网络轻装上阵继续追求梦想。从 2017 年至 2020 年，我用了 3 年时间在网上写出 60 万字的文稿。其中包括一本名为《天地虽宽，这条路却难走》的书籍。刚开始，我不知道写出的作品该发在哪里，我就习惯性发在了自己的 QQ 空间。后来接触到汤圆小说软件，我就把自己写好的文字转过去。这本书，我写了两年，从头到尾修改了四次，最后共计 23 万字。在汤圆小说，很多人看到我这本书的书名，联想到《感恩的心》歌曲的歌词，以为我写的内容是关于《感恩的心》歌曲的评论，打开书籍才发现，我写的竟是悲惨且顽强的人生。写完《天地虽宽，这条路却难走》，我一时间不知道写什么了，我就发挥想象力，写了一本名为《山歌颂》的玄幻小说和一本续写未了之缘的《续写今生缘》。

在玄幻小说世界中，我不再是个瘫痪在床、一无是处的病人。

尽管我写的文字常会有语句不通、语病突出、错别字多等众多的问题，但我也会力求做到最好。

这 3 年，我凭借一股不想人生碌碌无为的劲头，断绝 QQ 聊天，极度自律，除了每天写累了玩一会游戏，或病情发作写不下去才停下休息两天。其余时间我都把精力全部注入文字中。遗憾的是，我从来没有学过写作技巧，缺乏处理文字衔接和写好作品的经验，不管自己多努力，结果仍是差强人意。我除了自我努力，自我感动，写出的文字并没有阅读的价值。无论我再怎么修改，我呕心沥血写出的作品，隔段时间翻开，连自己都看不下去。看到自己竭尽所能，耗尽 1086 个日夜写出漏洞百出的文字，我忽然意识到，自己缺乏写作技巧的水平，想成为一个作家无异于痴人说梦。

写作是门技术活，绝非是埋头苦干就能解决问题的。我的耳边就此频繁地出现一个声音，提醒我，你缺乏写作的技巧，投入再多的时间去写，结果都会徒劳无功。我写完了自己的人生，以及简单的生活见解，等于把自己熟悉的路走完了。我眼前呈现的是漆黑，是从未涉足的陌生的路，我不知道自己该如何才能走下去。我的写作，追求作家的人生梦想，陷入了瓶颈，被卡得死死的。我对写作的未来感觉很迷茫，竟对写作产生了抵触厌恶的情绪！倘若我再找不到提升自己写作能力的突破口，通过写好作品，重新给自己培养写作的自信心，我将在乏味中丧失坚持写作的动力，那将宣告我的作家梦的终结。

但命运也并没有辜负我的努力，在我锲而不舍的追求中，我感受到了“有志者事竟成”的幸运！自从我建立人生梦想，生活中获得不嫌弃自己

的嫂子照顾，给我购买了升降轮椅后，它能够支撑我离开瘫痪躺的小床一天，接触到外面鲜活的世界。这使我的努力进入了幸运的涨潮期，我想追求做些什么事，总能遇到贵人引导。

而我的幸运不仅如此，在我追梦的道路上，我做对了几次决策，得到了很多人的帮忙。首先，无论我怎么努力写，水平始终停留在杂乱无章的门槛上。我迫切需要老师指导，针对性教我提升写作能力，打破写作遭遇的瓶颈。否则，无论我艰苦奋斗写多少年，我都不会有任何收获。在苦苦挣扎中，时间来到了2020年6月，为了突破自己缺乏写作技巧遭遇的瓶颈，我让爸妈带我去县城找残联帮忙想办法。我希望残联的工作人员帮我找个专业的老师，教我提升写作的能力。

至于我为什么想到找残联帮忙，作为瘫痪在床的残疾人，我潜意识里，天然对残联部门有着某种亲切感。残联对于我们残疾人而言，如同嫁出女儿的娘家，我们残疾人有事的第一反应，是想到回娘家找人帮忙，这也在情理之中。爸妈了解到我迫切找残联帮忙的心情，是我为自己写作梦想做最后的挣扎，如若我长时间得不到帮助，我的写作梦想将会颓废，从此一蹶不振。看着我着急的样子，爸妈怪自己只是一个种地的农民，帮不了我需要的忙。爸妈当即为我找个不那么忙的日子，让嫂子和小侄子留守在家，叫哥哥一大早开着家里的小货车，带上我和爸妈赶往小县城找残联。此次去县城，是我病情恶化，丧失行走能力后，我们一家四口人第一次结伴同行出门。在这之前，要么哥哥去读书不在家，要么我瘫痪在床出不了家门，我们始终没有机会同去一个地方。没想到，我们一家人，多年以后再次一起出门居然是这样的场景。

后来的事实证明，我身为残疾人，遇到困难找残联帮忙的做法无比正确。从那以后，我追逐的梦想，犹如有人帮忙点亮了一盏明灯，照亮了我孤寂的心灵，也照亮了我通往梦想世界的坎坷路。

我们一家人去县城找残联的那天，早上八点多从家里出发，九点车子缓缓地驶入了县城。我们进入小县城下了车，爸妈先把轮椅拿出来摆弄好，再把我从车里抱出来放到轮椅上。确认我没事之后，爸爸握住我轮椅后面的手柄，推着我奔残联而去。可是我们以前没有找过残联，不知道残联办公楼的位置在哪里。我们走了一段路后，感觉自己像是迷路了。在我们陷入迷茫之际，爸爸依稀记得，他以前曾经见过残联的旧址，但他不确定现在的残联还在不在哪个地方。而我们去时是工作日，街上来回走动的人不多，我们没有找到合适的人问路。哥哥只好暂时跟我们分开，去其他地方打听残联的位置，我和爸妈抱着试试看的心情，一起去去爸爸说的残联旧址碰碰运气。

我们去了残联旧址发现，残联的办公楼仍然坐落在那里。而且残联的张主任和他的助手都在。若是我们再晚去 5 分钟，张主任就要去州上开会，那我们此行将白跑一趟。我的身体僵硬只能躺着，出门很困难，一次找不到帮忙的人，无形中会打击到爸妈带我去找的信心。我不敢想象，如若我们错过了见张主任的机会，我不知道下次来得等到什么时候，更不知道自己还会不会有信心，要求爸妈再次带我来找。

残联的办公室在二楼，我的轮椅推不上去，爸妈只好打电话叫哥哥回来，说我们已经找到残联的位置，让他快点来帮忙。哥哥来了之后，爸爸和哥哥一人一边连同轮椅把我抬上残联的办公室。我们不打招呼抬一个瘫痪的残疾人，找上残联办公室的行为说来也挺冒失。看得出，我们忽然出现在残联的办公室门口，着实把张主任他们给吓了一跳。可能他们会下意识地认为，我们此举是因为对什么事不满，怒气冲冲带病人来上门闹事。我们进了办公室，看张主任的神情紧张，哥哥连忙解释了我们的来意。听说了我们只是找残联帮忙，并没有闹事的意思，素未谋面的张主任对我们很热情，示意让爸爸和哥哥把我抬下一楼，那里宽敞点好说话。

三

我们见到张主任时，因为他们忙着赶赴州上开会，张主任便边和我们交流，边拿出手机给我拍照，记录下我们寻求帮助的信息。简单地了解了我们需求后，张主任向我们说明，他们今天要赶去开会，眼看时间就要来不及了，叫我们互相留个手机号码联系，我们有什么需要帮助的地方随时可以给她打电话。他们的工作就是为了残疾人服务，只要我们有事需要帮忙，他们定会尽力帮助我们。张主任说完急匆匆告别我们带上助手赶去开会了。

目送张主任匆忙离去的背影，我的心头瞬间涌上一股失意的情绪！心想这下完了，我好不容易来一趟县城找残联帮忙，结果却这么潦草地结束了！完全不符合我心里的预期。在我的想象中，残联的工作人员会和我们坐下来，详细倾听我们的诉求，给我们提供一些可行的建议。事实却是，张主任因为赶着去开会，接待我们的时间不到十分钟就走了。我的心情顿时跌到谷底。潜意识告诉我，千方百计寻找残联帮助这件事，极有可能要石沉大海了。因为家里忙，得到这样的结果让我们都没有心情逛街。从残联走出来，哥哥买了一些嫂子吩咐购买的东西，再随手买一些吃的东西带上，我们就急忙回家去。我回到家里心情很沉重。我实在想不出找残联帮忙无果之后，我还能去找谁帮忙？我的情绪陷入了低谷，时常唉声叹气，不知道该怎么做才能在写作这条路上看到希望。

令我万万没想到的是，我们找了残联带着失落的心情回家刚两天，正当我的精神气都颓废的时候，接待我们的残联张主任，因为忘了我的手机号码，通过我们村公所给我打来了电话。电话中，她告诉我她的手机号码，让我通过手机号搜索，添加了她的微信号，她仔细了解我寻求帮助的细节，延续了我追逐人生梦想的希望。张主任为残疾人办实事的态度，像给我颓废的心里注入了一针强心剂！我向张主任详细介绍了自己的发病史，再次说明我生病的身体什么都做不了，只能树立了一个追求文字创作梦想。可是我从未学过写作的技巧，我自己在学习写了三年后，面临写不下去的困难。我希望残联能帮助我找个发表作品的平台，帮我找个老师教我学习写作的技巧。听完我的诉求，了解到我身体的艰难，以及追求梦想的决心，张主任被我身残志坚的精神感动，答应尽力帮我想办法解决遇到的问题。

我很幸运，只去了一趟县城找残联，很快就得到了反馈。残联的张主任待我如同知心的姐姐，时不时通过微信和我聊天，告诉我事情的进展，我有什么需求只要说一声，她都会竭尽所能帮我实现。张主任负责任，有担当，耐心倾听残疾人的心声，接地气为残疾人办实事的工作精神，为我的作家梦打开一扇窗。

张主任从我这里了解到，我需要找人帮忙提升写作能力，急需找一个发表作品的平台。了解到我的身体无法去现实生活中学习，张主任便帮我在网络寻找解决的方法。大概过了一个星期，张主任咨询了很多渠道之后找了一个符合我需求的写作训练营。她推荐我可以在网上报写作训练营，接受训练营里专业老师一对一的写作辅导。这对于缺乏写作基础，急需专业老师指导提升写作能力的我来说，称得上对症下药。我也明白，自己想在写作这条路上有所作为，就必须多跟专业的写作老师进行学习，提升自己的不足，这是我早晚要解决的问题。

我按照张主任的推荐找到了写作训练营，通过训练营预留的联系方式，联系上了训练营负责招生的丽丽班主任，但新的问题也随之出现。训练营招生的规则明确说明了，训练营招生一期为 30 天，报名进入训练营学习写作的学生，需每人支付 699 元的学费。699 元对于身体健康有工作赚钱能力的普通人，没有任何负担。但对于瘫痪在床，年龄快到而立，仍然没有任何工作创收能力的我这个残疾人来说，学费超过了我所能支付的范围。而且在这之前，我从来没有参加过写作训练营，不了解训练营，也不知道训练营的老师会以怎样的方式对学员进行教导。

我没有半点写作的基础，训练营的老师，能否在短时间内帮助我掌握写作技巧，实质性提升写作的能力？我只报名参加训练营学习一个月的效果，能不能达到理想的目标？我临时抱佛脚拿钱去学习，真能解决十多年不学习的问题吗？我人还没有进写作训练营，一大堆现实的问号，就在我的脑海中冒出来，将我追求学习写作的热情消耗了一半。我从刚开始时自信满满地追求学习，变成了疑虑满腹，因为在我眼里高昂的学费，我坚定的意志开始松动，让我萌生了打退堂鼓的想法。我长这么大，这是我第一次为钱发愁，我感受到不会赚钱的可悲之处。

我知道爸妈有能力为我支付这笔学费，但爸妈赚的每一分钱，都是靠体力劳动赚取的血汗钱。我了解爸妈，家里花的每一笔钱，他们都要衡量性价比，看值不值得花。花出去的钱，爸妈要看到立竿见影的效果才满意。而我学习写作是件长远的事，做不到爸妈期待的那样，立马看到效果。我不了解写作训练营的环境，也没有信心一定能学以致用，学完就能脱胎换骨。可我还是把残联张主任推荐给我的写作训练营学习，需要 699 元学费的事告诉了爸妈。爸妈听说我要报写作训练营，了解到学习一个月的学费，他们第一反应产生的疑问，肯定比我脑海中涌现的一连串问号还要多。爸妈言简意赅地说：“看不到效果的事情，就不要贸然花钱。”

我的心情越发地沉重了起来，没怎么跟爸妈说话。爸妈看我不开心便安慰我说：“以你小学四年级的文化，很难实现自己追求的那些目标！过去这么多年，我们仍然把你的生活照顾得妥妥当当。我们以后也一样能照顾好你的生活，你不用追求做不到的事，弄得自己不开心。”哥哥接触过网络，他在网络上听说了很多骗人的把戏，哥哥同样不相信写作训练营能解决我写作零基础的问题。哥哥直言不讳地告诉我：“你不要在网上瞎折腾了，我宁可接替爸妈照顾你一辈子，也不想让你在网络上因为轻信别人说的话而上当受骗。”

但我的心里就是不服气，我想着自己都努力 3 年了，能坚持到今天不容易，我不想在碌碌无为中荒废一辈子。追求梦想的意识，显然早已刻入了我的骨子里。荒废时光，对于我错失太多时间的人生简直是一种犯罪。我那段时间每天活在跟自己的博弈中，仿佛所有的事物，都以劝说我放弃的方式，考验着我追梦的意志力。我遭遇到建立梦想以来最大的困难。这个困难在告诉我，我不需要劳累，只要乖乖地躺着，接受衣来伸手、饭来张口的照顾，过完这一生即可。但我埋头苦干自律写作了 3 年，我曾在文字中看到过鲜活、璀璨的未来。我自然不甘心自己的人生继续苟且地活在无所事事里。这样的生活太可怕了。

我怀着忐忑不安的心理，想着绝不能放弃眼前有可能改变命运的机会。我喜欢写作，热爱知识，知道几百块钱购买一个月学习的机会并不多。即使如同哥哥说的那样上当受骗，我的人生不花这笔钱被骗一次，我活得都不踏实。机会已经放在眼前，就看我能不能、要不要抓住。经历这件事让我感受到赚钱的重要性！我更想学习好写作，在身体无法动的情况下，通过写作品去赚钱。这样，我实现自我人生价值的同时可以攒钱，在以后的人生中，遇到用钱时也不至于那么束手无策。

我锲而不舍地想出了一个折中的办法。我想写明自己生病瘫痪在床的情况，附上躺着的照片，去博取创建写作训练营老师的同情！我请求他们能不能看在我条件艰难仍然好学的份上，为我降低学费。以我能承受的费用，接纳我进入训练营学习。我想到了向训练营寻求帮助，立即动手写自我介绍，将自己的困难写出来，转交给丽丽班主任。以前，我的内心因为身体的原因极度敏感、自卑，讨厌被人同情和可怜！可是，当我极度渴望通过学习改变瘫痪的命运，需要求人帮忙时，我终究忍不住展露出弱者的真实面目。我勇敢地违背自己以往敏感的意愿，去博取训练营的同情，好达到自己的目标！也是从那一刻起，我意识到自己已经是个成年人。在成年人的世界里，目标比所谓的面子重要。我渴望通过学习改变命运的心理占据上风，我承认自己是个需要人同情的弱者，我说服自己迈出了学会求人、主动接受别人同情和帮助的关键一步。

结果证明，我放下敏感的自卑心理，敢于面对自己的脆弱，主动求人帮忙的做法是对的。我向丽丽班主任递交了自己的基本情况，为了更好说服训练营接纳我，我特意强调自己真的很喜欢写作，我渴望进入训练营提升自己写作的能力。我想创办写作训练营喜欢爱学习的人，会愿意看在我热爱学习的份上，给我一次获取知识的机会。丽丽班主任从我的介绍中，了解到我身体的特殊情况，答应为我去跟创办训练营的老师沟通，看经营训练营的团队愿不愿意为我降低学费。有了丽丽班主任的帮忙转达，我感到自己已经成功了一半。我带着惶恐不安的心情，等着丽丽班主任回复给我的好消息。

等待的过程是漫长的，即便我预感到自己距离实现目标不远了，但我没经过大风大浪洗礼的心仍然是躁动不安的，我的心脏怦怦直跳，像是受了某种刺激似的。我身体情绪的反应，将自己没见过世面，没恳求过人办过事的脆弱心理演绎得淋漓尽致。在我焦急等待中，丽丽班主任很快就高兴地回复我说：训练营的管理团队经过商议，答应为我降低费用，以录用最低价格 399 元一期，接纳我为训练营新学期的学员。问我这个价格能否接受？训练营为我降低了近一半的费用，我相信这个费用爸妈会答应支付，让我了却一桩去学习试试的心愿。

丽丽班主任随即补充道：按照训练营的规则，我要跟大家一样预交 300 元的押金。丽丽班主任解释：向学员收取 300 元押金的目的，是为了激励学员学习的积极性，在老师手把手辅导中，写出一定数量的作品来。在为期一个月的学习期，学员认真完成老师布置的作业，写出 7 至 8 篇有质量的作品，交给辅导的老师批改。学习完成既定目标，在训练营结营后就能从班主任那里退回押金。

我表示可以接受，丽丽班主任随即依照流程，给我发了训练营的录取通知书，以及一些写作专用的基础常识资料。尽管丽丽班主任给我发的资料上将基础写作要领以及该如何搭建框架写好一篇文章，写得清清楚楚。奈何，我从未接触学习过相关的知识，也没有实践对照着写过，我对资料上编写的教程内容很陌生。我认识资料上写的每一个字，就是理解不了其中的含义，不知该如何运用到实践写作中去。但比较幸运的是，丽丽班主任考虑到写作零基础的特殊情况，在训练营开营前一个星期，他们就让训练营安排教导我们学习写作的贺翔老师先添加了我的微信，开始对我进行手把手教导。

贺翔老师，成为我小学年代，教我读书识字的三位老师之后，又一位教导我增长知识的老师。也是我在写作这条路上，第一个告诉我该怎样才能打好写作基础的老师。贺翔老师了解到我的情况后，他简单明了地告诉我，该怎样在短时间内掌握写作的技巧，写好一篇井然有序的文章。我在贺翔老师手把手地教导下，用了两天时间，就写出自己加入训练营的第一篇文章。

经残联张主任帮忙寻找推荐进写作训练营，是我 11 岁离开学校，相隔 18 年之后第一次接触到老师的教导。支付训练营优惠的学费，是我在学习写作，追求人生梦想领域花的第一笔钱。随着如愿进入训练营，我逐渐感受到，敢于寻求帮助，是我在写作路上做出的最对的抉择。有了训练营老师的辅导，我的写作能力得到了实质性地提升，打破了我写作毫无章法的瓶颈。

我在期待中迎来了训练营开营，训练营当晚为新学期学员举办的欢迎仪式上，我感受到训练营内部浓烈的学习氛围。我平静的心情兴奋不已，还夹杂着些许的不知所措。我兴奋是因为终于进入自己梦寐以求的改变写作命运的训练营；不知所措则是因为群里共有一百多名来自全国各地的学员及训练营聘请的老师。他们是各个领域优秀的职工，大多都担任某某公司的管理员。我在他们自我介绍的简介中，看得出他们各方面都有很强的能力。训练营里只有我一个人，是个瘫痪在床没见过世面的愣头青。因而我在训练营群里，除了感受到浓烈的学习氛围，更是零距离残酷地感受到自己与世界从身体到学识的巨大差异。这引发了我内心深处对自己身体残缺、学识贫瘠产生的自卑。我脆弱的心理防线，仿佛遭受了一股巨浪的冲击，心情压抑得不知所措了起来。好在，我的内心承受了多年病痛的洗礼，爸妈给予我足够多的疼爱，让我的心变得很坚强。我感受到心理失衡，便快速安抚自己，放平心态，调整好心情，我并没有因为人生的巨大差距而气馁，我紧守进入训练营求学的初心，感受到身体生活与外界的差距，发愤图强，敦促自己更加努力地将写作学好。

训练营开营的第二天，为了快速加强欠缺的写作技巧，积累从零到一的写作经验，也为了拿回交给训练营的 300 元押金，我和一群喜欢写作的同学，一起向贺老师取经学习写作。在训练营学习成长期间，我没日没夜浸泡在文字中，运用从贺老师那里取经学来的写作技巧，努力写出符合训练营要求的标题新颖、框架鲜明、内容通顺、有质量的作品。我每天早上睡醒，睁开眼睛拿起手机，就率先参加训练营发布的打卡任务，完成老师布置的作业，不断强化自己的写作技能，按时写好作品提交给老师指导。与此同时，我在丽丽班主任的帮忙下，注册了“今日头条”自媒体账号。我将自己在训练营学习写好的作品，发表到头条经营赚取流量费。我之所以在众多自媒体平台中，选择注册“今日头条”平台的账号，是因为训练营跟头条官方之间有合作，训练营学员写的文章，可以直接发表到头条平台，参与官方征选的活动，赢取奖金。按照训练营的招生要求，学员必须注册持有“今日头条”账号，定时在平台上发布自己新创作出来的作品。

而注册“今日头条”账号，需要在电脑端操作才能成功。我从进入互联网开始，手里使用的从来只有一部低端的智能手机。我没有电脑，意味着我无法自主完成训练营要求注册头条账号的规定。我在训练营遇到问题，能想到解决问题的方法，就是找热心肠的丽丽班主任帮忙。自从接触到丽丽班主任，得到她的帮助降低了学费，进入训练营学习，丽丽班主任在我心里，已然是个可信任的益友。她也曾告诉过我：我在训练营学习期间，有什么忙需要帮尽管跟她说，她会尽力在休息时间为我提供帮助。所以，我在训练营遇到问题，第一反应便联想到了丽丽班主任。丽丽班主任了解到我没有电脑注册头条账号，她便欣然答应帮我打开电脑完成注册。我在丽丽班主任的帮助下，拥有了第一个头条自媒体账号。随后几天，丽丽班主任在百忙之中为我抽出时间，用电脑帮我在头条平台发布自己在训练营学习写出的新作品。

自此，我在训练营的收获不仅只是提升了欠缺的写作基础，还找到了发表作品的理想平台。在这之前，我接收到的外界信息很封闭，对自媒体账号这些方面一窍不通。自从丽丽班主任帮我在头条平台发表了三篇文章之后，我陆续开始赚到从几分几毛到几块钱的流量费。这些钱虽然很少，却是我瘫痪近 20 年的人生，依靠肌肉萎缩的双手坚持学习写作 4 年多，赚取到的第一笔收入。我每天上午看到头条账号更新增加的流量费，内心便有了一种强烈的成就感。我越发努力在头条平台深耕，单日赚取的流量费，从几块钱，逐渐提升到几十块钱一天。我单日收入最高的纪录，甚至达到一百九十多块钱，抵得上一个健康劳动力搬砖一天赚的辛苦钱。可把我这从未一天赚过这么多钱的人给兴奋坏了。我投入无尽的时间去学习，到这里获取的流量费，实现了自己人生初步的价值！

我兴高采烈地将自己发表在“今日头条”平台的第一篇文章，分享到微信朋友圈，展示自己进入训练营学习收获的成果。我自信满满地想借此证明，我递交学费进训练营的选择有多正确。默默地关注着我点滴成长的残联张主任，看到我分享进训练营写的文章，展现出以肉眼可见的进步速度，便在微信上祝贺我在短时间内提升了写作能力。张主任此举，既为我的成长高兴，也为她能够帮助到我而自豪。我在张主任夸赞认可中，感受到自己的写作能力进步得有多快。我的心里更加地感谢张主任为残疾人竭尽所能提供的帮助。我更加勉励自己要勤奋学习，绝不能辜负张主任，以及每一个愿意伸手帮助自己的人。

在写作训练营学习期间，我们不仅受到训练营聘请的专业老师面对面指导，创办写作训练营的粥老师也为训练营写了一套主流课程，时不时在微信群和直播小程序，以语音的方式给我们直播，教授我们写作技巧。粥老师坐拥一百多万粉丝，在教授自媒体写作、经营自媒体账号领域，是名副其实的佼佼者！他通过5年时间的打拼，让自己一个从农村走出的大学生，在北京实现了从月薪几千到年入千万的成就。粥老师在直播中不仅教我们提升写作的技巧，也在极力地教导我们掌握自媒体运营的方式方法，他还调研各个自媒体平台未来的发展趋势，告诉我们在不同的平台做自媒体应避免踩哪些坑，写哪些内容容易获得官方的青睐并给予流量加持赚取流量费等。每次直播结束，粥老师拿出一个小时时间让我们学员提问。我们在写作和经营自媒体账号遇到什么问题，都可以当面向粥老师提问。粥老师看到我们的提问，第一时间耐心地作出答复。有了粥老师的言传身教，我们了解了所有平台的属性，找到了符合自身特色的自媒体平台去深耕发展。

我在训练营学习的每一天，都如同一个饥肠辘辘的乞丐，忽然进入一家热气腾腾的包子店。我饥不择食抓住眼前的每一种食物都往嘴里塞，我接触和学习到的写作知识都是香喷喷的。无论我再怎么贪婪地，咀嚼着眼前的文字，都没有感受到饱的滋味！我抓住每一次向贺老师求教的机会拼命学习。训练营要求学员写满8篇文章就能退回押金。我用了半个月就达到了退回押金的作品数量，但我并没有因为达到目标而放慢学习进取的脚步。

那个月我一股脑写了十几篇文章。其中有一篇文章，字数更是达到上万字。这篇文章在训练营内部，被专门负责评判的老师评选为周优秀作品。我的处理文字细节的能力，在训练营学习的每一天都在蹭蹭地往上涨，这打消了我进训练营前的所有顾虑。我一边学习，一边享受着和一群同学一起学习的时光。晚上闭上眼睛睡觉，脑海中回味白天学习的氛围。我在不经意间仿佛梦回小学生年代，怀念起和同学们嬉戏玩闹、共同好好学习天天向上的美好时光。

第七章 笔耕不辍实现梦想

对我来说，真诚地面对生活，真诚地进行创作，完整记录自己人生的成长，这才是我人生存续最大的意义。

一

我这个月的学习，享受到了汲取知识的快乐！但学习的紧迫感无形中也在形影不离地跟随着我。刚开始学习写作技巧那几天，我学什么都是新鲜的，我能迅速掌握贺老师教授的写作基础常识。但我每天要写很多文字，贺老师教授得再好，时间长了，我也把自己熟悉的内容写完了。我也遇到了绞尽脑汁想不出写什么，起不好文章的标题，文章框架无从搭建的情况，急得我抓耳挠腮。思维卡起来实在写不出，我顿时觉得很委屈，感觉自己像个弱小无助的孩子，非要被大人逼着写出超过自身学习范围的知识，我的鼻子顿时酸酸的，没出息地想哭出来。

好在贺老师了解我的情况，针对我的知识缺陷，拿出非凡的耐心，旁敲侧击引导，教我如何万变不离其宗地取文章标题，搭建文章的框架；再如何按照自己习惯的行文脉络，书写出一篇文章的开头；如何在文章中间段表达自己的想法；如何首尾相连写好一篇文章的结尾。在贺老师的悉心教导下，我逐渐理解了丽丽班主任发给我写作基础常识资料上的内容，解决了我在提升写作能力中遇到的困难。同时，我也在贺老师的教导下不断进行实践。总体来说，我在训练营学习的一个月，过得又累又充足。

当我们努力投入精力做一件事的时候，时间总是过得飞快。转眼间，我在训练营跟着贺老师学习了二十几天。随着训练营结束的日期日益临近，我依赖贺老师辅导的心逐渐不安起来。我意识到自己在写作之路上还需要人帮忙，虽说我在训练营废寝忘食地学习，学会了以前不会的基础常识，知道了什么是写作技巧，成长进步的速度很快。但我学到的这些写作知识，在漫长的人生学习过程中只是一点皮毛。我想将写作能力提升到知名作家的水准，用手里的笔写好脑子里的思想、人生的感悟、生活的乐趣，我还有很长的路要走。我需要一位良师陪伴在身边教导前行。而我能找到的良师，只有辅导我写作一个月的贺翔老师。离开了贺老师的教导，我不知道自己还有没有运气，再遇到一位像贺老师一样有爱心的好老师。我明确地告诉自己，我舍不得松开贺老师教导的手。

眼看着训练营结营的时间近在眼前，我想行动起来，为自己持久学习提升写作的路做点什么。我决定了，即便训练营学习结束了，我也要继续跟着贺老师，请他教授我更多写作的知识。因为我越写作，越发现写作不是一件容易的事。我不会因为自己学到一些简单的技巧就骄傲自满。学无止境，唯有保持对自己的清醒认知多学习，我才会一直地成长。我带着惶恐、卑微的心理找贺翔老师私聊，表达了自己想在训练营结束之后，继续跟着他学习的请求。我知道自己的请求很冒失。训练营给贺老师每月开出很高的工资，他每天要督导十几个学员写作，要耐心看完学员提交的每一篇文章，还要针对性点评学员文章的不足。

我结束训练营的学习之旅后，贺老师作为受聘的老师，他还要继续教导下一批学员，而且贺老师自己也开通了自媒体账号，开创了专栏，每天要写很多文字，他没有多少时间浪费在其他地方。此外，我接触到贺老师的时间，只有区区的一个月，我们交流说的话全都是关于如何写作、如何掌握写作技巧的。在我的感知里，贺老师的为人很不错，是个难得的良师，但这并不代表贺老师在生活中的全貌。教我写作是训练营赋予贺老师的任务，拿出耐心辅导我写作是贺老师同情我的特殊情况。训练营结束了，我跟贺老师之间立刻解除了师生关系，他还会愿意继续消耗时间教我写作吗？这些都是我面临的现实问题。

尽管面临着许多的未知数，为了提高写作，在写作路上走得顺畅，提升自己实现梦想的概率，我再次激发勇气毅然去找贺老师帮忙。但我的心里没有把握，贺老师一定会接纳我的请求。我向贺老师开口说的时候，心里弥漫着强烈的心虚感。让我没想到的是，当我说明来意提出自己的冒失请求时，贺老师不作任何考量，毫不犹豫答应了我的请求。我们像是经历了一轮面对面的洽谈，贺老师坦率、果断地跟我说“没问题”。他告诉我，我日后在写作方面遇到困难，尽管放心地去找他。只要他在线，就会第一时间回复，帮我解决遇到的问题。贺老师愿意做我写作路上的掌灯人，一路护送我走向实现梦想的舞台。得到贺老师的承诺，我的心里满满地都是感动——正如我懂得尊重知识，作为教人写作的老师，贺老师也同样欣赏热爱学习的学员。

从粥老师到贺老师，我见过写作厉害的老师，他们不约而同在强调：学习最好的方法，把自己学会的那些知识，翻出来教授给有不同需求的人。他们说，在教授他人学习的同时，他们自己也能在掌握知识的基础上，汲取新的知识。虽然，贺老师欣然答应了我的请求，但本着不随意给人找麻烦的心理，我寻思着自己日后在写作上遇到很大的问题，或是再次陷入创作的瓶颈，不到万不得已绝不会轻易去打扰找贺老师帮忙。不承想，贺老师答应了我的请求之后，他当即无偿邀请我进入他的写作专栏群学习，给我送上了一份幸运的大礼包。

贺老师专栏群里的其他学员，都是购买了他几百块钱的专栏，贺老师才邀请他们进群持续地辅导。而我敢于去找贺老师，最终为自己换回了无偿跟着老师深入学习的机会。贺翔老师带给我的幸运远不仅如此：他后续制作的将文字转化制作成视频，卖其他学员近千元的专栏，他以一块钱免费送的方式，将他书写的知识全部教授给我。他还向我许诺，我在写作、制作视频中遇到任何问题，可以全天候去找他咨询，他会向我知无不言，言无不尽地作解答。而贺老师的年龄只比我大两三岁，看着他创造的卓越成就，再看看我的窘迫人生，我越发提醒自己该努力学习了。

我的写作能力突飞猛进，得益于我学会了丢弃自卑心理，主动出去找残联的张主任帮忙，获取写作训练营的同情为我降低学费，以及留住贺翔老师继续教我写作，他们每个人给予我无私的奉献，在我改变命运中起到至关重要的作用。我们都知道，一个人的成功离不开其他资深人士的帮忙，离不开在遇到困难的时候有人伸手拉自己一把。很多时候，我们想让人拉自己一把，先得找到需要帮忙的点；我们自己得先伸出双手让人看到你的努力，看到你的勤奋，觉得帮你一把很值得。不要做一件事，自己坚持的时间还不长，就找一个没有人肯伸手帮忙的借口放弃！我们骗得了自己，骗不过时间的积累。我的努力验证了，世界上热情的好心人，远比我们想象的要多。只要我们坚定信念，砥砺前行，对自己的追求有信心，总能遇到愿意帮助我们的贵人。

我在训练营不仅认识了善良、助人为乐的丽丽班主任；还接触到面对面指导、带给我幸运的教我写作的贺翔老师；我还认识了热情、性格活泼开朗的时光助理，并和她成为朋友，她帮我解决在训练营学习期间，丽丽班主任忙时我遇到的所有问题。在我全心全意忘乎所以投入学习时，为期30天的写作训练营临近尾声了。有道是，天下没有不散的宴席，无论我再怎么眷恋训练营的学习氛围，到了结束挥手告别的时候，我也只能带着依依不舍的心情，笑着跟大家说声“江湖再见”。我在训练营结营的仪式上，获得了贺翔老师的认可，他在群里点名称赞我：“亲爱的小师弟，你的勤奋和努力，深深地感染着每一个阅读你文章的读者。从第一天起，你就不断地写，不管遇到什么困难，你都从未想过停下写作。我已经可以断定，你必将成为一个优秀的写作者，你的文字间透露出的态度和思想，是你独有的宝藏，珍惜这份上天赐予的礼物。相信自己，坚持写作吧，你一定会成为那个你想要的自己。”

一直帮助我的丽丽班主任，见证了我的成长，她以一句“斯人若彩虹，遇上方知有”，给我作出了高度的评价！经营写作训练营的粥老师团队在每一期闭营仪式上，会专门从认真学习、写作能力精进最快的学员中，抽选几个名额评为“荣誉学员”。经过训练营几位班长以及老师们对我的综合评价，他们决定将我所在班级的“荣誉学员”称号授予我。虽然这只是一个文字形式的表彰，却给了我极大的精神鼓励。在训练营结束的仪式上，我写了封感谢信，讲述了自己在训练营中跟丽丽班主任、贺翔老师、时光助理之间发生的故事，对他们给予自己的帮助作了诚恳的感谢。比起学识，我将人品和懂得感恩之心，作为做人的第一要素。

结束了写作训练营学习之旅，我带着学会的写作技巧，重新回到没人监督要求，也没人打扰的自由创作期。不同的是，我以前写作，突出一个漫无目的；经历了训练营之旅后，我写的每一篇作品，均有章可循。我的写作明确了目标，为了多赚取流量费而努力。我在头条平台坚持写了两个月的文章，赚到了八百多块钱流量费。看其他人写微头条的收益更高，我随波逐流，改变了思想向其他人学习写微头条。我的写作收益，粉丝增长速度，随即进入爆发式增长期。当中有很多篇作品，单篇收益超过一百块。其中收益最多的一天，达到一百九十多块钱。我的单月最高为一千三百多块钱。为了获得流量费，我中了魔般每天至少写两条字数超过两千字的作品。经常不知不觉熬夜写到凌晨一两点。2020年7月至2021年7月，这一年，我在头条平台创作了700多条作品。粉丝从零增长到一万九千多个。我在头条平台写作收益9000多元。与此同时，我喜欢钻研心理学，擅长与人聊天交流，我在微信开通了面对面和朋友聊天的服务，帮朋友疏导遇到的心理问题。我做了一个倾听者，倾听朋友的倾诉，朋友回报我，给我发了两千多块钱的红包。

我依靠勤奋创作，赚取了瘫痪人生当中的第一个万元。这些钱，在普通的上班族眼里不值一提，对我瘫痪的人生却起到了举足轻重的作用，这是我人生的价值，生命存活的意义。我依托萎缩的双手赚钱了，我想到外婆在我十几岁时给予的照顾，便带着兴奋的心情，给外婆拿了两百块钱做回报。我希望外婆能长命百岁，能看到我在写作上有新的收获，实现人生价值。等我有能力了，我想多拿一些钱回报外婆的照顾之情。生性善良、性格淳朴的外婆，看我瘫痪在床，仍不忘拿钱给她花，便笑嘻嘻地对我说：她怕是担不起。我对外婆说：比起我小时候，您给我提供的照顾和这些年做客一直给我夹吃的肉片，我能有幸回报您这一点不算什么。我疲于奔命创作的这一年，既辛苦也充足。

我经营了一年的自媒体账号，赚了一些流量费之后，我再次在写作上遇到新的问题。因为追求流量，迎合平台推荐的属性，我写的很多文字，纯粹是为了投读者的兴趣爱好而写。其中的大部分内容，不乏博人眼球、虚构、夸大其词等毛病。一点都没有自己的思想，也没有展现自己的人生成长。每天写着干瘪瘪，没有营养的文字，时间长了，会败坏一个正常人的心性！我的写法背弃了自己写作的初衷！我的写作能力，因此再度陷入停滞不前的困境。我意识到这样做，与自己追求作家梦想的初心背道而驰。我又面临着选择：一边是无休止地追求流量的黑洞；一边是重拾初心，继续写好自己对世界，对生活的认知，纠正偏离轨道的梦想。我在两者之间挣扎了两个月。在这期间，我因为肠胃炎犯了生了一场病，身体痛起来更是看什么都觉得没有意思。经过意识和内心激烈的交锋，我最终倾向重拾初心，放弃没营养的流量文，追求有意义的作家梦想。

我写作的初衷是写好作品，以自身的精神能量感染更多的读者，传递身残志坚的正能量。我若是脱离了这层实际的追求，我写再多的流量文，除了获得一点流量费之外没有任何的意义。倘若我不能迷途知返，我将以获得短时间流量为代价，葬送了自己长远的发展。因为病情太重，我年轻的生命随时有可能在病情再度恶化时被病魔带走，我无法像平常人一样，拥有一个明确的未来。我经常喜欢跟朋友说：明天和意外谁都不知道哪个先来，我们要珍惜眼前的生活，且行且珍惜吧！这是一句积极且悲观的话。

但我不会因此限制自己的视野，做一个目光短浅的人。我看不到未来，并不妨碍我展望未来！放眼不太遥远的人生，哪怕我的生命力剩余一年、一个月、一星期的时间，我也要且行且珍惜，竭尽所能丰富生命的落幕期。流量文积攒不了任何的声誉，我的学识也无法持续积累。看清了这层本质，我被吓出一身冷汗。我渐渐地撤离了头条平台，放弃眼前利益诱人的流量文。我回到公众号继续写原创文章，写原创书籍，重新踏上提升写作技能、追求作家梦想的那条长远且通向未来的光明路。我在这条路上，可以做真实的自己，展现自我身体残疾却不屈不挠的精神。

人跟人的人生是完全不一样的。有的人需要在拼命赚钱中，实现人生的价值。对我来说，真诚地面对生活，真诚地进行创作，完整记录自己人生的成长，这才是我人生存续最大的意义。

二

时间很快来到 2021 年的年底，这是我建立追求文学梦想的第 4 个年头。过去这 4 年，我在静默中茁壮成长，在锲而不舍中勇往直前，作出了几次至关重要的决定，助推我朝着作家梦想一点点靠近。尤其是 2020 年至 2021 年，我在这一年里获取了巨大的进步。我看似与世隔绝的命运，也在这一年破茧成蝶，逐渐飞出大山，进入到公众的视野。正如我追逐梦想时所说：身体的残废，我无力改变，但在心里，在精神上，我仍可以自由地走向世界。我努力上进获得的点滴成长，一直被关心我和给我提供帮助的残联张主任看在眼里。她为我的成长蜕变感到欣慰，并力所能及为我寻找更多发展的渠道。作为一名专门为残疾人服务的工作者，张主任见过不同残疾人的艰难生活，感受到残疾人的生存有多困难，她感受得到，我瘫痪在床发愤图强，追求写作梦想有多么不容易。对于很多身体严重残疾的人来说，生存已经是一个问题了，更别提追求难以企及的梦想了。张主任看到我的不同，她愿意倾尽全力为我投石问路，送我走向梦想的舞台。

假如，我是一匹狂奔在知识创作草原中的千里马，张主任则扮演我生命中赏识、挖掘出我潜力的伯乐，指引着我走向光明的世界。千里马遇伯乐是何其地有幸！张主任将我的成长事迹，告诉了《大理日报》的记者杨艳玲老师。作为一名优秀，大力资助贫困学生上大学的接地气的记者，杨老师听说了我残缺进取的人生，在艰难曲折中追逐文学梦想获得的成就，她敏锐地察觉到，这是一个积极向上、充满正能量的励志故事。杨老师随即找时间，专门为我从州府乘车 3 个多小时，来到我们小县城实地调查走访，当面给我做了一期专访报道。

杨老师从州府为我跑一趟，这在我与世隔绝的人生中属于头一遭。杨老师于我，是一个素未谋面的陌生人，但因为我有梦想，有追求，展现出身残志坚的拼搏精神，给了我与杨老师结缘的良机。面对杨老师采访的镜头，我知道，这对于画地为牢的我来说，将是走向世界的机会。我的心里顿时感觉很振奋，丝毫没有因为第一次面对媒体的镜头而胆怯。杨老师采访问及的问题，我都能自信地认知，对答如流。因为我在写作中，不止一次总结过自己的人生经历，我太熟悉自己波澜不惊的人生了。在不遗余力一遍遍重述自己的人生故事中，我的自信心理不断得到强化。杨老师采访我时，细心地询问了我的成长经历："你是从什么时候开始如梦初醒，在惶惶不可终日中建立起人生梦想？你在追求文学梦想中，遇到了哪些自己觉得难以逾越的困难，你依靠什么克服了那些困难？你的人生，对未来有什么规划吗？"

杨老师问者有心，我自信满满地对杨老师说：我的人生对未来有两大追求！第一大追求，我会持续努力提升自己的写作能力，我想依靠文字赚钱，等我写作赚到一定数量的钱后，有能力了，我定要让爸妈带上我去旅游看世界。我说："往近的说，我想去大理，丽江，昆明等地省内游；往远的说，我想去北京天安门，上海迪士尼乐园看看。"对于大理的旅游，我的心里是有遗憾的。记得我第一次去大理是为了看病，得到了晴天霹雳的坏结果，我们未能放平心态，认真游览大理的好风光。我的内心深处，因此对大理旅游有一份不达目标誓不罢休的执着。在我有生之年，无论以怎样的方式，我都想放慢脚步去大理认真地旅游玩一次。

在网络上，我不仅一次跟省外的朋友说：我是土生土长的大理人。省外朋友听说我是大理人，热情地跟我打听，大理都有哪些值得一览的好风光？因为自己瘫痪在床，没能看过大理的好风光，面对省外朋友热情的打听，我却只能支支吾吾地掩饰，说不出个所以然，显得我像是个居心不良的人，在冒充大理人。我的爸妈，他们的人生被迫活在照顾我的疾病泥潭，死死地捆绑在家里，哪里也去不了，哪里也没去过。眼看着岁月不饶人，60 后的爸妈日渐老去，等我写作赚钱了，我不求自己能攒多少钱，买多少好吃的，好穿的，我只想和爸妈一起去看看我们从未见过外面世界的繁华。

我希望，我勤奋写作一年，到了年底，赚到刚好和爸妈来一场说走就走的旅行钱。旅游把钱用完了，我回家再重新写作赚，来年我们再换一个旅游景点继续游。

我的第二大追求是，我想成为一名作家。自从我树立人生梦想，立志用手写的文字，实现人生价值的那一天起，努力成为一名作家，已然是刻入我骨子里的符号。杨老师将我说的人生追求逐字逐句铭记在心。杨老师采访完我，匆忙地离开了我们家赶回大理。甚至是没有在我们家喝一口热水。杨老师在回去的路上才记起，她想看看我写的文字，好评估我的写作能力。杨老师通过微信，让我把自己觉得写得最好的几篇文章转发给她看看。杨老师不愧是专业人士，她看一眼我写的文字作品，便在其中看出我字里行间存在哪些明显的不足。

回到大理后，杨老师以一句“万物皆有裂痕，那是光照进来的地方”开头，简单明了地为我的成长励志故事写了一篇报道。报道于 2021 年 12 月 7 日以《瘫痪白族青年用笔写出“直立”人生》与《与其在床上等死，还不如拼一把》为题，登上了大理州官方媒体“大理日报”。随后被人民日报客户端转载，获得 10 万 + 浏览。借助杨老师的镜头和文笔，我残缺的人生第一次被这么多人看见，而后受到更多部门和人的关切，在过年期间给予了我关心慰问。很多人知道了我的人生故事，我感受到阔别了 20 年后，再次绝地逢生回到世界怀抱的欣喜感。杨老师写完采访报道，她把我追求作家梦想的事放在了心上，决定帮助我实现梦想。

杨老师为了更好地帮我实现梦想，她随后特意为我建立了一个名叫“万个春天”的微信群。邀请她在云南省作家协会的朋友，以及一直支持帮助我的残联张主任，总共五名老师进群，组成帮我筑梦腾飞的爱心团队。要无偿为我最终实现梦想送上最后的助力。从此。他们大家在百忙之中，为我抽出时间，针对我写作存在的不足，给我提出了各种建议。杨老师特意给我写了一封《给饶万春的写作建议》的信：杨老师在建议中教好如何写出文章的“立意”，列举了叶圣陶、汪曾祺、季羡林等写作大师的作品让我借鉴，她用手里的钥匙帮我打开写文学作品的思路。这让我意识到，文学作品跟我原先在写作训练营学习掌握的写作技巧有很大的差异。

文学作品的书写手法讲究一气呵成，不需要搭条条框框的框架，但要求内容衔接得更紧密。杨老师在建议的后面，再拿我写的作品进行对比，指出写短句的重要性！而杨老师在大理本地很有名，深受广大写作者敬仰。她能无偿辅导教我写作是我的福气。我知道机会难得，敦促自己要用尽全力抓住机会跟杨老师学习。我写好一篇文章发公众号，杨老师看了内容，立即给我指出哪些地方需要修改。

杨老师对我写作人生起到的影响，丝毫不比手把手教导我的贺翔老师少。无偿进群帮我提升写作的小杨老师，同样给我写了写作建议，他以帮我修改一篇题为《母亲》的作品为例，告诉我："你不用怀疑，你在写作上是非常具有天赋的，你一定要有信心，上天没有给你一个很好的身体，但是也给了你常人无法得到的经历。这些不是累赘，也不是痛苦，是你创作的富矿，你只要加以练习和学习，一定会成为一名出色的作家，在这点上我深信不疑。"小杨老师给了我一个具有写作天赋的肯定，为我指出文章内容的不足，主要是"语句不通顺，忽略句子的整体结构。标点问题，有时候标点应用在不同的位置，可能就会产生完全不同的意思。结构也是最重要的一点，文章结构就是文章的骨架，只有完整的骨架，才能支撑起一个完整的肌体，散文也是如此。思想可以信马由缰，内容不能随性而作。"

小杨老师一针见血指出了我写作中所有突出的问题。为了更好地辅导我提升写作的能力，杨老师让我写几篇文章发到"万个春天"群里，每位老师自主选择一篇我写的文章，他们在规定的时间内帮我进行修改。老师们修改完文章再反馈发还给我，给我提出修改的意见。告诉我文章哪些地方有问题，在接下来的写作中，需要注意类似的问题出现。从那以后，我每个月，固定给老师们每人发一篇文章帮我修改。小杨老师在帮我修改作品时，用心良苦地为我用红色字体标出"哪些内容很好，哪些内容需要修改会更好"，给我提出明确的修改思路。在各位老师倾囊相授的辅导下，我的写作能力再次获得了巨大的提升。用老师们的话说：我的写作，无论是能力或是积极努力都不成问题，我只需要坚持多练习写下去。他们相信总有一天，我会有所成就。

有了几位老师手把手的辅导，我逐渐意识到写作好比建造一栋漂亮的房子，我在写作训练营学到的写作知识，只是打下了写作，建造房子的基础，掌握了搭出文章框架的技巧；而杨老师他们教授给我的写作知识，则是在建造好基础的情况下，教我如何设计房屋的装饰，粉刷墙体，装修房间的内部，该如何摆放家具，唯有如此人在里面住着才舒适，写出的文章看着才顺眼。我在训练营学习，虽然掌握了写作的基础常识，但我深受知识有限的影响，我在写作初期，便形成了不良的写作习惯。其中，不会写短句，错别字居多，语病突出，缺乏结构意识，段与段之间连接松散，这些突出的问题，成了我写作上最大的问题，我在训练营学习期间，主要补充基础常识，深入潜意识的不良习惯并没有得到纠正。我一动手写文字，就会不由自主陷入不良的习惯中。我因此需要有人监督不停地跟我强调，帮我纠正写作以来就培养起的坏习惯。我需要重新建立起正确的书写习惯，杜绝错别字，将写作的结构概念植入潜意识深处，还要掌握好段与段之间的紧密相连度。在杨老师，以及各位作协老师长达半年多的悉心辅导下，那个“万个春天”以我的名字命名的微信群，最终为我的写作人生补充上了最后一块短板。

在老师们专心致志教授我写作中，时间很快来到了 2022 年 4 月份。杨老师采访帮我写的专访报道，引起了新华网的关注。2022 年受疫情的影响，许多人丧失了工作，新华网主网由此推出“奋斗者正青春”主题宣传系列报道，借此鼓励大家要好好地生活。我的展现青春奋斗故事，有幸成为其中之一。“新华网”云南频道派遣两名记者上门，在我们家蹲点为我拍摄纪录片。零距离记录了我的生活，如何瘫痪在床吃饭、睡觉；如何运用只剩双手能小范围移动的身体，在网络中身残志坚进行文字创作；妈妈有空时如何帮我洗澡，嫂子如何给我做饭吃，照顾我的生活等等。2022 年 5 月，饶万春奋斗的青春故事，以《青春的“滋味”|被“冻结”的人生里，他用文字再造“春天”》为题，登上了新华网首页。纪录片发出不到 24 小时，全网点击浏览达到 100 万 +。

饶万春的故事 6 月再次以《【微纪录 · 云南故事】重度瘫痪青年饶万春的“万个春天”》为题，登上了新华网客户端。我的瘫痪人生自此从黑漆漆的深山走向了万丈光芒的美丽新世界。与此同时，我在 2022 年 5 月 29 日、我的故事首次登上新华网的当天，鼓起勇气和我无话不谈、当初以鼓励的方法帮助我建立起人生梦想、相伴了我 5 年的小公主表白成功，我们建立了情侣关系！憧憬着进入现实生活见面。之后，在 2023 年 2 月 14 日情人节，小公主从千里之外坐飞机来看我，我们在彼此相识相知相爱 6 年后，在现实生活中实现了见面的愿景。

2022 年 8 月份，作协老师们看了我写的文章后开会讨论，他们被我身残志坚的意志力触动，一致同意以网络作家的身份，录取我进入大理州作家协会。我成为一名作家协会会员，实现了 5 年前建立的作家梦想。收到加入大理州作协的申请被通过了的消息时，我激动得哭了。我当即在公众号中写道：“我生长在一个伟大的国家，被有温度、致力于为人民服务的党委和政府守护着、关怀着，被热心的人群关爱着、温暖着。”我在默默无闻的平淡中，坚定不移走了 5 年，在梦想照进现实实现的那一刻，我要感谢自己的努力，感谢爸妈 31 年如一日，无微不至地照顾着自己。没有爸妈的疼爱，我就无法心无旁骛地投入写作。我感谢嫂子跟哥哥结婚以后，像妈妈一样温暖地照顾着我的生活。瘫痪的我，能够以小学四年级的文化实现作家梦想，离不开一大群人的鼎力相助。我们要相信，这个世界有疾苦，也有大爱无疆。

回顾我的人生，我的人生突出一个艰难：身体的艰难、行动的艰难、导致思想的艰难、生活的艰难、追求的艰难、导致改变的艰难、坚持的艰难。但我通过坚持不懈，从最初的一个放牛娃，在爸妈的照顾下，带着生病的身体不懈努力地去求学；我在哥哥形影不离的照顾下，在疾病失控之前完成了小学四年级的学业。随后在疾病迅速恶化中逐渐没落，几经疾病生不如死的折磨，最终沦落为瘫痪在床的残疾人。我以双人座的座椅为床，瘫痪躺了 10 多年后，依靠自己的学习努力，敢于出门找人帮忙，克服内心的自卑，克服人群对自己投来的注目礼，勇于袒露自己的残缺，获取学习的机会，最终在很多人的接力帮助下，用了 5 年的时间成长为一名作家，实现了当初计划用一辈子到达的目标！我实现自己人的价值，靠幸运，也靠自己坚持不懈的努力。

我实现梦想的今天，有太多人需要感谢！有爸妈的疼爱，哥嫂及外婆的照顾；有小公主的爱帮助我成长；有残联张艳霞主任，丽丽班主任和写作训练营的帮忙；有贺翔老师、《大理日报》记者杨艳玲老师、作协会员杨亦頔小杨老师、州作协各位老师们以及“万个春天”群里其他老师的帮忙。还有一大群人的帮助，深刻影响了我的思想观念。是他们的爱与帮助，我从废物蝶变为作家。当然，我更要感谢自己锲而不舍地追求。我追梦5年，付出多少辛苦只有时间和我自己知道，但这些都因为我成就梦想，变得非常的值得。我想说“有梦想谁都了不起”，包括我，也包括你，包括我们每一个热衷追梦的人。

写完这本书，将是我对过去人生的总结。我身体里的病情总体来说很稳定，并没有出现要恶化夺取我生命的征兆。但我双手仅有的移动能力，每年都在萎缩，柔弱的身体越来越僵硬，嘴巴到了完全张不开，依靠门牙掉落的位置输送食物的地步。好在门牙掉落得越来越多，吃饭反而相对轻松了起来。我期望在接下来的几年中，自己能笔耕不辍，继续努力写出优秀的作品，赚一些钱之后，我想立马开启和爸妈旅游看世界的旅途。我喜欢博大精深的中华文化，文学给了我莫大的快乐！我的成长之路用一句“自助者天助之”可概括。

人这一生漫长且苦短，我们都会经历很多次情感、家庭的起起落落，悲欢离合的考验。没有经历九九八十一难的人生，谈何圆满？我心中的圆满，就是经历许许多多感情、生活的破碎与残缺，再从一堆破烂中检索出可用的碎片，拼凑出自己理想生活的模样，涂上幸福鲜艳的色彩。

写完《万个春天》，饶万春的生命仍在继续，我希望在病情发作失去生命之前，能够去北京天安门广场看一次升旗仪式。我喜欢一句“此生无悔入华夏，来世还做中国人”。只有看过了升旗仪式，看到五星红旗飘在空中迎风飘扬，我的灵魂才会听从召唤再次无悔入华夏。我的生命如同我的名字，无论我身体身上的病情如何制造天寒地冻的疼痛，我的心里、我的行动上始终蕴含着勃勃生机，如沐春风活在春天里，开放着万个春天的花朵。

我是饶万春，祝福我吧！

后　记

我饶万春走到今天，成功出版《万个春天》，有很多人需要感谢。

我感谢我的爸爸妈妈，几十年如一日，无微不至照顾瘫痪的我。感谢我的哥哥嫂子，努力为家打拼，提升了我的生活质量，解决了我的后顾之忧，让我可以心无旁骛追求梦想。感谢我的小公主，鼓励我建立梦想，用爱陪伴我残缺的人生。

非常感谢，云龙县残联主任张艳霞，是您的悉心帮助，助我实现梦想。感谢杨艳玲老师，是您的专访特写，给了我进入公众视野的机会。感谢杨亦峘、李维丽、常泽荣老师，你们和杨艳玲老师一起，帮我修改文章，帮我提升写作能力。感谢贺翔老师教会我写作。感谢抖音网红汪利丹，病友粥哥、Emma、坏大叔，冰语阁平台，以及其他网络朋友、爱心人士赞助出版费。

感谢各级党委、政府工作人员，这几年给予我的支持和帮助。感谢杨义龙老师，为我花费几天时间看完书稿并撰写序言；感谢杨义山老师在出版过程不遗余力的帮忙；感谢云南人民出版社给予的优待和帮助。

至此，《万个春天》一书画上了句号。但我的生命在存续，我书写作品的脚步不会就此停止。后面我会着重写我和小公主相遇、相知、相惜、相伴、相爱、相守，一次次克服身体残疾，跨越千里的爱情故事，写我的爸妈，以及创造条件出门旅游去北京的“旅游日记”。敬请大家和我一起期待，饶万春能写出更优秀的作品，绽放永不凋落的精神生命之花。